JULES VERNE

I figli del Capitano Grant

www.suissebookedizioni.ch

Per l'edizione italiana:
CRESCERE Edizioni
www.edizionicrescere.it
www.libreriaremainder.it

JULES VERNE

I FIGLI DEL CAPITANO GRANT

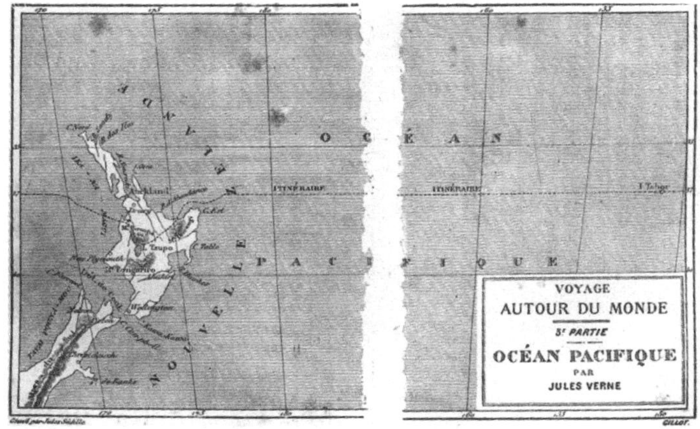

Disegni di Édouard Riou

Versione integrale

Capitolo I

I tre documenti

Il 26 luglio 1864, con una forte brezza di nord-est, un magnifico panfilo navigava sulle onde del Canale del Nord; inalberava la bandiera inglese e recava in cima all'albero maestro un guidone con le iniziali E.G. sormontate dalla corona ducale. Era il panfilo *Duncan* appartenente a Lord Glenarvan, uno dei sedici pari scozzesi che siedono alla Camera Alta. Il *Duncan*, di recentissima costruzione, aveva fatto le prove di macchina e stava per imboccare la Clyde per raggiungere Glasgow quando il marinaio di guardia annunciò che un enorme pesce si dibatteva nella scia della nave; il capitano John Mangles ne avvertì subito Lord Edward, il quale raggiunse il cassero insieme al maggiore Mac Nabbs, suo ospite a bordo.

- Dev'essere un grosso pescecane, - osservò il capitano - e precisamente un pesce-martello. Se Vostro Onore crede, e se Lady Glenarvan desidera assistere ad una pesca curiosa, sapremo ben presto di che cosa si tratta. Per me ritengo che sopprimere uno di quei terribili squali sia fare opera meritoria.

- Ebbene, fate pure, John - rispose con flemma inglese lord Glenarvan; e fece avvertire Lady Elena, che si affrettò a raggiungerlo sul cassero.

Alcuni marinai fecero scendere in mare una lunga corda che terminava con un uncino sul quale era infilato un grosso pezzo di lardo ed il vorace animale non tardò a gettarvisi sopra ingoiando esca ed uncino. Tentò di liberarsi con scosse violente, ma fu rapidamente tratto dal suo elemento ed issato sul ponte, dove un marinaio, destramente avvicinatosi, tagliò con un solo colpo di ascia la coda che si dibatteva con estrema violenza. Si trattava realmente di un pesce-martello, uno dei più feroci membri della famiglia degli squali: era lungo tre metri e pesava certamente più di tre quintali.

Il mostro fu sventrato a colpi di ascia, ma il suo stomaco era vuoto ed i marinai stavano per rigettare in mare il cadavere, quando l'attenzione del nostromo fu attratta da un oggetto grossolano impigliato nei visceri.

Questi, ogni volta che pescano uno squalo, lo squartano al fine di esaminarne le viscere, che, quasi sempre, riservano delle sorprese. Anche in questo caso fu trovato un oggetto di notevoli dimensioni incastrato nei visceri.

- Un pezzo di roccia che la bestia ha inghiottito come zavorra, - giudicò uno dei marinai.

- Macché! - commentò un altro. - E un proiettile di rame che ha ricevuto nel ventre e dal quale non ha più potuto liberarsi,

- Tacete voi altri! - esclamò il secondo di bordo Tom Austin; - non vedete che questo maledetto ubriacone, non contento di bere il vino, ha inghiottito anche la bottiglia!

- Una bottiglia? - intervenne Lord Glenarvan. - Trattatela con riguardo; sapete che le bottiglie raccolte in mare contengono talvolta delle notizie preziose.

Non senza pena il secondo riuscì ad estrarre dalle interiora dell'animale un oggetto informe che, dopo aver lavato, portò con ogni cura nel quadrato, deponendolo sul tavolo attorno al quale stavano in attesa Lord Glenarvan, il maggiore Mac Nabbs, il capitano John Mangles ed anche Lady Elena.

Ognuno dei presenti interrogava cogli occhi la fragile bottiglia. Cosa poteva contenere? Lord Glenarvan si dedicò all'esame della bottiglia, prendendo tutte le necessarie precauzioni e non trascurando alcun particolare.

Esteriormente la bottiglia aveva tutta l'aria di una bottiglia da champagne, con del filo di ferro posto intorno al tappo. Innanzitutto si poteva capire, dalle incrostazioni sul vetro, che la bottiglia doveva venire da molto lontano e che era nello stomaco del pescecane da molto tempo. Ovviamente non si poteva conoscere la provenienza sino a quando non fosse stata spaccata e non si fosse esaminato l'eventuale contenuto.

Purtroppo il tappo era stato molto danneggiato dall'acqua marina, segno che anche lo scritto poteva essere stato compromesso e quindi di difficile lettura. Non era neppure possibile stabilire la provenienza della bottiglia, dato il fatto che gli squali si spostano senza seguire delle rotte precise. Lord Glenarvan, a questo punto estrasse delle carte dalla bottiglia spezzandone con attenzione il collo; queste però, come previsto, erano corrose dall'umidità. I documenti estratti erano attaccati gli uni agli altri, e fu necessario staccarli con molta attenzione per permettere ai presenti di esaminarli il più intatti possibile.

In quei pezzi di carta, tra linee quasi completamente cancellate, appariva qua e là qualche parola o qualche sillaba; Lord Glenarvan li esaminò in tutti i sensi; li guardò contro luce, studiò le più piccole tracce di scrittura ed infine si rivolse agli amici, che attendevano col cuore in gola:

- Qui ci sono, - disse - tre distinti documenti, si direbbe anzi tre copie di uno stesso documento, in inglese, in francese ed in tedesco. Capirne il senso è estremamente difficile, perché le stesse parole superstiti sono tronche.

- Ma forse i tre documenti potranno completarsi a vicenda, - osservò il maggiore.

- Procediamo con ordine, - concluse Lord Glenarvan.

- Ecco intanto il documento inglese. Esso si presenta come segue:

62 Bri gow
sink stra
aland
skipp Gr
that monit of long
and ssistance
lost

- Non se ne capisce gran che, - osservò il maggiore deluso.

- È tuttavia del buon inglese, - aggiunse Lord Glenarvan; - le parole *sink*, *aland*, *that*, *and* e *lost* sono intere; *skipp* è evidentemente il principio della parola *skipper*; *Gr...* può essere il nome del capitano di un bastimento naufragato.

- Aggiungiamo pure, - disse Mangles - che anche le parole *monit* e *...ssistance* sono di interpretazione abbastanza facile.

- Disgraziatamente, - concluse il maggiore - mancano delle intere righe. Come conoscere allora il nome della nave ed il luogo del sinistro?

- Lo conosceremo, - assicurò con fermezza Lord Edward, -

completando un documento con l'altro.

Ma il secondo pezzo di carta era il più deteriorato e non recava che le seguenti poche parole in lingua tedesca:

7 Juni *Glas*
zwei *atrosen*
graus
bringt ihnen

Fortunatamente il capitano Mangles conosceva quella lingua e la conclusione del suo esame fu la seguente:

- Prima di tutto, ecco stabilita la data precisa del sinistro, poiché *7 Juni* vuol dire 7 giugno ed aggiungendo il *62* del documento in inglese possiamo concludere con sicurezza che il naufragio è avvenuto il 7 giugno 1862. Sulla stessa riga la sillaba *Glas* aggiunta alla sillaba *gow* del documento in inglese, ci informa trattarsi evidentemente di un bastimento di Glasgow.

- Sono perfettamente di tale opinione, - confermò il maggiore.

- La seconda linea manca completamente, ma sulla terza troviamo *zwei* che vuol dire due, e *...atrosen*, al quale manca soltanto l'iniziale per formare la parola *Matrosen*, che vuol dire marinai.

- Così, - commentò Lady Elena - si tratterebbe di un capitano e di due marinai!

- È probabile, - riprese il capitano Mangles - ma ora devo confessare che la sillaba *graus* mi imbarazza fortemente; bisognerà chiedere aiuto al documento n. 3. Invece *bringt ihnen*, che vuol dire «portate loro», si completa bene con la parola *...ssistance* del documento inglese e ne scaturisce chiaro il concetto: «Venite in loro soccorso».

- Va bene, portate loro soccorso, - esclamò Lord Glenarvan - ma dove sono quei disgraziati? Vediamo se il documento francese ci reca maggiori lumi.

Ed ecco il facsimile esatto del terzo documento:

trois ats tannia
gonie austral
abor
contin pr cruel indi
jeté ongit
et 37° 11' lat

- Qui almeno ci sono dei dati! - esclamò Lady Elena. - Bravi, bravi, signori! Continuate!

- Procediamo con ordine, - disse Lord Edward. - Risulta chiaro fin dalle prime parole che si tratta del tre-alberi *Britannia*; *gonie* non è chiaro, ma *austral* sì.

- Sicuro, - confermò John Mangles; - nessun dubbio che il sinistro sia avvenuto nell'emisfero australe.

- Continuo, - rispose Lord Glenarvan. - *Abor* è la radicale del verbo *aborder*. Quei disgraziati sono atterrati in qualche luogo, ma dove?! *Contin*... Dunque su di un continente. E *cruel*?

- Ah, *cruel*! - gridò John Mangles. - Ecco la spiegazione della parola tedesca *graus*! *Graus*... *grausam*... crudele.

- Andiamo avanti! - disse Lord Glenarvan, il cui interesse veniva sempre più eccitandosi man mano il senso del messaggio si rivelava. - I*ndi*... vuol forse dire che i naufraghi sono approdati in India? E quella parola *ongit*... ah, ci siamo: *longitudine*! E finalmente ecco la latitudine: trentasette gradi ed undici minuti! Ecco un'indicazione assai precisa!

- Manca purtroppo la longitudine! - osservò Mac Nabbs.

- Non si può essere troppo esigenti, mio caro maggiore, - rispose Lord Glenarvan - ed è già molto avere la latitudine esatta. Ora cerchiamo di riunire gli elementi dei tre foglietti e di dare loro il senso più logico e più probabile.

E Lord Glenarvan si mise all'opera, presentando di lì a poco ai suoi amici un foglio sul quale erano tracciate le linee seguenti:

7 juin 1862	*trois-mâts Britannia*	*Glasgow*
sombré	*gonie*	*austral*
à terre		*deux matelots*
capitaine Gr	*abor*	
contin pr	*cruel*	*indi*
	jeté ce document	*de longitude*
et 37° de latitude	*Portez-leur secours*	
		perdus

In quel momento un marinaio veniva ad avvertire che il panfilo stava imboccando il golfo della Clyde e John Mangles si rivolse a Lord Glenarvan domandandogli ordini.

- Raggiungete Dumbarton al più presto, John; poi, mentre Lady Elena tornerà a Malcolm-Castle, io correrò a Londra a presentare il documento all'Ammiragliato. Siamo senza dubbio sulle tracce di una catastrofe e la vita di alcuni uomini dipende dalla nostra sagacia. Nei tre documenti ci sono dati sicuri, dati ipotetici e dati mancanti. Il dato certo è che il 7 giugno 1862 il tre-alberi *Britannia* di Glasgow è naufragato; che il capitano e due marinai hanno dettato questo documento a 37°11' di latitudine e che domandano aiuto.

- È perfetto, - confermò il maggiore.

- Il dato ipotetico è che il sinistro sia avvenuto nei mari australi, ed allora richiamo la vostra attenzione sulla parola *...gonie*. Non potrebbe trattarsi del nome del paese?

- Patagonia! - gridò Lady Elena.

- Ma la Patagonia è attraversata dal 37° parallelo? - obiettò il maggiore.

- Vediamo subito, - rispose John Mangles spiegando una carta del Sud America. - Ecco, è proprio così: la Patagonia è sfiorata dal 37° parallelo, che taglia l'Araucania, percorre attraverso la pampa il nord delle terre patagoniche e continua nell'Atlantico.

- Bene! - rispose Lord Glenarvan. - Continuiamo allora a navigare nel mare delle congetture. Il capitano e i due marinai *abor...* abbordano che cosa? *Contin...* il continente! Voi capite, un continente e non un'isola. Che cosa ne succede? Ecco due lettere rivelatrici; *pr...* che ci rivelano la loro sorte. Essi sono presi oppure *prigionieri*. Da chi? Da cruels Indiens, da crudeli Indiani. Non vi pare convincente? Le lacune non vi sembrano riempite a puntino?

Lord Glenarvan parlava con profonda convinzione ed i suoi occhi rivelavano un entusiasmo che si comunicò senz'altro agli ascoltatori. Prese fiato un momento e poi continuò:

- Sono ipotesi, amici miei, ma mi sembrano estremamente plausibili: per me il naufragio ha avuto luogo sulle coste della Patagonia. Del resto farò domandare a Glasgow quale era la destinazione del *Britannia* e vedremo subito se esso poteva trovarsi in quei paraggi.

- Non occorre andare molto lontano, - esclamò John Mangles. - Ho qui la raccolta della «Mercantile and Shipping Gazette» e vi troveremo tutte le notizie desiderate -. Così dicendo prese un fascio di giornali e ben presto esclamò:

- Ecco qui: «30 maggio 1862. Perù. Callao. In carico per Glasgow. *Britannia*. Capitano Grant».

- Grant! - esclamò Lord Glenarvan. - Quell'ardito scozzese che aveva in animo di fondare una Nuova Scozia nei mari del Pacifico!

- Sì, - confermò John Mangles - quello stesso che nel 1861 si imbarcò a Glasgow sul *Britannia* e del quale non si è più avuto notizia.

- Tutto è chiaro ora! Il *Britannia* ha lasciato Callao il 30 maggio e il 7 giugno si è perduto sulle coste della Patagonia. Non ci resterebbe che conoscere la longitudine...

- Ma non è neppure necessario, - esclamò il capitano Mangles, il paese è conosciutissimo ed anche con la sola latitudine io mi sentirei di arrivare difilato sul teatro del naufragio.

- Allora sappiamo tutto? - domandò Lady Glenarvan.

- Tutto, mia cara, - confermò Lord Edward - ed io mi sento di poter trascrivere il documento tutto intero, come se fossi sotto la dettatura del capitano Grant medesimo -. E, presa infatti la penna, scrisse:

«Il 7 giugno 1862 il tre-alberi *Britannia* di Glasgow ha fatto naufragio sulle coste della Patagonia nell'emisfero australe. Direttisi a terra, il capitano Grant e due marinai tenteranno di sbarcare sul continente, dove cadranno prigionieri dei crudeli Indiani. Hanno messo in mare questo documento a... gradi di longitudine e 37°11' di latitudine. Venite in loro soccorso, altrimenti sono perduti».

- Ottimamente, mio caro Edward, - commentò Lady Elena - e se mai quei disgraziati rivedranno la loro patria lo dovranno a voi.

- La rivedranno! - rispose con fermezza Lord Glenarvan. - Questo documento è troppo esplicito, troppo chiaro, troppo certo perché l'Inghilterra esiti.

- Quei poveretti, - riprese Lady Elena - hanno senza dubbio una famiglia che piange la loro perdita.

- Può essere, ma provvederò ad annunciare che non tutte le speranze sono perdute.

Effettivamente il *Duncan* aveva forzato le macchine; costeggiava l'isola di Bute, e lasciava a tribordo Rothery, con la sua elegante piccola città, adagiata nella fertile vallata; poi si lanciò verso le strettoie del golfo, passò di fronte a Gremendo e, alle sei di sera, attraccava ai piedi della rocca basaltica di Dumbarton dove una vettura attendeva Lady Elena ed il maggiore Mac Nabbs per ricondurli a Malcolm-Castle. Quanto a Lord Glenarvan, egli si lanciò nell'espresso di Glasgow, non senza aver prima diramato alla stampa un comunicato del seguente tenore:

«Per notizie sulla sorte del tre-alberi *Britannia* di Glasgow, capitano Grant, rivolgersi a Lord Glenarvan, Malcolm-Castle, Lussu, Contea di Dumbarton, Scozia».

Le acque del lago di London bagnavano i muri del castello di Malcolm, di proprietà della famiglia Glenarvan da tempo immemorabile. Quando si verificò anche in Scozia la rivoluzione industriale, quasi tutti i vassalli furono licenziati e molti morirono di fame; solo i dipendenti della famiglia Glenarvan restarono fedeli alla famiglia, non lasciarono le terre dove erano sepolti i loro antenati, e continuarono a far parte del clan dei loro antichi padroni.

Sia nel castello che a bordo del *Duncan*, vi erano solo scozzesi. Lord Glenarvan era immensamente ricco; egli impiegava i suoi fondi in opere di bene.

Facendo parte della camera dei Lords, non era ben visto dai suoi colleghi ed in genere dagli uomini di Stato, a causa delle sue idee «giacobine». Egli aveva all'epoca trentadue anni; era un tipo generoso, che avrebbe donato l'intero suo mantello a chi ne avesse avuto bisogno per coprirsi, rimanendo lui stesso privo di tale riparo. Egli aveva sposato Lady Elena solo da tre mesi. Essa non era di famiglia nobile, ma era una scozzese, e tanto bastava. I coniugi Glenarvan vivevano nel castello di Malcolm, in mezzo ad una natura splendida e selvaggia degli Hillmann, dove essi rivivevano le vecchie storie ed episodi della storia della Scozia. Spesso si recavano a cavallo nelle foreste o in zone disabitate. Così avevano vissuto i primi mesi del loro matrimonio. Dato però che Lord Glenarvan sapeva che sua moglie era la figlia di un grande navigatore, egli pensò che anche Elena avesse le stesse aspirazioni di suo padre: pertanto fece costruire il *Duncan*, alfine di avere la possibilità di visitare i più bei paesaggi del mondo. Lady Elena fu felice quando poté salire sul *Duncan*.

Mentre Lord Glenarvan era a Londra ad intercedere per la salvezza degli sventurati naufraghi, incontrando però delle difficoltà, Lady Elena ricevette la visita di una signorina e di un ragazzo che desideravano parlare a Lord Glenarvan. Erano giunti a piedi e bastava un'occhiata per capire che erano fratello e sorella. Lei mostrava sedici anni; era gentile, aveva l'aria affaticata e si sarebbe detto che avesse pianto molto; l'espressione rassegnata ma coraggiosa e l'abito povero ma pulito deponevano a suo favore. Conduceva per mano un ragazzo dodicenne dall'aria risoluta, che sembrava capace di prendere all'occorrenza anche le difese della sorella.

- Signora, - egli disse subito - non è a voi che desideriamo parlare, ma a Lord Glenarvan in persona.

- Lord Glenarvan non c'è, ma io sono sua moglie e se volete dirmi...

- Siete Lady Glenarvan di Malcolm-Castle? - domandò la fanciulla. - Sapete che il «Temis» ha pubblicato una notizia relativa al naufragio del *Britannia*?

- Lo so, lo so, - rispose premurosamente lady Elena, - e voi chi siete?

- Sono miss Grant, signora, e questo è mio fratello.

- Miss Grant! - esclamò la giovane donna, attirando la fanciulla presso di sé.

- Signora, che cosa sapete del naufragio di nostro padre? È vivo? Lo rivedremo? Parlate, ve ne supplico.

- Fanciulla cara, Dio mi guardi dal darvi delle speranze che se si dovessero dimostrare fallaci...

- Dite, signora, dite! Sono abituata al dolore e preparata a qualunque notizia.

- Mia cara, si tratta di un filo di speranza; ma, con l'aiuto dell'Innipotenti, potrebbe anche essere che rivedrete un giorno vostro padre.

- Dio, Dio! - non seppe che esclamare la povera ragazza struggendosi in lagrime, mentre il fratello copriva di baci la mano di Lady Elena.

Quando l'accesso di gioia fu consumato, la ragazza cominciò a fare un sacco di domande: lady Elena le raccontò la storia del recupero dei documenti, di come la nave si fosse perduta sulle coste della Patagonia, come il capitano e due suoi marinai avevano raggiunto la terraferma, ed infine il modo con il quale avevano implorato il soccorso da parte di chiunque. Il ragazzo, mentre Lady Helena parlava, la divorava con gli occhi.

La sorella, voleva vedere i documenti recuperati, malgrado Lady Elena le elencasse i dati e le parole che erano state lette o interpretate nei tre documenti scritti in lingue diverse.

- Ora ne sapete quanto me!

- Sì, signora, - rispose la fanciulla - ma avrei voluto vedere la scrittura di nostro padre.

- La vedrete domani, forse. Lord Glenarvan è andato a Londra a sollecitare dall'Armiraglio l'invio di una nave di soccorso e lo attendo da un momento all'altro.

- Davvero, signora, avete fatto questo? Che siate benedetti entrambi!

- Ebbene, trattenetevi dunque al castello fino a domani.

Lady Elena era stata molto prudente nel racconto fatto ai due ragazzi ed aveva taciuto tutto ciò che avrebbe potuto affliggerli maggiormente, ma interrogò la ragazza e conobbe così la semplice e commovente storia dei due fratelli.

Mary e Robert erano i soli figli del capitano Harry Grant, che era vedovo e che, durante i suoi lunghi viaggi, lasciava i ragazzi affidati ad una vecchia cugina. Egli era di Dundee nella contea di Parth, e quindi scozzese. Aveva un piccolo patrimonio guadagnato coi traffici e, animato da spirito di indipendenza rispetto agli invadenti inglesi, aveva pensato di fondare una vasta colonia scozzese in Oceania. Vagheggiava che essa fosse il nocciolo di un futuro Stato indipendente, come quello degli Stati Uniti e dell'Australia, e forse il Governo inglese gli creò quanti più ostacoli poté, ma il capitano Grant non se ne lasciò abbattere e nel 1861, acquistato il *Britannia* e raccolti dei fondi, partì con un equipaggio di scozzesi.

Le ultime notizie avute sul conto suo e della nave risalivano al maggio del 1862; frattanto la vecchia cugina era morta e i due ragazzi si erano trovati soli al mondo e ridotti a campare, in una dignitosa miseria, del lavoro tenace e coraggioso di Mary.

Mary Grant aveva allora quattordici anni; ella non si ritirò di fronte alla situazione in cui era venuta a trovarsi; si dedicò interamente a suo fratello che era ancora un bambino. Bisognava allevarlo, istruirlo; a forza di sacrifici, di economie, di prudenza e sagacia, lavorando giorno e notte, la sorella riuscì a dare a suo fratello un grado di educazione accettabile. I due ragazzi vivevano a Dundee, in uno stato perenne di miseria. Mary pensava solo a suo fratello, e sperava per lui in un felice avvenire. Per quanto concerneva lei, essa pensava solo al *Britannia* che era sparito, e a suo padre certamente morto.

Logico quindi che l'avviso sul Temis la colpì e le ispirò una speranza di salvezza per suo padre. Non si doveva esitare.

La sua decisione fu immediata. Anche se avesse dovuto apprendere che il corpo di suo padre era stato ritrovato da qualche parte, questo sarebbe stato meglio che continuare a vivere con l'incertezza della sorte a lui toccata. Pertanto, il giorno stesso i due ragazzi presero il treno per Parth, e la sera si presentarono al castello di Lord Glenarvan.

I due ragazzi dormirono profondamente nella camera messa a loro disposizione ed il mattino seguente passeggiavano nel cortile del castello quando il rumore di una carrozza vi attrasse anche Lady Elena ed il maggiore Mac Nabbs. Era Lord Edward, accigliato, deluso, furioso.

- Ebbene, Edward; e così? - domandò la moglie.

- Quella è gente senza cuore, mia cara! Niente da fare. Mi hanno rifiutato una nave. Si sono rifiutati di spendere dei soldi, in considerazione di quanto era stato speso per la ricerca di Franklin! I documenti non erano sufficientemente chiari e risalivano a due anni. In più dovevano essere prigionieri degli Indiani, e quasi certamente trasportati nell'interno. Come si poteva fare a ritrovare delle persone sperdute in Patagonia; quasi certamente avrebbero dovuto essere sacrificate più persone di quelle che si chiedeva di ricercare e salvare. In più, si ricordavano del progetto del capitano Grant, circa una colonia di scozzesi, e questo apportò il colpo di grazia alle loro richieste di soccorso.

- Mio padre! Il mio povero padre! - gridò Mary, precipitandosi ai piedi di Lord Glenarvan, il quale, sorpreso, non sapeva che pensare.

- Sì, - spiegò Lady Elena - questi due ragazzi sono Mary e Robert, i figli del capitano Grant, che l'Ammiragliato condanna ad essere orfani.

- Ah, miss, - rispose confuso Lord Glenarvan, rialzando la fanciulla - mi rincresce; scusatemi; se avessi saputo chi eravate...

Ma oramai il male era fatto. Seguì un silenzio penoso interrotto da singhiozzi; il gruppo era attorniato dai domestici della casa e tutti quegli scozzesi protestavano in cuor loro contro la freddezza del Governo di Londra. Dopo qualche minuto il piccolo Robert insorse gridando:

- Ebbene, andrò io a trovare quella gente, e vedremo se...

- No, no, - lo interruppe la sorella; - piuttosto ringraziamo questi bravi signori per quel che hanno fatto e partiamo insieme. Mi getterò ai piedi della Regina e chissà che essa non sia sorda alla voce di due ragazzi che chiedono la salvezza del loro padre.

Glenarvan scosse la testa ben sapendo quanto fosse difficile avvicinarsi ai gradini del trono; e fu allora che Lady Elena ebbe una grande e generosa idea:

- Sentite, Mary, - disse - sentite quel che sto per dire -. E si avvicinò al marito risoluta, con l'occhio umido ed i lineamenti animati, continuando: - Edward, gettando in mare il suo messaggio, il capitano Grant lo ha affidato alle cure di Dio, e Dio lo ha fatto pervenire a noi. È dunque chiaro che Dio stesso ha voluto incaricarci della salvezza di quei disgraziati.

- Ebbene, che cosa volete dire, Elena? - domandò Lord Glenarvan.

- Voglio dire che dovremmo sentirci felici di iniziare la nostra vita coniugale con un'azione nobile. Ebbene, progettavamo un viaggio in mare col nostro *Duncan*; quale migliore viaggio che andare alla ricerca di tre disgraziati abbandonati dal loro paese?

Lord Glenarvan strinse tra le braccia la sua ardita sposa mentre i due ragazzi le baciavano le mani e i servitori attorno, commossi ed entusiasti, agitavano le braccia gridando:

«Hurrà!»

Decisa la spedizione, non era più il caso di perdere neppure un'ora e Lord Glenarvan spedì il giorno stesso al capitano Mangles l'ordine di condurre il *Duncan* a Glasgow e di prepararlo ad un viaggio nei mari del Sud. La nave aveva due alberi ed una velatura sufficiente per sfruttare il vento, ma soprattutto contava sui centosessanta cavalli della sua macchina, capaci di imprimere una velocità di diciassette miglia all'ora. John Mangles non ebbe quindi che da pensare agli adattamenti interni.

John Mangles era quel che si dice un uomo in gamba.

La sua prima preoccupazione fu quella di aumentare le stive dove sistemare la maggiore quantità di carbone possibile. Altrettanto fu fatto per le provviste di vitto; egli arrivò sino ad accantonarne per due anni; dato che non mancava di soldi, acquistò un cannone girevole che permettesse di raggiungere un bersaglio distante sino a quattro miglia. Insomma, era un marinaio che se ne intendeva. Quantunque comandasse uno yacht da crociera, egli era considerato uno dei migliori Skipper di Glasgow; aveva trent'anni, dai lineamenti un po' rudi, ma ispiranti coraggio e bontà. Egli era cresciuto nel castello della famiglia Glenarvan, che lo aveva educato facendo di lui un eccellente marinaio. Egli dette prove di energia e sangue freddo in diversi viaggi di lungo corso. Quando Lord Glenarvan gli offrì il comando del *Duncan* John accettò con gioia, dato che egli voleva bene come ad un fratello al suo benefattore.

Il capitano, pur occupandosi dell'approvvigionamento del suo naviglio, non dimenticò di sistemare gli appartamenti di Lord e Lady Glenarvan; nonché le cabine dei due ragazzi Grant. In più il capitano si assunse l'incarico di insegnare il mestiere di marinaio al giovane Robert Grant.

Il secondo, Tom Austin, era un vecchio marinaio degno di tutta fiducia. L'equipaggio del *Duncan* contava venticinque uomini tutti della contea di Dumbarton, gente provata ed affiatata.

Aggiungeremo il maggiore Mac Nabbs, cinquantenne, temperamento obbediente, sempre d'accordo con tutti.

Ora il *Duncan*, attraccato al molo di Glasgow, vicino al grande piroscafo *Scotia* in partenza per Calcutta, monopolizzava la curiosità generale ed era visitato ogni giorno da folle di curiosi.

Lord Glenarvan, dal momento in cui il suo progetto fu reso noto, aveva ricevuto delle osservazioni in merito alle fatiche ed ai pericoli del viaggio. Egli non ne tenne assolutamente conto, e si apprestò a lasciare il suo castello. D'altronde, molti lo biasimavano tra quanti lo ammiravano sinceramente.

L'opinione pubblica, però, si schierò a favore del Lord scozzese, e tutti i giornali, salvo i «governativi», commentarono in modo sfavorevole la presa di posizione dell'Armiraglio in questo affare. Il Lord fu insensibile sia alle lodi che alle critiche. Pensava soltanto che in quel momento stava facendo unicamente il suo dovere.

Il giorno 24 agosto Glenarvan con sua moglie, il maggiore Mac Nabbs, Mary e Robert Grant, il maestro di casa Oblieght con sua moglie cameriera di Lady Glenarvan, lasciarono Malcolm-Castle tra le commosse effusioni della servitù riunita, e si installarono a bordo.

Il *Duncan* sarebbe partito nella notte tra il 24 ed il 25, approfittando della marea discendente, ma la sera tutti i viaggiatori e tutto l'equipaggio fino all'ultimo fuochista sbarcarono per assistere ad una funzione religiosa nell'antica cattedrale di San Mungo, affollata di fedeli, dove il reverendo Morton invocò sulla spedizione la benedizione divina. Il cielo cominciava a schiarirsi ad oriente quando il *Duncan* si mise in moto manovrando tra gli ostacoli del golfo della Clyde. Alle sei del mattino usciva dal Canale del Nord e navigava in mare aperto.

Durante la prima giornata il mare fu piuttosto agitato, ma all'alba del giorno seguente le signore poterono raggiungere sul cassero i loro uomini ed ammirare il sorgere del sole.

- La traversata sarà lunga, mio caro Edward? - chiese Lady Elena a suo marito.

- Tocca al capitano risponderci, - rispose Lord Glenarvan, e girò la domanda al capitano. - Andiamo bene? Siete soddisfatto della Vostra imbarcazione, John?

- Molto soddisfatto, Vostro Onore; è uno splendido bastimento ed un marinaio gradisce sentirlo sotto i suoi piedi. Viaggiamo alla velocità di 17 miglia orarie. Se potremo conservarla, noi traverseremo l'equatore fra 10 giorni e fra 5 settimane avremo doppiato capo Horn.

- Avete sentito, Mary, - disse Lady Elena - tra 5 settimane!

- Sì, Signora, - rispose la ragazza - ed il mio cuore ha battuto forte alle parole del capitano.

- E come sopporti questa navigazione, Mary? - le chiese il Lord.

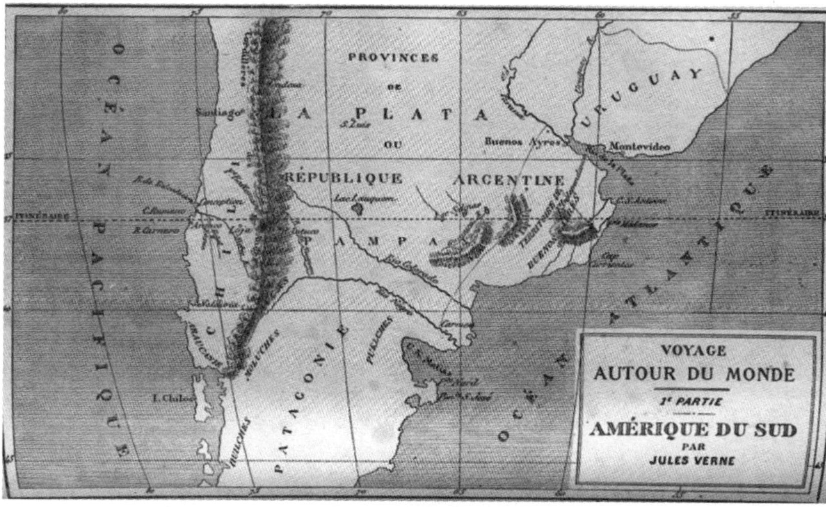

- Bene, Milord, e senza troppi disturbi.

- Ed il nostro Robert?

- Oh, Robert, quando non è attaccato alle macchine, si sta occupando degli alberi; è tipo che non soffre il mal di mare.

Tutti gli sguardi si rivolsero verso l'albero di mezzana, e così poterono vedere Robert sospeso in aria all'altezza di 100 piedi.

Il capitano disse che lui avrebbe risposto personalmente dell'incolumità del ragazzo.

- Il Cielo vi ascolti, capitano, - disse la sorella.

Il Lord affermò che loro non viaggiavano per divertimento, ma perché erano spinti dal senso del dovere nei confronti dei naufraghi.

Sua moglie gli rispose che egli era il migliore degli uomini. No, replicò suo marito, ma io ho il migliore equipaggio sulla migliore delle navi. E Voi, miss Mary, ammirate anche Voi il nostro *Duncan*? Certamente, Milord, rispose la ragazza, l'ammiro da vera conoscitrice. Io ho giocato sin da piccola sulle navi di nostro padre; avrebbe voluto far di me un marinaio, e, se fosse necessario, non sarei imbarazzata a intrecciare una garzette.

- Cosa state dicendo, miss, - disse il capitano.

- Se voi parlate così, aggiunse il Milord, voi vi farete un amico nella persona del capitano, dato che non concepisce altro che lo stato di marinaio. Non vede altra professione per una donna. È vero, John?

- Certamente, Vostro Onore - rispose il giovane capitano - e confesso che miss Grant si trova più a suo agio sul cassero che ad avvolgere una vela di parrocchetto.

Lady Elena, stendendo le lodi formulate sul conto del *Duncan* fece presente che desiderava visitare tutta la nave, sino in fondo, e vedere in qual modo erano sistemati nell'interponte gli uomini dell'equipaggio.

Il lord dette tutte le assicurazioni possibili a sua moglie sulla sistemazione dei componenti l'equipaggio; ed arrivò a dire che la sua nave era una porzione della vecchia Caledonia. La signora pregò suo marito di fare gli onori di casa, dopo aver dato disposizioni al signor Olbinett perché facesse trovare pronto il pranzo alla fine del loro giro di visita alla nave. Olbinett dette tutte le assicurazioni possibili al Lord, dopo di che la visita ebbe inizio, lasciando il maggiore Mac Nabbs avvolto nelle nuvole di fumo del suo sigaro; egli parlava tra sé e sé secondo il suo solito, ma ad un certo momento si voltò indietro e si trovò faccia a faccia con una persona che gli era del tutto sconosciuta. Se Mac Nabbs fosse stato capace di provare sorpresa, quella sarebbe stata un'occasione unica.

Si trattava di un signore allampanato di forse quarant'anni, simile ad un lungo chiodo con una grossa testa; ma la testa era larga e forte, la fronte alta, il naso affilato, la bocca grande ed il mento sporgente.

Gli occhi erano riparati dietro due enormi lenti rotonde e lo sguardo sembrava avere quella specie di indecisione che è caratteristica dei nittalopi, capaci di vedere anche nella più profonda oscurità. Lo sconosciuto era abbigliato con un berretto da viaggio, ghette di cuoio ed abito di velluto marrone, le tasche del quale straboccavano di oggetti di ogni genere, senza contare un cannocchiale che portava a tracolla.

L'enigmatico personaggio, dopo aver girato, guardato, interrogato con gli occhi, si dedicò all'esame del mare servendosi del proprio cannocchiale lungo più di un metro, poi vi si appoggiò come avrebbe fatto con un bastone, ma quello, rientrando improvvisamente in se stesso, poco mancò che non lo mandasse a gambe levate sul ponte.

Chiunque avrebbe perlomeno sorriso, ma non il maggiore che non batté ciglio. Passava per fortuna sul cassero il maestro di casa Olbinett e lo sconosciuto lo abbordò:

- Siete voi lo «steward» della nave?

- Sì, signore, sono io - rispose quegli sbalordito; - ma veramente non ho l'onore...

- Sono il passeggero della cabina n. 6, e voi come vi chiamate?

- Mi chiamo Olbinett.

- Ebbene, Olbinett, amico mio, sono trentasei ore che non mangio ed anche di più che non dormo, poiché sono venuto difilato da Parigi a Glasgow. A che ora si va a tavola?

- Alle nove, signore, - rispose macchinalmente il maestro di casa.

Lo sconosciuto volle consultare il proprio orologio, ma l'impresa non fu facile, perché l'orologio fu rintracciato soltanto dopo che ebbe frugato nove tasche.

- Ah, sono solo le otto. Bene, Olbinett, datemi allora un biscotto ed un bicchiere di sherry perché muoio di fame. - Ebbene, - continuò - dov'è il capitano? E il secondo? Dormono tutti? Del resto il tempo è buono ed il vento favorevole e la nave cammina da sola.

John Mangles veniva in quel momento dalla scala del cassero e lo sconosciuto lo investì senz'altro, esclamando:

- Siete voi il capitano? Lusingato, lusingato, capitano Burton, di fare la vostra conoscenza.

Lo stupore si dipingeva sul volto di John Mangles, ma lo sconosciuto imperturbabile continuò:

- Permettetemi di stringervi la mano. Avrei dovuto farlo fin dall'altra sera, ma so che al momento della partenza non bisogna disturbare. Oggi sono veramente felice di conoscervi. E poiché la presentazione è fatta, mio caro capitano, eccoci vecchi amici. Chiacchieriamo un po'; siete contento del vostro *Scotia*?

- Ma che cosa intendete voi per *Scotia*? - riuscì finalmente a domandare John Mangles.

- Ma come? Lo *Scotia*, la nave che ci trasporta e della quale ho sentito decantare le virtù, come pure quelle del suo comandante capitano Burton. Siete parente dell'esploratore d'Africa che aveva il vostro stesso nome? Se sì, vi faccio i miei complimenti, signore: era un valoroso.

- Signore, - esclamò Mangles - non solo non sono parente dell'esploratore, ma non sono neppure il capitano Burton.

- Ah, ho capito? Forse parlo col comandante in seconda. Allora siete il signor Burdness?

John Mangles soffocava, ma la verità cominciava a farsi strada nel suo spirito, quando apparvero dalla scaletta Lord Glenarvan e le due donne. Lo sconosciuto esclamò:

- Ah, finalmente dei passeggeri! Benissimo! Signor Burdness, spero che mi vorrete presentare...

Ma senza attendere la presentazione lo sconosciuto si inchinò alle signore, chiamando «signora» Mary e «miss» Lady Glenarvan.

- Lord Glenarvan, - disse John Mangles.

- Milord, - rispose lo sconosciuto - scusate se mi presento da solo, ma in mare bisogna chiudere un occhio sull'etichetta; spero che ci conosceremo presto e che per merito della compagnia delle signore la traversata dello *Scotia* ci sembrerà non solo breve, ma gradevole.

Né le signore né gli uomini comprendevano nulla e Lord Glenarvan disse allora:

- Signore, a chi ho l'onore di parlare?

- A Giacomo Eliacinto Francesco Maria Paganel, segretario della Società di Geografia di Parigi, membro corrispondente delle Società di Berlino, Bombay, Darmstadt, Lipsia, Londra, Pietroburgo, Vienna, New York; membro onorario del Reale Istituto Geografico ed Etnografico delle Indie Orientali; il quale, dopo aver passato venti anni della sua vita a fare la geografia di tavolino, ha voluto entrare nella scienza militante ed è diretto in India per coordinare tra loro i lavori dei grandi viaggiatori.

Il Segretario della Società di Geografia di Parigi non era ignoto a Lord Glenarvan e si mostrava per di più uomo molto compìto sicché il Lord non ebbe difficoltà a stendergli la mano mentre gli diceva:

- Lietissimo; ma volete permettermi di rivolgervi una domanda?

- Anche venti, milord.

- Siete proprio arrivato a bordo l'altro ieri sera?

- Sì, alle otto. Ero saltato dal treno in una vettura, e da questa a bordo dello *Scotia*, sul quale, da Parigi, avevo, fatto prenotare la cabina n. 6. Era buio, non vidi nessuno e mi gettai sul letto dove, stanco com'ero, dormii per trentasei ore difilate.

- Così, signor Paganel, - disse Lord Glenarvan - è Calcutta la vostra mèta?

- Sì, milord. Visitare l'India è stato il sogno di tutta la mia vita.

- Ma, vediamo, non vi interesserebbe di vedere invece un altro paese?

- Eh no, sarebbe una cosa molto sgradevole, tanto più che ho delle commendatizie per il Governatore Generale e una missione da compiere. Si tratta di riconoscere il corso del Yaru-Dzangbo-Tciu, che irriga il Tibet su di un percorso di 1500 chilometri...

- Signor Paganel, - riprese Lord Glenarvan dopo una breve esitazione - sarebbe senza dubbio un'impresa meritoria, ma bisogna che vi disinganni. Non vedrete l'India, per ora.

- Ma come?! E perché mai?

- Perché alla penisola indiana abbiamo già voltato il dorso.

- Eppure, il capitano Burton...

- Io non sono il capitano Burton, - intervenne John Mangles.

- Ma... lo *Scotia*?

- Questa nave non è lo *Scotia*.

Impossibile descrivere lo sbalordimento di Paganel; guardava volta a volta i suoi interlocutori tra costernati e sorridenti, quando i suoi occhi si fissarono sulla ruota del timone, che recava le parole «*Duncan*-Glasgow». Gettò un grido di disperazione e si precipitò per la scaletta del cassero mentre un irrefrenabile scoppio di risa echeggiava su tutto il bastimento.

- Non c'è da stupirsi - osservò Lord Glenarvan; - Giacomo Paganel è conosciuto, non solo per la sua dottrina, ma anche per le sue distrazioni; ora potrà, o venire con noi, oppure scendere al primo approdo.

In quel momento Paganel, che aveva voluto assicurarsi della presenza dei suoi bagagli, risaliva in coperta; andava e veniva interrogando cielo, mare ed alberatura e mormorando «Il *Duncan*! Il *Duncan*!» Sembrò ad un tratto convinto e si decise a domandare:

- Ma questo *Duncan* dove va?

- In America, e precisamente a Conception, nel Cile; - gli rispose Lord Glenarvan.

- Nel Cile! - esclamò il disgraziato geografo. - E la mia missione in India? Come potrò giustificarmi?

- Vediamo, signor Paganel, non disperatevi; con un piccolo ritardo tutto potrà aggiustarsi e il Yaru-Dzangbo-Tciu vi aspetterà. Approderemo a Madera da dove qualche nave vi riporterà in Europa. Intanto vi prego di approfittare liberamente dell'ospitalità che vi offro su questo mio panfilo, - disse con molta cortesia Lord Glenarvan.

- Vi sono molto grato, milord; ma scusatemi: l'India è un paese meraviglioso che forse le signore non conoscono. Dal momento che siete in viaggio di piacere non potreste far dare un giro di ruota al timone e dirigervi verso Calcutta invece che?... - Ma l'energico scuotimento di testa di tutti i suoi interlocutori gli impedì di completare la sua domanda.

- Signor Paganel, - intervenne Lady Elena - se si trattasse di un viaggio di piacere direi volentieri: «Andiamo in India» e certamente Lord Glenarvan non mi disapproverebbe. Ma il *Duncan* va a rimpatriare dei naufraghi abbandonati sulla costa della Patagonia e non può modificare un programma dettato dall'umanità.

In pochi minuti il francese fu informato e riconobbe lui stesso che non era il caso di perdere neppure un giorno.

- E perché, signore, - insinuò Lady Elena - non vi assocereste alla nostra impresa?

- Impossibile, signora; ho un incarico e bisogna che lo adempia. Sbarcherò quindi al vostro prossimo approdo.

- A Madera, allora, - disse John Mangles. Paganel approfittò dell'ospitalità offertagli dimostrandosi estremamente amabile. Studiò anche il famoso documento, della cui interpretazione si mostrò più che sicuro.

Capitolo II

Paganel

Il panfilo, favorito dalle correnti, andava a tutto vapore verso l'Equatore e il 30 agosto fu in vista del gruppo di Madera, quindi Lord Glenarvan, memore della propria offerta, propose di approdare. Ma Paganel osservò:

- Mio caro Lord, avete visto che non faccio complimenti, ma ditemi un po': la fermata a Madera era nelle vostre intenzioni?

- Veramente no.

- Ebbene, allora vi dirò che per me geografo, Madera è così nota da non presentare alcuna attrattiva. Perché dunque non prendere terra piuttosto alle Canarie? Esse pure sono sulla vostra rotta e vale la pena fermarci.

- Va bene, approdiamo allora alle Canarie.

- Vedete, mio caro Lord, alle Canarie ci sono tre gruppi di isole degni di studio, senza parlare del Picco di Tenerife che, in attesa di una nave per l'Europa, scalerei volentieri.

Il 31 agosto, alle due del pomeriggio, Paganel e John Mangles stavano sul ponte quando il capitano fece osservare al geografo, il quale si ostinava a non vederla, la vetta del Picco di Tenerife che appariva oltre le nuvole.

- Voi non guardate nella giusta direzione. Non dovete guardare sulla linea dell'orizzonte, ma sopra le nubi. Non è questione che Voi non vediate niente: non volete vedere. Malgrado si sia distanti 40 miglia, il Picco di Tenerife è chiaramente visibile al di sopra dell'orizzonte.

Paganel, volente o nolente, dovette arrendersi all'evidenza dopo alcune ore, alfine di non apparire mezzo cieco.

Il geografo fece osservare che il picco non era certamente alto come il Monte Bianco; il capitano affermò a sua volta che, malgrado la differenza di altezza, egli avrebbe trovato la montagna faticosa da scalare.

Paganel disse allora che, secondo lui, l'ascesa alla montagna non era assolutamente necessaria. La stessa era stata scalata da Humboldt e Bonplan. Una descrizione completa ne era stata fatta; erano state rilevate 5 zone: quella del vino, quella degli allori, quella dei pini, delle brughiere alpine e finalmente la zona sterile. Il vulcano fu visitato sino in fondo al cratere.

Paganel giudicava perfettamente inutile una sua visita al picco, in quanto non avrebbe avuto nulla da aggiungere a quanto già scoperto dai suoi predecessori.

John Mangles gli fece anche rilevare che sarebbe stata particolarmente noiosa l'attesa di un bastimento che facesse sosta a Tenerife. Sarebbe stato più opportuno, secondo il capitano, che Paganel scendesse alle isole del Capo Verde dove il *Duncan* avrebbe fatto scalo per rifornirsi di combustibile. Inoltre queste isole non sono molto lontane dal Senegal, e Paganel avrebbe quindi avuto la possibilità di incontrare dei suoi compatrioti e di effettuare alcune ricerche di carattere scientifico.

Il *Duncan* continuando il suo rapido viaggio tagliò il tropico del Cancro il 2 settembre alle 5 del mattino. Il tempo stava cambiando. Era arrivato il periodo delle piogge, particolarmente favorevole agli abitanti delle isole che sono quasi prive di vegetazione ad alto fusto e di sorgenti di acqua dolce. Il giorno dopo Paganel si mise a preparare i suoi bagagli onde sbarcare a Villa Praia. Il *Duncan* costeggiò le diverse isole di Capo Verde, ed infine imboccò la baia di Villa Praia, e gettò l'ancora. Il tempo era cattivo malgrado la baia fosse protetta dalle folate di vento. La pioggia era veramente torrenziale, tanto da impedire di vedere il resto dell'isola. Lady Elena non poté recarsi a visitare l'isola. L'imbarco del carbone era particolarmente difficile. Pertanto i passeggeri del *Duncan* erano praticamente consegnati sulla nave. Paganel andava e veniva sul ponte scuotendo la testa, e facendo presente che non temeva il diluvio universale per sé stesso, ma per i suoi strumenti che avrebbero potuto guastarsi. La sua sistemazione logistica non sarebbe stata delle peggiori: avrebbe avuto la compagnia delle scimmie e dei maiali, le cui iniziative non sono sempre gradite. Un viaggiatore però non ci fa caso. C'era solo da sperare che in capo a 7 o 8 mesi una nave si sarebbe fermata alle Isole, dandogli così la possibilità di rientrare in Europa. Lo scienziato avrebbe potuto occupare il suo tempo studiando la topografia, il clima, l'etnografia, e l'ipsometria delle isole. Lady Elena gli consigliò di studiare i fiumi, le sponde marine, i corsi d'acqua, le foreste; Paganel rispose che non vi era nulla di quanto elencato dalla Lady. Per quanto riguardava le montagne, queste erano poco elevate, e già studiate in precedenza dal geologo M. Charles Sainte-Claire Deville.

Davanti ad una simile situazione, Lord Glenarvan disse al signor Paganel che avrebbe fatto molto meglio a sbarcare a Madera. Stando le cose come più sopra descritte, il prossimo scalo sarebbe stato Conception, che però lo allontanava notevolmente dalle Indie.

- Diamine, questo non è affatto sulla strada dell'India!

- Sì che lo è; doppiato il Capo Horn ed entrati nel Pacifico, ogni giro di elica vi avvicina all'India. Del resto, - aggiunse Lord Glenarvan con la più grande serietà ci sono anche le Indie Occidentali ed anche gli abitanti della pampa patagone sono degli Indiani. Invece del Yaru-Dzangbo-Tciu esplorerete il Rio Colorado, che è poco noto e che le carte segnano in modo troppo fantasioso.

- Lo so, mio caro Lord, e se ne avessi fatto la proposta la Società di Geografia avrebbe anche potuto mandarmi in Patagonia: ma veramente non ci ho pensato neppure un momento.

- Effetto delle vostre solite distrazioni!

- Vediamo, signor Paganel, - intervenne lady Glenarvan con la sua voce più carezzevole - non avreste voglia di unirvi alla nostra comitiva?

- Oh, signora! E la mia missione?

- Guardate che passiamo per lo Stretto di Magellano, - incalzò il marito. - E che visiteremo Port-Famine. E che la vostra presenza vi darà il diritto di associare il nome della Francia a quello della Scozia.

- Milord, voi mi tentate.

- Infine che cosa c'è di più bello che mettere la scienza al servizio dell'umanità?

- Credete a me, - concluse la signora - imitate noi e lasciate fare al caso, o meglio alla Provvidenza. Essa ci ha mandato quel documento e siamo partiti; ha gettato voi a bordo del *Duncan* e ci siete rimasto.

- Ebbene, miei bravi amici, - esclamò Paganel - avete tutti una gran voglia che resti!

- E voi, Paganel, monte dalla voglia di restare.

- Diamine, è la pura verità, - concluse il geografo - ma mi pareva di essere troppo indiscreto.

La decisione di Paganel fu accolta con un'esplosione di gioia. Robert saltò al collo del francese il quale arrischiò di cadere riverso, ma osservò.

- È un po' impetuoso quell'ometto, ma gli insegnerò la geografia.

Il *Duncan* salpò dirigendosi verso il Brasile e il 7 settembre, tagliato l'Equatore col favore di una buona brezza, entrò nell'emisfero australe.

Tra i componenti della spedizione alla ricerca del capitano Grant, era diffusa la sensazione che le probabilità positive crescessero di giorno in giorno. John Mangles era quello che dimostrava maggior fiducia nella riuscita della spedizione, spinto anche dal desiderio di vedere felice miss Grant. Egli si era innamorato della ragazza, e tutti, a bordo ne erano a conoscenza.

Il signor Paganel approfittò del fatto di avere trovato diversi libri scritti in spagnolo, per imparare la lingua di Cervantes. Ciò poteva facilitare i contatti con le popolazioni della Patagonia. Oltre allo studio dello spagnolo, egli provvedeva di istruite il giovane Robert.

Il giorno 10 di settembre, Lord Glenarvan apprese una notizia che anche molte persone istruite ignoravano. Paganel iniziò a raccontare la storia dell'America e pertanto iniziò dalla scoperta di Colombo, il quale non sapeva di aver scoperto un nuovo continente. Questo non diminuisce certamente la gloria di Colombo, ma il fatto è stato accertato. Alla fine del XV secolo tutti gli Stati cercavano la via più breve per raggiungere le Indie, al fine di potersi rifornire delle spezie. Solo i viaggiatori succedutosi a Colombo arrivarono a circumnavigare l'attuale America del Sud, riuscendo anche a superare lo stretto di Magellano ed a trovarsi di fronte all'Oceano Pacifico. Sia lo scienziato che il giovane Robert avrebbero desiderato essere nati tre secoli prima, onde avere la possibilità di procedere alle scoperte dei viaggiatori di quei tempi. Nel frattempo i fratelli Pizarro fondavano diverse città sulla costa occidentale, mentre arditi navigatori superavano lo stretto di Magellano ed andavano alla ricerca di nuove terre nell'Oceano Pacifico.

Il *Duncan* seguiva la rotta di Vespucci e di Magellano a forte velocità. Il 15 settembre superò il tropico del Capricorno ed il 25 la nave era impegnata a superare lo stretto di Magellano, osservato con particolare attenzione da Paganel, il quale era seccato perché pur essendo in vista della costa della Patagonia, non aveva avuto l'occasione di osservare gli abitanti della regione. Sorse anche un contrasto tra i diversi membri della spedizione sul nome da dare agli abitanti della Patagonia, assolutamente diversi a secondo degli esploratori che li avevano incontrati. Un altro argomento di discussione era l'altezza di questi selvaggi: secondo alcuni erano molto alti, secondo altri erano di altezza media.

Il piroscafo stava navigando attorno alla penisola di Brunswick e l'equipaggio ebbe così l'opportunità di osservare il penitenziario di Punta Arenas, e infine di passare di fronte a Port Famine. Nel suo percorso il *Duncan* avvicinò delle fattorie spagnole costruite su spiagge abbandonate. Finalmente, dopo 36 ore di navigazione, lo stretto si era allargato e dal piroscafo si vide il roccione di capo Pilares sull'estrema punta della terra della Disperazione. Davanti si spalancava un mare immenso, e Paganel si sentì commosso da tale spettacolo, così come lo era stato Magellano nel momento in cui la Trinidad affrontava le onde del Pacifico.

A quarantadue giorni dalla partenza il *Duncan* entrò a tutto vapore nella baia di Talcahuano, magnifico estuario lungo dodici miglia e largo nove.

Lord Glenarvan, accompagnato da Paganel, scese a terra; più a gesti che a parole seppero che il console inglese risiedeva a Conception, lontano un'ora di vettura; il console non sapeva nulla del capitano Grant, ma, conosciutane la storia, promise di raccogliere informazioni lungo tutto il litorale.

Lord Glenarvan e Paganel tornarono quindi a Talcahuano, da dove furono spediti uomini ad esplorare la costa. Vane ricerche, e poiché le indagini più minuziose presso lo popolazioni rivierasche non diedero alcun risultato, si dovette concludere che il *Britannia* era scomparso senza lasciare alcuna traccia.

Sei giorni dopo il loro arrivo tutti erano riuniti nel quadrato di bordo, dove Lady Elena si sforzava di consolare i due ragazzi mentre Paganel, con la testa fra le mani, studiava ed interrogava il documento come per strappargli a forza il segreto che racchiudeva.

- Paganel, - lo apostrofò Lord Glenarvan - mi affido alla vostra sagacia: il documento si presta forse ad un'altra interpretazione? È o non è logico il senso che gli abbiamo attribuito?

Paganel, immerso in una profonda riflessione, taceva.

- Ci inganniamo forse, - incalzava Lord Glenarvan - sul teatro della catastrofe? La parola «Patagonia» non salta forse alla mente anche della persona più ottusa? E la parola «Indi» non ne è la conferma? E non è forse evidente che, nel momento in cui scrivevano, i naufraghi si aspettavano di cadere prigionieri?

- Un momento, mio caro lord, - rispose finalmente Paganel; - riconosco giuste le prime conclusioni, ma almeno l'ultima non mi pare logica. Voglio dire che, secondo me, il capitano Grant *è ora prigioniero degli Indiani*, ed aggiungerei che il documento non lascia al riguardo alcun dubbio.

- Spiegatevi, per carità, signore! - implorò miss Mary.

- Niente di più facile, mia cara, basta che noi, invece che «saranno prigionieri» leggiamo «sono prigionieri», e tutto diventa chiaro.

- Impossibile! - esclamò Lord Glenarvan.

- E perché impossibile, mio nobile amico?

- Perché la bottiglia non può essere stata lanciata in mare che nel momento in cui la nave si sfasciava sugli scogli. E gradi di latitudine e di longitudine sono da riferirsi al punto stesso in cui è avvenuto il sinistro.

- Niente lo prova, - ribatté vivamente Paganel - ed io non vedo perché i naufraghi, dopo essere stati trascinati nell'interno, non abbiano potuto far conoscere la loro situazione con quella bottiglia.

- Ma per mettere in mare una bottiglia occorre il mare!

- Il mare, oppure un fiume che vi si getti.
- E allora, che cosa suggerireste? - domandò Lord Glenarvan.
- Io direi di seguire il 37° parallelo da dove taglia la costa occidentale fino a che esso raggiunge l'Atlantico. È lungo il suo percorso che noi troveremo forse i naufraghi del *Britannia*.
- Debole speranza! - obiettò il maggiore Mac Nabbs.
- Debole, se volete, - insisté Paganel - ma non da trascurare. Se per caso la mia ipotesi è giusta, non possiamo fare a meno di imbatterci nelle tracce dei prigionieri. Ecco qui, guardate la carta del paese! Seguitemi nella mia passeggiata attraverso il continente americano: scavalchiamo la stretta zona costiera cilena, mancano forse fiumi in questa regione? Ecco il Rio Negro, ecco il Rio Colorado, ecco i loro numerosi affluenti tagliati tutti dal 37° parallelo. Forse là, prigionieri di una tribù di Indiani sedentari, i nostri amici attendono la liberazione. Dobbiamo deludere le loro speranze? Non siamo forse tutti d'accordo di seguire quell'esile filo che il mio dito vi indica, anche a costo di fare il giro del mondo?

Tali parole, rinforzate da una generosa animazione, produssero una emozione profonda. Tutti si alzarono per stringere la mano del geografo e Robert, che divorava la carta con gli occhi, gridò singhiozzando:

- Oh, sì, sì: mio padre è lì.
- Ebbene, dovunque sia, mio caro ragazzo, - promise solennemente Lord Glenarvan - noi lo troveremo e lo salveremo. Se è nelle mani di un piccolo gruppo lo libereremo e se invece è prigioniero di una potente tribù raggiungeremo Buenos Aires, dove il maggiore Mac Nabbs organizzerà una spedizione capace di aver ragione di tutti gli Indiani dell'Argentina.
- Bene, bene - confermò John Mangles - e credo di poter aggiungere che la traversata del continente è scevra di pericoli.
- Senza pericoli e facile, - aggiunse Paganel. - La traversata delle Ande è stata compiuta da molti alpinisti privi certamente di tutti gli attrezzi di cui possiamo disporre noi oggi ed il cui coraggio non era sostenuto dalla grandezza dell'impresa da compiere. Diversi viaggiatori compirono la traversata lungo il 37° parallelo in

circa 40 giorni.

Miss Grant fece osservare, con la voce rotta dall'emozione che si trattava di un'impresa piena di pericoli. Sia Paganel che il giovane Robert non erano d'accordo sull'uso della parola «pericolo». Paganel sosteneva che si trattasse di un viaggio di 350 leghe, dato che sarebbero andati in linea retta, e ad una latitudine paragonabile, nell'altro emisfero, a quella della Spagna, della Grecia, della Sicilia, con un clima più o meno identico. Una specie di passeggiata.

Lady Helena era preoccupata per gli Indiani: essa voleva sapere se i naufraghi, caduti in mano agli Indios, avrebbero corso pericolo per la loro vita. Paganel le rispose che gli Indios non sono degli antropofagi. - Uno dei miei compatrioti è rimasto prigioniero per tre anni: ha sofferto, è stato maltrattato, ma è uscito vittorioso da tale prova. Un europeo è una persona utile per gli Indios, in quanto esiste la possibilità di ottenere un prezzo per il suo riscatto.

Lord Glenarvan disse che, a questo punto, bisognava partire senza ulteriore ritardo, previo la scelta della strada da seguire. Paganel si apprestò a descrivere il percorso da compiere; un po' di montagne all'inizio, poi una discesa dolce sul versante orientale e finalmente la pianura. Il maggiore Mac Nabbs volle vedere il percorso sulla carta geografica: - Iniziare dall'estremità del 37° parallelo sulla costa cilena; poi, dopo aver traversato la capitale dell'Araucania, iniziare la salita sulla cordigliera verso il passo di Antuco, lasciando il vulcano a sud; dopo, scendendo sui declivi delle montagne, varcando il Neuquem, il Rio Colorado, arriveremo alle pampas. Le frontiere delle provincie di Buenos Aires saranno superate, per giungere alla sierra Tandil, e quindi prolungheremo le ricerche sino alla punta Medano, sulle rive dell'Atlantico.

- Dunque, cari amici, la via è rettilinea; in trenta giorni la percorriamo tutta, e potremo giungere sulla costa orientale prima che ci sia arrivato il *Duncan*, per poco che i venti gli siano contrari.

- Allora, - disse John Mangles - il *Duncan* dovrebbe incrociare tra Capo Corrientes e Capo Sant'Antonio?

- Precisamente. La comitiva deve essere secondo me molto piccola, perché si tratta di trovare il capitano Grant e non già di fare a fucilate con gli Indiani. Lord Glenarvan ne sarà naturalmente il capo, il maggiore Mac Nabbs non rinuncia certamente al suo posto, il vostro umile servitore Giacomo Paganel...

- Ed io! - gridò Robert.

- E perché no? I viaggi formano il carattere della gioventù. Dunque noi quattro, più tre marinai del *Duncan*.

- Come, come? - protestò John Mangles. - Vostro Onore non ha nulla da reclamare per me?!

- Mio caro John, - rispose Lord Glenarvan - lasciamo a bordo quanto abbiamo di più caro al mondo. Chi veglierebbe sulle passeggere se non voi?

- Noi non potremo dunque accompagnarvi? - domandò Lady Elena, i cui begli occhi si velavano di lacrime.

- No, mia cara Elena; il nostro viaggio si dovrà svolgere con grande rapidità, e la nostra separazione sarà d'altronde molto breve...

- Va bene, amico mio, comprendo, e che il Cielo vi aiuti.

La partenza fu fissata per il 14 ottobre, ma poiché nessuno dei marinai si rassegnava ad essere escluso, fu necessario ricorrere alla sorte, la quale favorì il secondo di bordo Tom Austin, Wilson e Mulrady, tre persone di solidità e coraggio a tutta prova.

Glenarvan aveva spiegato una intensa attività nei preparativi; voleva essere pronto al giorno stabilito, e così fu. In concorrenza il capitano stava approvvigionandosi di carbone, in modo da poter riprendere subito il mare. Egli desiderava precedere i viaggiatori sulla costa argentina. Il 14 ottobre, all'ora stabilita, tutti erano pronti. I passeggeri dello yatch si riunirono nel quadrato. Quelli designati, armati di carabine e rivoltelle Colt, si prepararono a lasciare la nave. Le guide ed i muli li attendevano ai piedi della scala. Ambedue i coniugi Glenarvan dettero il segnale della partenza, e, dopo essersi scambiati gli ultimi saluti, i viaggiatori montarono sopra i loro muli, e il *Duncan* iniziò le manovre per raggiungere il mare aperto.

Capitolo III

La traversata del Cile

La scorta indigena organizzata da Lord Glenarvan si componeva di tre uomini e di un ragazzo. Il mulattiere capo o «capataz» era un inglese trapiantato da vent'anni nel paese ed il suo mestiere era quello di affittare muli ai viaggiatori e di far loro da guida fino ai valichi delle Ande; là giunto, li affidava ad una guida argentina, pratica dell'altro versante. Il capo mulattiere, «capataz», secondo la denominazione cilena, era assistito da due peones indigeni e da un ragazzo di dodici anni. I peones sorvegliavano i muli carichi dei bagagli dei viaggiatori, ed il ragazzo conduceva la «madrin», una piccola giumenta che marciava davanti e si tirava dietro i dieci muli. I viaggiatori ne montavano sette, il capataz uno: gli altri due trasportavano viveri e stoffe destinate ad accattivare i cacicos della pianura. I peones andavano a piedi, secondo la loro abitudine. Questa traversata dell'America Meridionale doveva quindi realizzarsi nelle migliori condizioni dal punto di vista della sicurezza e della celerità.

Il passaggio attraverso la catena delle Ande non è una passeggiata. Lo si può intraprendere impiegando gli ottimi muletti argentini. Questi non bevono che una volta al giorno, percorrono facilmente 10 leghe in 8 ore, e portano senza lamentarsi un carico di 14 arrobes; una arrobe corrisponde a kg 11,50. Non ci sono locande per pernottare sulla strada tracciata tra un oceano e l'altro. Si mangia carne secca, riso insaporito con del pigmento, e la selvaggina disposta a farsi ammazzare. Si beve l'acqua dei torrenti di montagna, quella dei ruscelli della pianura, con l'aggiunta di qualche goccia di rhum, di cui ciascuno ha la sua provvista, dentro un corno di bue chiamato «chiffle». La sella indigena, chiamata «recado», è fatta di «pelions», che sono pelli di montone conciate da una parte e ornate di lana dall'altra. Un viaggiatore avvolto in queste coperture può sfidare impunemente le notti umide dormendo tranquillamente.

Lord Glenarvan, da uomo che sa viaggiare e che si adatta ai costumi dei diversi paesi, aveva adottato il costume cileno per lui e per i suoi. Paganel e Robert indossano un poncho, ampio mantello con un'apertura centrale per infilarvi la testa, e scarpe di cuoio fatte con pelle di cavallo. I loro muli erano riccamente bardati e portavano le «alforjas», doppi sacchi di tela di cotone sgargiante, che contenevano i viveri per la giornata. Paganel, sempre distratto, rischiò di ricevere dei calci dalla sua mula al momento di cavalcarla. Quanto al giovane Robert, egli mostrò sin dall'inizio di essere dotato di particolare predisposizione a divenire un eccellente cavaliere.

La comitiva si avviò. Il tempo era magnifico, il cielo limpidissimo e l'aria rinfrescata dai venti marini, malgrado il caldo del sole. Si seguirono a passo rapido le coste della baia di Talcahuano, onde raggiungere a sud il 37° parallelo. I viaggiatori potevano ancora vedere il fumo del *Duncan*, che si perdeva all'orizzonte. Tutti erano taciturni, ad eccezione di Paganel. Il capataz era un uomo taciturno; la sua professione lo aveva reso silenzioso. Egli parlava solo coi suoi peones. Questi, da gente del mestiere, sapevano quali erano i loro compiti. Abitualmente i mulattieri partivano alle Otto del mattino, dopo la prima colazione, e marciavano sino al momento del riposo, e cioè alle quattro pomeridiane. Lord Glenarvan si attenne a questo orario. Quando il capataz dette il segnale di fermo, la comitiva era giunta alla città di Arauco, situata all'estremità sud della baia. Si sarebbe dovuto marciare per una ventina di miglia ancora verso ovest, sino alla baia Carnero, da dove iniziava il 37° parallelo.

Ma gli uomini mandati in perlustrazione da Lord Glenarvan avevano già percorso quella parte di litorale senza trovare alcuna traccia del naufragio. Pertanto fu deciso di considerare come punto di partenza la città di Arauco. Da quel punto si sarebbe andati rigorosamente verso est, secondo una linea retta. La comitiva intanto si accampò nel cortile di un albergo per passare la notte.

Arauco è la capitale della Araucania, uno Stato lungo 150 leghe, largo 30, abitato dai Molouches, figli della razza cilena cantata dal poeta Ercilla. Razza fiera e forte, la sola delle due Americhe che non abbia mai subito dominazione straniera. Se Arauco un tempo è stata dominata dagli spagnoli, il popolo, almeno, non si sottomise mai; essi resistettero allora, come resistono oggi ai tentativi di invasione del Cile; la loro bandiera (una stella bianca in campo azzurro) sventola ancora in cima alla fortezza che sovrasta la città.

Il giorno successivo, alle Otto del mattino, con la mula in testa alla carovana ed i peones in coda, si riprese il cammino lungo il 37° parallelo. La strada attraversava il fertile territorio della Araucania, ricco di vigneti e di greggi. A poco a poco la solitudine aumentava. Di miglio in miglio, si trovavano delle capanne dei Rastreadores, Indiani domatori di cavalli, celebri in tutta l'America. A volte si incontrava una stazione di posta, abbandonata, che poteva servire come riparo agli indigeni erranti per la montagna. Due fiumi costituirono un ostacolo alla comitiva, nel corso della giornata, e precisamente il Rio de Raquel ed il Rio de Tubai. Il capataz tuttavia trovò un guado che permise di attraversare i due fiumi. La catena delle Ande spiccava all'orizzonte.

Alle quattro pomeridiane, dopo un percorso di 35 miglia, la comitiva si accampò in piena campagna. I muli furono sbardati e lasciati liberi di pascolare in piena libertà. Dalle «alforja» si levarono carne e riso. Le pelli furono stese sull'erba e i nostri viaggiatori si accomodarono per la notte mentre i peones ed il capataz vegliavano a turno.

Il giorno successivo si marciò ad andatura più veloce, si superarono senza inconvenienti le rapide di Bell, e la sera, accampandosi sulle rive del fiume Biobio, che separa il Cile spagnolo dal Cile indipendente, Lord Glenarvan poté includere altre 35 miglia in più all'attivo della spedizione. Il paese non era mutato: era sempre fertile e ricco di fiori. I rari animali si nascondevano nelle forre. Pochi gli indigeni che si incontravano. Qualche «guasso», ragazzi indigeni figli di Indios e di Spagnoli, cavalcava spronando il cavallo con enormi speroni montati sui piedi nudi. Secondo Lord Glenarvan, il capitano Grant, prigioniero degli Indios, doveva essere stato portato al di là della catena delle Ande. Le ricerche non potevano essere fruttuose che nella Pampas, e non lassù. Bisognava aver pazienza, andare avanti, in fretta e senza troppe soste.

Il giorno 17 si ripartì alla solita ora e secondo l'abituale ordine, che Robert non rispettava. Solo uno sguardo severo di Lord Glenarvan lo faceva rientrare nelle fila. Il paesaggio divenne più accidentato; qualche sbalzo di terreno indicava la vicinanza delle montagne; i torrenti aumentavano di numero. Paganel consultava spesso le carte geografiche annotando il torrente attraversato, ma non segnalato e provvedendo a dargli una denominazione. Paganel era un profondo conoscitore della geografia: accadeva spesso che Lord Glenarvan chiedesse una informazione al capataz, e che la risposta, sempre esatta, arrivasse da Paganel, con vivo stupore del capataz. Quello stesso giorno, verso le dieci, si incontrò una strada, che tagliava la direzione sino ad allora seguita. Lord Glenarvan ne chiese naturalmente il nome, e la risposta di Paganel fu: - È la strada da Yumbel a Los Angeles-. Dal capataz arrivò, come al solito, la conferma. Alle ore cinque del pomeriggio la carovana si fermò in una gola poco profonda, a qualche miglio sopra la città di Loja: quella notte i viaggiatori si accamparono e riposarono ai piedi delle «sierras», primi contrafforti della grande Cordigliera.

La traversata del Cile si era svolta fino a quel giorno senza incidenti, ma gli ostacoli ed i pericoli presenti nella traversata di un'alta catena di monti stavano per cominciare.

Si trattava innanzi tutto di scegliere il valico che meno allontanasse la comitiva dal percorso rettilineo prestabilito ed il capataz, interrogato in merito, rispose:

- In questa regione non conosco che due valichi che si possano considerare praticabili.

- Senza dubbio, - intervenne Paganel - ma hanno l'inconveniente di portarci troppo a nord o troppo a sud rispetto alla meta che ci siamo prefissi. C'è invece il passo di Antuco, che passa sulla dorsale vulcanica a 37°30' e che si allontana quindi di un mezzo grado appena dalla nostra direttrice di marcia; è alto duemila metri.

- Bene, - disse Lord Glenarvan - ma questo passo d'Antuco lo conoscete voi, capataz?

- Sì, milord, ma non ve lo proponevo perché non ci passano che gli Indiani che vengono col bestiame dal versante orientale.

- Bene, amico mio, ma dove passano cavalli, pecore e buoi possiamo passare anche noi: e poiché ci mantiene sulla nostra direttrice di marcia, vada per il passo di Antuco.

Il segnale di partenza fu dato e la carovana si inoltrò nella valle delle Lejas, tra grandi masse di calcare rocce e cristalline. La pendenza era lieve. Verso le undici si dovette girare attorno ad un piccolo lago, nel quale andavano a gettarsi i diversi ruscelli della montagna. Sopra il lago si stendevano dei vasti «Ilanos», pianure alte a gramigna, dove si videro gruppi di Indios di passaggio. Poi si attraversò una palude.

Dopo un'ora, comparve il forte Ballenare, che si elevava a picco su una roccia. Si proseguì. La salita si faceva ripida, il sentiero pietroso e assai difficile da affrontare. Verso le tre passarono vicino alle rovine di un altro forte distrutto durante la sollevazione del 1770.

Paganel considerava che le montagne non erano sufficienti a separare gli uomini, occorreva anche fortificarle.

La strada divenne sempre più pericolosa. I muli avanza-vano con molta prudenza, naso a terra, fiutando il cammino. Si marciava in fila. A volte, quando la madrina spariva alla vista dietro una curva, la carovana procedeva guidata dal suono lontano del campanaccio appeso al collo della giumenta.

La vegetazione si faceva rada tra il progressivo aumento delle zone pietrose. La vicinanza del vulcano Antuco poteva essere rilevata dalla presenza di lava di colore ferruginoso. Le rocce erano ammassate le une sopra le altre in maniera caotica tanto da non consentire, neppure al capataz, di orientarsi nella scelta del sentiero più idoneo all'avanzata della carovana.

Lord Glenarvan seguiva la guida passo dopo passo; egli capiva, sentiva il suo imbarazzo crescente a causa delle difficoltà del percorso; non osava far domande e pensava, forse non a torto, che i mulattieri potessero orientarsi seguendo il medesimo istinto a cui si affidavano i muli. Per un'altra ora ancora, il capataz andò alla ventura, ma sempre portandosi verso le zone più alte della montagna. Ad un certo punto fu obbligato ad arrestarsi. Si trovava sul fondo di una valle stretta, che gli Indios chiamano «quebradas». Un muro di porfido, tagliato a picco, ne chiudeva l'uscita. Il capataz, dopo aver cercato invano un passaggio, mise piede a terra, incrociò le braccia, ed attese. Lord Glenarvan gli si rivolse:

- Ci siamo smarriti?

- No, anzi, siamo giunti. Ecco tracce di fuoco e di bestiame, ma ora non si passa più perché l'ultimo terremoto ha reso il passo impraticabile.

- Impraticabile per i muli, ma non per gli uomini - osservò Mac Nabbs.

- Ah, questo riguarda voi, - rispose il capataz. - Per parte mia ho fatto quel che ho potuto e se volete sono pronto a riportarvi indietro per cercare un altro valico. Ma si perderanno almeno tre giorni.

Lord Glenarvan ascoltava in silenzio. Era costretto a riconoscere che il capataz aveva mantenuto il proprio impegno ed era andato avanti fin che aveva potuto, ma di fronte alla proposta di rifare la strada percorsa si rivolse ai compagni e domandò:

- Dobbiamo passare ad ogni costo?

- Siamo pronti a seguirvi, - rispose Tom Austin.

- Ed anche a precedervi, - aggiunse Paganel. - In sostanza di che cosa si tratta? Di superare una catena di montagne che, sul versante opposto, ci promette una discesa senza confronto più facile; là galopperemo attraverso la pampa sui veloci cavalli argentini. Avanti dunque, e senza esitazione.

- Avanti! - gridarono i compagni di Lord Glenarvan.

- Voi non ci accompagnereste? - domandò questi al capataz.

- Signore, io sono conduttore di muli...

- Ne facciamo a meno, - esclamò Paganel. - Dall'altro lato di questa muraglia ritroveremo il sentiero di Antuco ed io mi impegno a portarvi nella pianura come potrebbe farlo la migliore guida delle Cordigliere.

Lord Glenarvan regolò allora il conto del capataz disimpegnando così lui, i suoi peones, ed i suoi muli, mentre i sette viaggiatori si caricavano delle armi, degli strumenti e dei viveri. Fu deciso di comune accordo di riprendere senz'altro l'ascensione, camminando, se occorreva, anche una parte della notte. Sul pendio di sinistra serpeggiava un arduo sentiero che i muli non avrebbero potuto percorrere e che presentò grandi difficoltà anche per gli uomini.

Essi si trovavano allora nella parte andina propriamente detta, che non è distante dalla parte superiore della Cordigliera; ma non vi era traccia di sentieri, né del passo. Tutta la zona era stata sconvolta dagli ultimi terremoti, e bisognò spingersi sempre di più verso le cime. Paganel fu molto mortificato per non essere riuscito a trovare la strada libera e si rese conto che avrebbe dovuto faticare molto prima di arrivare sulle vette delle Ande, la cui altezza media si aggira fra i 3500 e i 4000 metri.

Fortunatamente il tempo era calmo, il cielo limpido, la stagione favorevole; ma, in inverno, da maggio a ottobre, una simile ascensione sarebbe stata impossibile; il freddo intenso uccide rapidamente i viaggiatori, e quelli che vengono risparmiati non sfuggono alle violenze dei «temporales», cicloni tipici di queste regioni, che ogni anno provocano un numero rilevante di morti sui pendii della Cordigliera.

Si camminò tutta la notte issandosi a forza di braccia su balzi rocciosi e saltando crepacci vertiginosi; la forza di Mulrady e l'agilità di Wilson si mostrarono efficaci in mille occasioni e la loro devozione ed il loro coraggio permisero di superare situazioni difficili. Lord Glenarvan non perdeva di vista Robert la cui giovane età spingeva a commettere imprudenze; Paganel andava avanti con una furia tutta francese; il maggiore non faceva che i movimenti indispensabili e tuttavia, piano piano, saliva.

Alle cinque del mattino fu raggiunta la quota, determinata da un'osservazione barometrica, di 2250 metri, su un pianoro, al limite estremo della vegetazione.

Vi erano dei lama, animali assai utili a quelle altezze dove non vivono più né cavalli né buoi. Si vedevano i cincillà, piccoli roditori pelosi, saltellare qua e là come fanno i canguri. A 3000 metri, al limite delle nevi eterne, vivevano ancora in branchi dei ruminanti di una bellezza incomparabile, gli alpacca, dal pelo lungo, e quella specie di capra senza corna, la vigogna, dal cui pelo si ricava quella lana fine che prende appunto il nome dell'animale.

Ora il panorama era completamente mutato per la comparsa di grandi blocchi di ghiaccio che riflettevano i primi raggi del sole e la marcia si faceva pericolosa per gli insidiosi crepacci che si aprivano sotto i piedi. Wilson si era messo alla testa della colonna ed i suoi compagni avevano cura di mettere il piede esattamente nelle orme da lui lasciate ben evidenti; tutti osservavano un religioso silenzio per non provocare la caduta a valanga delle enormi masse di neve che incombevano dall'alto.

Si era così giunti nella regione degli arboscelli, che, poco più in alto, cedettero il posto alle graminacee e ai cactus. Poi il terreno divenne arido e ogni traccia di vegetazione sparì. I viaggiatori si erano fermati solo una volta, alle Otto di sera, per recuperare le loro forze con un pasto frugale, e, con un coraggio sovrumano, avevano poi ripreso l'ascensione, sfidando veramente l'ignoto.

Fu necessario scalare vette e passare sopra dei baratri paurosi. Croci di legno stavano a testimoniare il passaggio di altri uomini le cui imprese erano state bruscamente interrotte trasformandosi in sciagure. Verso le due, un pianoro immenso, senza traccia di vegetazione, una specie di deserto, si stendeva tra le cime. L'aria era secca, il cielo blu scuro; a quella altezza le piogge sono sconosciute, ed i vapori si tramutano in neve o grandine. Frammenti di roccia spezzata rotolavano quasi senza rumore nell'aria densa per l'altezza. Lord Glenarvan, vedendo la stanchezza dei compagni, provava quasi un senso di colpa per averli coinvolti in un'impresa superiore alle loro forze. Alle tre, Lord Glenarvan si fermò. Disse che bisognava riposarsi. Paganel fece notare che il luogo non si prestava per una sosta.

Lord Glenarvan ripeté che era indispensabile riposarsi, se non altro per Robert. Il ragazzo sosteneva di essere in condizioni di continuare a marciare. Paganel venne fuori con una proposta: poiché il versante orientale doveva essere raggiunto ad ogni costo, bisognava portare Robert in braccio. Sul versante orientale avrebbero trovato una capanna.

Tempo: due ore di cammino. Tutti furono d'accordo. Mulrady volle occuparsi del ragazzo. E si riprese il cammino.

Furono due ore terribili. Si continuava a salire per giungere al punto più alto della montagna. Il respiro era reso poi difficile dalla rarefazione dell'aria. Dalle gengive e dalle labbra usciva sangue per difetto di compenso di pressione. Bisognava supplire al difetto della densità atmosferica con respiri molto più frequenti. Per quanto tutti avessero una volontà ferrea, arrivò il momento in cui anche i più resistenti crollarono, e le vertigini misero seriamente alla prova non solo le loro forze fisiche ma anche il loro morale. Cominciarono a barcollare; cadendo, avanzavano trascinandosi sulle ginocchia. Ora l'esaurimento stava mettendo fine a questa ascensione troppo lunga, e Lord Glenarvan considerava con terrore l'inferno di ghiaccio, il freddo che regnava a quelle altezze, il buio della notte che stava salendo dal fondo delle valli, la mancanza di un riparo per riposarsi, allorché il maggiore gli si rivolse, dicendo con la placidità consueta:

- Una capanna.

- Ringraziamo la Provvidenza, - esclamò Lord Glenarvan.

Chiunque altro le fosse passato cento volte accanto, non ne avrebbe supposto l'esistenza. Una montagnola di neve la distingueva appena dalle rocce circostanti. La si dovette ripulire dalla neve: dopo mezz'ora di lavoro intenso, Wilson e Mulrady riuscirono a liberare l'ingresso della «casucha», e la piccola comitiva vi si introdusse. Quella «casucha», costruita dagli Indios, era fatta di «adobes», specie di mattoni cotti al sole; essa aveva la forma di un cubo di quattro metri per lato, ed era stata edificata su un blocco di basalto. Una scala di pietra portava sino alla porta, unica apertura della casucha. Dieci persone potevano facilmente sistemarsi, e se i suoi muri non erano stati sufficientemente resistenti alle piogge, in quel momento se non altro garantivano di potersi difendere dal freddo intenso; v'era anche un prolare con camino che, al bisogno, avrebbe potuto riscaldare la casucha.

Lord Glenarvan disse: - Ecco un rifugio sufficiente, anche se non confortevole! La provvidenza ci ha portato, e noi non possiamo fare a meno di ringraziarla...

Paganel scherzando la giudicò una vera reggia e Tom Austin affermò che sarebbe stato molto opportuno darsi da fare per trovare del combustibile per scaldare la capanna. Mulrady era molto scettico sulla possibilità di trovare qualcosa da bruciare sulla Cordigliera; Mulrady tuttavia fece osservare che, se nella capanna era stato costruito un camino, questo significava che anche in quei posti si sarebbe dovuto trovare legna da ardere... Lord Glenarvan dette disposizioni per la preparazione della cena, e, insieme a Wilson e Paganel, uscì a cercare del combustibile; erano già le sei di sera. L'atmosfera era calma, ma il freddo pungente. Dal punto in cui i viaggiatori si trovavano, si poteva godere di uno splendido panorama: a est la montagna scendeva gradatamente. A ovest la luce solare illuminava ancora i contrafforti che sostenevano le pareti a picco del fianco occidentale. Verso nord si poteva notare una successione di cime che si confondevano tra di loro; gli occhi vi si confondevano. A sud si poteva godere lo spettacolo del vulcano Antuco il cui cratere era distante circa due miglia. Il vulcano ruggiva come un mostro enorme e lanciava nell'atmosfera un torrente di fiamme. Paganel e Lord Glenarvan sarebbero rimasti per lungo tempo ad ammirare quello spettacolo della natura. Ma Wilson, più pratico, li richiamò alla dura realtà.

I tre boscaioli improvvisati non trovarono che una sorta di lichene magro e secco che, accumulato sul focolare, diede più fumo che fiamma.

- L'atmosfera rarefatta non dà abbastanza ossigeno per alimentare la fiamma, - osservò il maggiore - ma in compenso l'acqua non avrà bisogno dei cento gradi per bollire, poiché a questa altezza l'ebollizione avviene a novanta gradi soltanto.

Tutti gustarono con piacere una eccellente tazza di caffè, ma la carne secca sembrò un pasto alquanto povero e Paganel rimpianse una buona bistecca di lama, carne che, a suo dire, era migliore del bue e del montone. Messo di puntiglio, Mac Nabbs stava appunto per uscire con la carabina nella speranza di fare un buon colpo quando di lontano si udirono degli urli che parevano provenire da un grande branco di animali che si avvicinassero con rapidità.

- Che cosa sarà? - domandò Mulrady. - Una valanga?

- Ma no, queste sono urla di animali in fuga.

Tutti si slanciarono all'aperto nella notte scura e piena di stelle. Le urla, urla di animali terrorizzati, venivano dalla zona più oscura ed aumentavano di intensità; improvvisamente tutto l'altopiano si trovò invaso da centinaia di animali pazzi di terrore che urlavano con un frastuono assordante. Di che si trattava? Di bestie selvagge della pampa o piuttosto di una mandria di lama e di vigogne? Lord Glenarvan, Mac Nabbs, Robert, Austin, Paganel e i due marinai non ebbero che il tempo di gettarsi a terra mentre quel turbine mugghiante passava qualche metro più in su.

Il maggiore aveva sparato e colpito un bell'animale che somigliava ad un piccolo cammello senza gobba. Paganel immediatamente affermò che si trattava di un guanaco. Tutti si informarono sulla possibilità o meno di mangiare la carne del guanaco. All'unanimità la carne del guanaco fu trovata pessima. Mac Nabbs aveva pronta la spiegazione di tale fatto. Egli infatti fece presente che la carne del guanaco deve essere mangiata quando è possibile uccidere l'animale in riposo. Se la bestia è obbligata a fare una lunga corsa, la carne diviene immangiabile.

La conclusione di Lord Glenarvan fu che quegli animali dovevano essere fuggiti da molto lontano. Quindi, secondo Paganel un qualche fenomeno, per lui impossibile da determinare, doveva essere accaduto, provocando la fuga di tutti quegli animali. Per il momento c'era solo da andare a dormire, dopo le fatiche della giornata.

Dopo pochi minuti tutti infatti russavano e nel concerto dominava la nota profonda del dotto geografo.

Solo Lord Glenarvan non dormiva, tormentato da segrete inquietudini. L'inesplicabile episodio degli animali in fuga gli dava il presentimento di un pericolo imminente, sicché quando credette di percepire un brontolio lontano, sordo, minaccioso, come un tuono che non venisse dal cielo ma dalla terra, volle sincerarsene ed uscì. Poiché nessun pericolo serio sembrava incombere, lasciò dormire i compagni affranti dalla fatica e si abbandonò egli pure ad un sonno che durò parecchie ore.

Ad un tratto un frastuono orribile lo fece balzare in piedi: sentì il suolo mancargli sotto i piedi e vide i muri della capanna oscillare e spaccarsi.

Gettò un grido e tutti, svegliati di colpo e rovesciati alla rinfusa l'uno sull'altro, si sentirono trascinati per un ripido pendio.

Tutto il pianoro dove essi si trovavano si spostava per un raggio di molte miglia e precipitava verso la pianura.

Quanto durò quella caduta vertiginosa nessuno avrebbe potuto dire; in quale abisso avrebbe avuto termine nessuno era in grado di prevedere, se c'erano tutti oppure se qualcuno giaceva sfracellato in fondo ad un burrone nessuno sapeva. Soffocati dalla velocità della corsa, intirizziti dall'aria fredda che li penetrava, accecati dai turbini di neve, tutti ansimavano annientati e non si tenevano aggrappati alle rocce che per estremo istinto di conservazione. Di colpo una scossa violenta li strappò dal loro appiglio; furono come proiettati ed andarono a rotolare sulle ultime balze della montagna. L'altopiano si era fermato di colpo.

Per alcuni minuti nessuno si mosse; infine il maggiore Mac Nabbs si alzò, stordito, ma sempre padrone di sé, si liberò della polvere di neve che lo accecava e si guardò attorno. I suoi compagni erano sparpagliati in una ristretta cerchia, rovesciati gli uni sugli altri. Li contò: c'erano tutti meno uno; mancava Robert Grant.

Capitolo IV

Il colpo di fucile della Provvidenza

Il punto della montagna dove erano caduti era una zona di pascoli con un tappeto di erbe folte, con alberi magnifici e in tutt'altre circostanza l'occhio del viaggiatore si sarebbe deliziato del contrasto tra il deserto di rocce testé abbandonato e l'oasi opulenta, tra le cime coperte di neve e la prateria fiorita e verdeggiante. Il suolo era tornato immobile ed il terremoto era finito, ma il profilo delle montagne si era completamente modificato e nessuna guida, per quando esperta, avrebbe più potuto orientarsi. Erano le Otto del mattino, la giornata si preannunciava splendida ed il sole già indorava i dolci declivi della pampa argentina.

Lord Glenarvan ed i suoi compagni, rianimati dalle cure del maggiore, tornarono a poco a poco alla vita; essi non erano in sostanza che storditi dalla lunga corsa e dalla violenta scossa ed in fondo non avrebbero avuto che da compiacersi della gentilezza della Cordigliera che li aveva depositati al piano, se all'appello non fosse mancato proprio Robert che tutti amavano. Lord Glenarvan, disperato, immaginava il povero ragazzo inghiottito dall'abisso e, con le lacrime agli occhi, implorava:

- Amici miei, bisogna che lo cerchiamo! Non possiamo abbandonarlo così! Non una valle, non un precipizio, non una fessura devono essere trascurati. Mi legherete ad una corda e scenderò io. Lo voglio, lo voglio! Che cosa diremmo al padre quando sapesse che la sua salvezza è costata la perdita del figlio?

Ma tutti avevano gli occhi bassi come consci della loro impotenza e solo Mac Nabbs domandò alla fine:

- Vediamo, amici miei, chi di voi si rammenta in quale preciso momento Robert è sparito? - E poiché nessuno rispondeva, incalzò: - Almeno ditemi vicino a chi si trovava durante la discesa.

- Vicino a me, - rispose Wilson - ma ecco la sola cosa che ricordo: Robert era ancora al mio fianco con le mani aggrappate ad un ciuffo di lichene un paio di minuti prima dell'urto finale. Sono certo di non sbagliarmi: meno di due minuti.

- Bene, - disse Mac Nabbs - e Robert era alla tua destra o alla tua sinistra?

- Alla mia sinistra: ricordo che il suo mantello sventolava sulla mia faccia.

- E tu, rispetto a noi, dov'eri?

- Anch'io sulla vostra sinistra.

- Allora Robert non ha potuto sparire che da questo lato, - concluse il maggiore indicando la montagna - e, tenuto conto del tempo trascorso, deve essere caduto sul percorso delle ultime due miglia. È lassù che dobbiamo cercarlo e che lo troveremo.

Nessuno mosse obiezione ed i sei uomini si sparpagliarono sul pendio esplorando ogni fessura, scendendo al fondo dei precipizi a rischio della vita e uscendone con gli abiti rovinati e le mani insanguinate. Passò così la giornata e venne la notte, ma non portò il sonno a nessuno, perché Lord Glenarvan girava risalendo le pendici, ascoltando con l'orecchio incollato al terreno e chiamando con voce di pianto, ed un po' Paganel e un po' il maggiore lo seguivano pronti a dargli aiuto se ne fosse stato il caso.

Verso la una, Lord Glenarvan ed i suoi compagni, a pezzi per la fatica, si ritrovarono nel fondo della vallata. Glenarvan era in preda ad una crisi violenta; stentava a parlare; sapeva solo dire: - Io non me ne vado.

Tutti compresero che questa ostinazione era divenuta una idea fissa e la rispettarono. Paganel, rivolgendosi agli altri suoi compagni fece presente che sarebbe stato il caso di riposarsi un poco, sia per continuare le ricerche che per scendere a valle. Mac Nabbs, poiché milord voleva continuare le ricerche, accettò di restare sul posto. C'era da pensare, oltre che alla sorte del ragazzo, alla sistemazione, sia pure provvisoria, degli altri componenti la spedizione. Il maggiore scelse un gruppo di alte carrube, sotto le quali levò un accampamento provvisorio. Non era rimasto loro che ben poco delle provviste: qualche coperta, le armi, un po' di carne secca e del riso. Nelle vicinanze vi era un ruscello che poteva fornire acqua potabile. Mulrady accese un fuoco d'erbe, e poté così offrire ai compagni qualcosa di caldo da bere.

La giornata trascorse così. Venne la notte, calma come la precedente. Mentre i suoi compagni si riposavano, Lord Glenarvan salì ancora sui pendii della Cordigliera. Stava attento ad ogni rumore, sperando sempre che gli giungesse una richiesta di soccorso, e chiamava con voce disperata. Durante tutta la notte il povero lord vagò per la montagna: sia Paganel che il maggiore lo seguivano, pronti a portargli aiuto in caso di bisogno. Tutti gli sforzi furono inutili, e solamente l'eco di «Robert» perveniva al suo orecchio. Il nuovo giorno ebbe inizio. Fu necessario cercare Lord Glenarvan su per le rocce, e ricondurlo di forza all'accampamento. Nessuno si sentiva in condizioni di dirgli che ormai dovevano abbandonare le ricerche; c'era però da tener presente che i viveri cominciavano a mancare. Le guide argentine che avevano preso accordi col capataz stavano attendendo l'arrivo della spedizione. D'altra parte, essi dovevano raggiungere l'Atlantico, in quanto il *Duncan* li attendeva in mare. Tutte queste ragioni obbligavano a riprendere la discesa verso l'Argentina. Tutto quello che il lord poté ottenere dal maggiore fu un'altra ora da dedicare alle ricerche: scaduta l'ora, il viaggio doveva essere ripreso. Furono chieste altre due proroghe, sino alle ore 12; mentre Lord Glenarvan si diceva d'accordo sulla necessità di partire, la sua mano si alzò per indicare a Mac Nabbs un punto nero che continuava ad ingrandire. Era un condor che si abbassava.

Il condor è il re della Cordigliera: può volare a seimila metri di altezza e da lassù, invisibile agli uomini, con la sua vista acutissima distingue sulla terra ogni minimo oggetto.

Che cosa aveva dunque visto quel condor? Forse un cadavere? Forse quello di Robert? «Chissà!» pensava Lord Glenarvan senza perdere di vista l'animale enorme che misurava forse cinque metri di apertura d'ali e scendeva a larghi giri su di una specie di pianoro inaccessibile, cinquecento metri più su.

- Robert è là, è là, - gridava Lord Glenarvan - ma se è ancora vivo... Amici, sparate, sparate!

Ma l'animale era oramai nascosto da alcuni spuntoni di roccia e ricomparve dopo pochi secondi, ma con un carico che ne appesantiva il volo. Un grido d'orrore scoppiò da tutti i petti, perché quel carico era un corpo umano inanimato, quello di Robert Grant, che il condor teneva sospeso nel vuoto a cinquanta metri sopra l'accampamento.

- Ahimè, - gridò Lord Glenarvan - che il cadavere di Robert si sfracelli sulle rocce piuttosto che servire da pasto... - ed afferrata la carabina di Wilson la portò alla spalla per sparare; ma il braccio gli tremava e gli occhi gli si appannavano.

- Lasciate fare a me, - disse il maggiore, ma non aveva ancora presa la mira che giù una detonazione rimbombava dal fondo della valle: un po' di fumo bianco esalava tra due rocce di basalto e il condor, colpito alla testa, discendeva ondeggiando, sostenuto dalle grandi ali aperte che lo reggevano come un paracadute. Non aveva abbandonato la sua preda e venne a cadere lentamente a dieci passi dal ruscello.

Tutti accorsero: il condor cra morto e le sue ali immense coprivano il corpo di Robert; ma Lord Glenarvan lo liberò, lo distese sull'erba e appoggiò l'orecchio sul petto. Mai più esultante urlo di gioia risuonò da labbra umane quando egli si alzò gridando:

- E vivo! E vivo!

In un attimo il ragazzo fu spogliato e gli fu spruzzata in viso dell'acqua fresca. Fece un movimento, aprì gli occhi, pronunciò qualche parola:

- Ah, siete voi, milord... padre mio!

Lord Glenarvan, soffocato dall'emozione, non fu in grado di rispondere e si inginocchiò piangendo vicino a quel figliuolo così miracolosamente salvato.

Dal salvato il pensiero passò poi al salvatore e fu naturalmente il maggiore che per il primo si guardò in giro.

A cinquanta passi dal ruscello un uomo di alta statura era in piedi, immobile, su una delle prime gobbe della montagna: era armato di un lungo fucile, aveva le spalle larghe, i capelli lunghi ed intrecciati con cordoni di cuoio; il suo volto bronzeo era rosso tra gli occhi e la bocca, nero sulla palpebra inferiore e bianco sulla fronte. Vestito alla moda dei Patagoni delle frontiere, l'indigeno portava uno splendido mantello di «guanaco» decorato di arabeschi rossi sotto il quale si vedeva un indumento di pelle di volpe stretto alla cintura e terminante anteriormente a punta. Dalla cintura gli pendeva un sacchetto coi colori che servivano a tingere il volto; le calzature erano di cuoio bovino e fissate con corregge incrociate alla caviglia. Il Patagone attendeva in una posa piena di maestà ed a vederlo immobile sul suo piedistallo di roccia sembrava la statua del coraggio.

Il maggiore lo additò a Lord Glenarvan, il quale si precipitò verso di lui e gli strinse la mano con una così evidente espressione di gratitudine che l'indigeno non poté ingannarsi e chinò dolcemente la testa pronunciando alcune parole che né il maggiore né il suo amico poterono comprendere.

Allora il Patagone cambiò lingua senza miglior risultato, ma qualche espressione parve spagnola, sicché Lord Glenarvan domandò: - *Español?* -, e poiché l'Indiano mosse la testa dall'alto in basso, il maggiore fece:

- Benissimo! Ecco pane per i denti del nostro amico Paganel, che ha avuto la felice idea di imparare lo spagnolo.

E Paganel aprì smisuratamente la bocca per meglio articolare e disse:

- *Vos sois un homen de bem!* (Siete un brav'uomo!)

L'indigeno tese l'orecchio e non diede segno di aver compreso.

- Tutta colpa di quel benedetto accento! - esclamò Paganel scuotendo la testa. E ripeté la frase, ma con lo stesso risultato negativo.

- *Sem duvida, um Patagao* (Senza dubbio un Patagone).

L'altro continuò a restare muto come un pesce.

- *Dizeine: vos compriendeis?* (Ditemi, comprendete?) - urlò il geografo con una tale forza da rompersi le corde vocali.

L'indiano evidentemente non comprendeva, e tuttavia rispose, ma in spagnolo:

- *No comprendo*.

- Che io sia appiccato, - esclamò Paganel in grande imbarazzo - se capisco qualche cosa di questo idioma infernale. Ma questo deve essere dell'araucano senza dubbio!

- Ma no! - rispose Lord Glenarvan - quest'uomo ha risposto senza dubbio in spagnolo -. E, rivolto al Patagone, domandò:

- *Español?*

- Sì, sì, - rispose.

Il maggiore e Lord Glenarvan guardavano di sottecchi il povero scienziato sempre più fuori di sé, finché Mac Nabbs, trattenendo a stento un sorriso, gli domandò:

- Ebbene, dottissimo amico, non avreste per caso commesso una di quelle distrazioni delle quali sembrate avere il monopolio? Questo Patagone, è evidente, parla spagnolo e a voi forse è capitato di studiare un'altra lingua...

- Un'altra lingua?! - rispose Paganel. - Ecco qui il libro sul quale giornalmente mi esercito. Guardatelo voi e ditemi se mi inganno -.

E frugando nclle sue numerose tasche tirò fuori un volume in pessime condizioni che presentò non senza alterigia.

- Ebbene, - domandò il maggiore - che cos'è questo?

- Sono «I Lusiadi» di Camoens, una meravigliosa epopea che...

- Ma disgraziato amico, - esclamò Lord Glenarvan - Camoens è portoghese ed è la lingua portoghese che state studiando da sei settimane!

Paganel balbettò qualche parola incomprensibile con gli occhi intorbiditi sotto gli occhiali, mentre intorno a lui scoppiava la risata omerica di tutti i compagni affollatisi attorno. Il Patagone, imperturbabile, non batteva ciglio.

- Ah, insensato Pazzo che sono! - sbottò finalmente il geografo. - Si tratta di uno scherzo che mi avete fatto?! Partire per l'India ed arrivare al Cile, studiare lo spagnolo e parlare portoghese! Ridete amici miei, ridete! Non riderete mai tanto quanto io rido di me stesso.

- E così, - concluse il maggiore - siamo senza interprete!

- Non desolatevene, caro maggiore, - assicurò Paganel - le due lingue si assomigliano e non passerà molto che converserò con questo degno Patagone nel suo stesso idioma. Poche parole furono infatti scambiate e si poté anche capire che l'Indiano si chiamava Thalcave; ma si seppe anche di più, e cioè che Thalcave era al corrente che gli Indiani *Cacique* delle tribù di Catriel, Calfucura e Yanchetruz qualche tempo prima avevano fatto prigionieri degli europei. Inoltre, egli era precisamente una guida della pampa, cioè quel che occorreva ai nostri amici viaggiatori.

La comitiva non si sarebbe mossa fino al giorno dopo, per dar modo ad ognuno di riposare, ma restavano da risolvere due problemi importanti: le vettovaglie ed il trasporto. C'era tuttavia Thalcave, che si incaricò di trovare tutto ciò che occorreva in una non lontana fattoria di Indiani.

Questa proposta fu fatta parte a gesti, pane in spagnolo, che Paganel fu in grado di comprendere. Essa fu accettata, e così, Lord Glenarvan ed il suo sapiente amico si misero in marcia sotto la guida del Patagone. Essi camminarono per circa novanta minuti, durante i quali ebbero la possibilità di ammirare la splendida regione andina. Paganel non si stancava di contemplare la natura, suscitando così la meraviglia del Patagone, per il quale le bellezze della natura erano una cosa logica perché da lui ammirata da tempo...

Il villaggio degli Indios occupava il fondo di una vallata stretta tra i contrafforti delle Ande. Vi vivevano una trentina di indigeni nomadi, in quanto spostavano da un luogo all'altro le loro mandrie di montoni, buoi e cavalli. Erano un miscuglio di razze: Araucani, Pahuenches, e Aucas, praticamente Andino-Peruviani, di media taglia, massicci, dalla fronte bassa, dal viso circolare. Lord Glenarvan era interessato alle bestie in loro possesso. Thalcave si incaricò delle trattative, che non furono lunghe.

Furono acquistati sette cavalli di razza argentina, un centinaio di libbre di carne secca, del riso, degli otri per l'acqua; gli Indios, in mancanza divino o rhum, si accontentarono di ricevere in pagamento 20 once d'oro. Concluse le trattative, Lord Glenarvan prese congedo dagli Indios e rientrò all'accampamento in meno di mezz'ora. Il suo arrivo fu salutato con acclamazioni che egli volle fossero destinate ai viveri e alle nuove cavalcature. Tutti mangiarono con appetito. Robert mando giù qualche cosa; le sue forze gli stavano ritornando poco alla volta.

La fine della giornata passò in un completo riposo. Si parlò un po' di tutto: dei cari assenti, del *Duncan*, del capitano e del suo equipaggio, del capitano Grant, che forse non era molto lontano. Paganel non abbandonava un istante il Patagone; era divenuto la sua ombra. In più, lo tempestava di domande e di frasi in spagnolo, ma l'Indio lo sopportava pazientemente.

L'indomani mattina ebbe inizio la seconda parte della spedizione, che si preannunciava facile e gradevole perché la pampa si presentava in un dolce pendio, destinato a durare fino al mare. I viaggiatori credevano che la loro guida intendesse accompagnarli a piedi, ma essa lanciò un fischio ed un cavallo argentino di alta statura accorse da un vicino boschetto: era un magnifico animale, vivace e di forme perfette; si chiamava Thauka, cioè, in lingua patagone, «uccello».

Cavallo e cavaliere formavano un'unità perfetta e degna di ammirazione ed i finimenti si completavano coi due arnesi da caccia usati nella pianura argentina: le «bolas» e il «lazo». Il primo consiste di tre palle tenute insieme da una correggia di cuoio che l'Indiano lancia sulla preda o sul nemico attorcigliandosi attorno alle gambe e impedendo così ogni movimento. Il «lazo» è invece una lunga corda formata da strisce di cuoio intrecciate e terminante con un nodo scorsoio. L'armamento del Patagone era completato da una lunga carabina tenuta a bandoliera.

Il primo tratto del viaggio fu alquanto disturbato dalla polvere finissima che il vento sollevava, ma tuttavia verso le sei di sera la Cordigliera non appariva più che come una muraglia nerastra nella bruma vespertina. I viaggiatori si accamparono in riva al Rio Neuquem, un torrente dalle acque torbide che scorreva tra alte rive rossastre.

La notte ed il giorno seguente trascorsero senza avvenimenti notevoli. Tempo, temperatura e natura del suolo favorivano la marcia, ma durante la notte il vento della pampa disturbò fortemente uomini e cavalcature.

Tuttavia verso l'una il vento cadde di colpo ed i viaggiatori ebbero ancora la possibilità di concedersi un sonno ristoratore.

Era il 24 ottobre e il decimo giorno dalla loro partenza da Talcahuano. Centocinquanta chilometri e cioè tre giorni di viaggio separavano ancora la comitiva dal punto in cui il 37° parallelo taglia il Rio Colorado e già Lord Glenarvan spiava con ansia l'apparizione di qualche indigeno che, con la mediazione di Thalcave, contava di interrogare; ma le strade che gli Indiani solitamente seguono per raggiungere la Cordigliera passavano più a nord e se per caso si intravvedeva all'orizzonte un cavaliere nomade, esso spariva rapida-mente come poco desideroso di incontrarsi con una comitiva sospetta; da ciò l'impossibilità di intrattenersi con esseri umani, fossero essi galantuomini o magari banditi coi quali ragionare a colpi di fucile.

Dispiaceva di non potersi trovare in faccia ad una banda di banditi della pianura, anche se la conversazione avesse dovuto avere inizio a colpi di fucile. Tuttavia Lord Glenarvan, nell'interesse delle sue ricerche, si lamentò per il mancato incontro con gli Indios, fatto di non poco rilievo per l'interpretazione del documento.

Molte volte la strada seguita dalla spedizione tagliava dei sentieri nella pampa, tra questi una strada molto importante: quella che da Carmen conduce fino a Mendoza; era riconoscibile dalla quantità di ossa di animali domestici, muli, cavalli, montoni, buoi spolpati dagli uccelli da preda, e imbiancati dall'azione decolorante dell'atmosfera e dall'erosione dei venti. Sino allora Thalcave non aveva fatto nessuna osservazione circa la strada seguita. Egli comprendeva che, non seguendo alcuna strada delle pampas, questa non avrebbe toccato né città né villaggi. Il percorso seguiva sempre la direzione dalla quale si levava il sole, al che Thalcave non ebbe nulla da obiettare. Ma quel giorno, Thalcave fermò il cavallo e si rivolse a Paganel. - Via di Carmen, - disse.

Paganel rispose che non avevano intenzione di seguire la strada da Carmen a Mendoza, e che sarebbero andati ancora verso est.

Glenarvan chiese a Paganel la ragione per la quale il Patagone si fosse fermato. Alla spiegazione di Paganel, il lord gli chiese perché non avesse spiegato all'amerindo lo scopo della spedizione, e quale fosse l'interesse a marciare verso est. Paganel tornò dal Patagone e cominciò un discorso in spagnolo, interrotto da frequenti pause, data la difficoltà della lingua. Quando la lingua non poté più essergli utile, Paganel disegnò sulla sabbia una carta geografica, con i meridiani e i paralleli: vi figuravano pure i due oceani e la strada di Carmen. La spiegazione durò circa mezz'ora, e alla fine non si riuscì a capire se il Patagone aveva o meno compreso quanto gli era stato spiegato. Questi fece una domanda: - Cercate un prigioniero? - Alla risposta affermativa, il Patagone dimostrò di aver capito di cosa si trattava, perché aveva finalmente compreso che il prigioniero andava ricercato verso est. Invocò l'aiuto di Dio e disse che avrebbe marciato con loro verso est, e, se necessario, sino al sole. Lord Glenarvan fece chiedere all'Indio se era a conoscenza di prigionicri europei nelle mani degli Indios. La risposta fu:

- Può darsi -. Fu spiegato all'Indio anche che si trattava del padre di Robert. Ciò commosse profondamente il Patagone, il quale precisò che il prigioniero era schiavo di una tribù indiana che percorreva il paese tra il Rio Colorado ed il Rio Negro, e che si trovava sulla via percorsa sinora dalla comitiva. Il Patagone fece presente inoltre che il prigioniero era trattenuto presso il *cacique* Calfourcura, un Indio molto pericoloso. Il Patagone non sapeva dire se vi fossero anche gli altri due prigionieri. Tuttavia le informazioni del Patagone erano preziose e le date corrispondevano a quanto successo al capitano Grant.

Il giorno successivo, 25 ottobre, i viaggiatori ripresero il loro viaggio verso est. La pianura si stendeva fino all'orizzonte. Ogni tanto si incontravano boschi di alberi a basso fusto.

Il giorno 26 fu assai faticoso e permise di raggiungere il Rio Colorado, il grande e bel fiume della pampa, in quel momento in piena, quindi impossibile che i cavalli potessero attraversarlo. Ma, fortunatamente, alcune centinaia di metri a monte fu trovato un ponte di liane sostenuto da corregge di cuoio e la piccola comitiva, attraversato il rio, poté accamparsi sulla riva sinistra.

La pampa argentina si stende dal 34° al 40° grado di latitudine australe. È interamente coperta da una vegetazione di erbe alte e dure. Quando si forma una depressione meteorologica, spira un vento costante con direzione da sud a ovest (pampero) che si trasforma all'interno in violente bufere di aria fredda polare. Deriva dal mare di erba che copre una immensa quantità di terreno. In autunno le piogge sono frequenti; all'epoca in cui la nostra comitiva attraversava la pampa, il clima era molto secco e la temperatura elevata.

Il 26 ed il 27 il viaggio continuò su un terreno umido e talvolta acquitrinoso e si dovettero anche superare delle lagune ingombre di erbe palustri. La sera i cavalli si arrestarono in riva ad un grande lago dalle acque fortemente salse, l'Ure-Lanquem, dove fu stabilito il campo.

All'alba la comitiva riprese la marcia preceduta da Thalcave che, col suo cavallo, apriva la strada tra i cespugli, e per tutta quella giornata del 29 ottobre i viaggiatori non ebbero sotto gli occhi che la pianura monotona ed infinita. Verso le due il suolo apparve ingombro di ossa di animali bovini, calcinate dal sole e dilavate dalla pioggia e l'Indiano, interrogato, rispose:

- Il fuoco del cielo.

- Ma no, come può essere possibile? - obiettò Tom Austin incredulo. - Qui ci saranno le ossa di almeno cinquecento capi di bestiame!

- Eh, se lo dice Thalcave possiamo credergli, - rispose Paganel. - D'altronde è risaputo che gli uragani della pampa si scatenano con estremo furore.

Il pernottamento avvenne in un «rancho» abbandonato, una capanna di rami intrecciati ed impastati con mota, recinta da uno steccato di pioli marci, ma sufficienti a proteggere i cavalli dagli assalti delle volpi; non che i cavalli abbiano a temere da tali carnivori, ma essi rodono i guinzagli ed i cavalli liberati potrebbero fuggire. A pochi passi dal rancho era scavata una buca che serviva da cucina e conteneva infatti un banco, un giaciglio, una marmitta, una brocca ed un bollitoio per il «mate», il tè degli Indiani che si sorbe con una cannuccia. Richiestone da Paganel, Thalcave preparò infatti qualche tazza di quella bevanda, che fu trovata eccellente.

Verso la metà della giornata, i viaggiatori notarono che la pampa non era più così umida, ed in certi punti appariva addirittura asciutta. Tom Austin disse che egli era contento per questo cambiamento, perché era stufo di vedere solo erba ed ancora erba. Il maggiore gli fece notare che la presenza della erba significava anche la presenza di acqua. Wilson osservò che non erano a corto di provviste d'acqua, e che avrebbero sempre trovato dei torrenti sulla loro strada.

Se Paganel avesse udito Wilson, non avrebbe mancato di far notare che i fiumi erano rari tra il Colorado e le sierre della provincia. Egli però stava spiegando a Lord Glenarvan un fatto su cui voleva richiamare la sua attenzione.

All'indomani il sole sorse tra una bruma ardente e dardeggiò i viaggiatori coi suoi raggi più cocenti; essi passarono tra immense mandrie accasciate dal calore e custodite solo da cani, avvezzi a succhiare il latte delle pecore quando l'acqua scarseggiava o la fame faccia sentire i suoi morsi.

Un forte odore di fumo impregnava l'atmosfera, facendosi in breve così intenso da stupire tutti i viaggiatori che a perdita d'occhio non vedevano segni di fuochi accesi o incendi.

- Naturalmente il fuoco da qualche parte c'è - spiegò Paganel - e qui le correnti aeree non ostacolate da nulla ne possono portare l'odore fin a settantacinque miglia di distanza.

- E chi è che appicca l'incendio? - domandò Robert.

- Qualche volta il fulmine, se trova dell'erba secca, e qualche volta gli Indiani stessi, perché le fiamme distruggono una quantità di insetti nocivi e fertilizzano invece con le loro ceneri il terreno.

- E il bestiame errante?

- Muore, si capisce; ma ce n'è tanto che questo non ha importanza.

Paganel continuò la spiegazione circa gli incendi provocati di proposito, facendo presente che gli Indios sono convinti che dopo un incendio nelle pampas le graminacee crescono meglio. La cenere infatti sarebbe un mezzo per vivificare il terreno. A suo parere, invece, egli era convinto che gli incendi fossero provocati alfine di distruggere gli ixodes, parassiti che infastidiscono le greggi.

- E non può essere che ci lasci la vita anche qualche viaggiatore?

- Sì, può essere; ma, se avete letto Cooper, saprete che Calza-di-Cuoio arresta le fiamme strappando l'erba attorno a sé per una larghezza di alcuni metri. Non c'è quindi da temere e da parte mia sarei lieto di assistere ad una scena del genere.

Ma Paganel ed i suoi compagni furono abbrustoliti solo dai raggi del sole dai quali non c'era riparo; la sete di tutti, uomini ed animali, era intensa e non si vedevano corsi d'acqua.

Quando Wilson aveva detto che la provvista d'acqua era più che sufficiente, non aveva fatto i conti con la scarsità di acqua in quei territori. In realtà, non solo mancavano fiumi e torrenti, ma anche i pozzi scavati dagli Indios erano del tutto prosciugati. Paganel domandò a Thalcave dove pensava di trovare acqua. L'Indio rispose che l'acqua si sarebbe trovata al lago Salinas, dove avrebbero potuto giungere solo la sera dell'indomani... Gli argentini, quando sono a corto d'acqua scavano dei pozzi. Ciò però non poteva essere effettuato dai nostri viaggiatori, in quanto privi degli arnesi necessari per effettuare gli scavi. Fu quindi gioco forza razionare l'acqua.

A sera fermarono dopo un percorso di 30 miglia. Tutti speravano in una buona notte che li rinfrancasse delle fatiche del giorno; purtroppo questo non fu possibile, a causa della presenza di nugoli di insetti che non li lasciarono dormire. Malgrado la stanchezza, all'alba la comitiva si mosse, alfine di raggiungere nel corso della giornata il lago Salinas. Mulrady, che era in testa alla colonna, segnalò ad un certo punto l'avvicinarsi di un gruppo di Indios. Lord Glenarvan era desideroso di chiedere informazioni sui naufraghi del *Britannia*; Thalcave invece non fu affatto contento di aver incontrato altri Indios nomadi della prateria. Egli li giudicava predoni e ladri, e cercava solo di evitarli. Seguendo le sue disposizioni, la comitiva si raggruppò e furono impugnate le armi. Bisognava essere pronti ad ogni evento.

Il gruppo di Indios era composto da una dozzina di persone. Vestiti di pelli di guanaco, gli Indios erano armati di lance, coltelli, fionde bolas e lazos. Chiaramente erano ottimi cavalleggeri, come si poté constatare dal loro modo di condurre i cavalli.

Essi si arrestarono a circa cento passi dalla comitiva. Lord Glenarvan si diresse verso di loro, ma questi si dettero alla fuga. Paganel sosteneva che si trattava di gauchos, e che quindi non c'era alcuna ragione di temere da parte loro un assalto; Mac Nabbs invece sosteneva che, gaucho o no, essi erano dei ladri e dei predoni. La discussione andò avanti per un pezzo, finché tutti dettero la colpa del malumore al vento della pampa. Alle Otto di sera, Thalcave, che si era spinto in avanscoperta, segnalò la vicinanza del lago Salinas. Un quarto d'ora dopo la comitiva vi giunse; e qui fecero tutti un'amara scoperta: il lago era in secca.

Una serrata conversazione si svolse allora tra Paganel e l'Indiano, il primo gesticolando e l'altro calmo e con le braccia incrociate sul petto. Lord Glenarvan credette opportuno dividere la comitiva in due gruppi.

- Sì, è così, - confermò il geografo. - Quelli che hanno le cavalcature troppo stanche dovrebbero continuare come possono sulla direttiva del 37° parallelo, mentre gli altri potrebbero raggiungere il Guamini, un fiume che sbocca nel lago San Luca a trentun miglia da qui. Se ci sarà acqua, vi attenderanno i compagni, altrimenti torneranno indietro ad incontrarli per risparmiare loro un tragitto inutile.

- E allora? - domandò Tom Austin.

- E allora non resterebbe che scendere per settantacinque miglia verso il sud fino alle prime pendici della Sierra Ventosa, dove i corsi d'acqua sono numerosi e perenni.

- Il consiglio mi pare buono, - osservò Lord Glenarvan - e lo seguiremo senza esitare. Con Thalcave vado io, dal momento che il mio cavallo non pare eccessivamente stanco.

Oh, milord, vengo anch'io! - esclamò Robert, come se si trattasse di una gita di piacere. - Ho un buon cavallo che non domanda che di camminare...

- Ebbene, vieni, - rispose Lord Glenarvan felice di non separarsi dal ragazzo - e se non troviamo una buona pozza di acqua fresca e limpida sarà proprio il caso di dire che non siamo buoni a nulla.

Paganel aveva tutte le intenzioni di aggregarsi al lord; questi però decise diversamente ed invitò il geografo a rimanere sulle riva del lago Salina insieme con gli altri facenti parte della comitiva.

La comitiva cenò senza bere e cercò nel sonno di dimenticare la sete; e la mattina dopo, data ai loro tre cavalli la poca acqua che restava, Thalcave, Lord Glenarvan e Robert montarono in sella e si congedarono dai compagni perdendoli ben presto di vista.

I tre cavalli galoppavano senza fermarsi nel deserto salino coperto di cespugli stenti e pareva sentissero d'istinto quale compito era loro affidato. Thauka, il cavallo dell'Indiano, pareva infaticabile e lanciava nitriti che sembravano incitamenti agli altri due, i quali lo seguivano con passo più affaticato. Il Patagone volgeva spesso la testa indietro per guardare Robert e pareva compiacersi di vederlo comportarsi così brillantemente.

Intanto i cavalli avevano rallentato il passo perché, salvo Thauka, non reggevano più. Thalcave col suo cavallo avrebbe anche potuto procedere da solo, ma non volle lasciare i suoi compagni e le tre cavalcature procedettero quindi al passo. Il Patagone sentiva l'odore dell'acqua nell'aria e spingeva avanti il cavallo d'istinto. Un ultimo sforzo e verso le tre del pomeriggio una linea chiara apparve in un bassopiano lontano, vibrando sotto i raggi del sole.

- L'acqua! L'acqua! - gridarono Lord Glenarvan e Robert. E non ci fu più bisogno di incitare i cavalli; rianimati improvvisamente dalla vista e dall'odore dell'acqua essi volarono finché, raggiunto il rio Guamini, si immersero fino al petto nelle sue acque fresche. I tre cavalieri, che non avevano avuto il tempo di smontare, fecero un bagno fuori programma, ma non se ne lagnarono.

- Ah, come è buona! - esultava Robert, bevendo a grandi sorsate.

Anche Thalcave beveva, a piccoli sorsi e senza affrettarsi, ma con l'aria di non smettere più.

- Almeno i nostri amici non saranno delusi e troveranno un'acqua limpida ed abbondante... salvo che Thalcave non se la beva tutta lui!

- Non si potrebbe, - osservò Robert - risparmiare loro qualche ora di sofferenza andando loro incontro con l'acqua?

- Magari! Ma come portar loro dell'acqua? Gli otri sono rimasti nelle mani di Wilson! Meglio attenderli: anche camminando al passo saranno qui nella notte. Prepariamo loro piuttosto un buon giaciglio ed un discreto pasto.

Del resto Thalcave non aveva aspettato ordini ed aveva trovato lungo il fiume una «ramada» o recinto chiuso da tre lati e costruito per radunarvi gli armenti. Era ottimo anche per passarvi la notte, naturalmente sotto il cielo, ed ai viaggiatori non rimase che pensare alla cena.

- Bisogna, - osservò Lord Glenarvan - che i nostri amici possano dichiararsi contenti dei furieri che hanno mandato avanti. Prendiamo i nostri fucili e credo che un'ora di caccia sarà ben spesa.

Infatti, i tre cacciatori tornarono alla ramada con un bottino più che sufficiente e non ebbero più che da cucinarlo; soddisfecero il loro appetito con le pernici e le quaglie e lasciarono i piatti di maggiore consistenza, un «pacari» un «nandù» e un armadillo, ai loro amici.

Capitolo V

La pianura argentina

Finalmente, all'alba, il gruppo guidato da Paganel raggiunse il recinto.

Soddisfatta largamente la sete e rinfrescati i corpi, i ritardatari si abbandonarono ad un meritato pantagruelico banchetto nell'interno della ramada e tutto fu dichiarato eccellente, dai filetti di nandù all'armadillo, arrostito nella sua corazza ossea.

Alle dieci Lord Glenarvan diede il segnale della partenza; gli otri di cuoio erano rigonfi d'acqua, i cavalli sazi e dissetati erano in ottima forma e la marcia fu ripresa ad un piccolo trotto regolare e costante. Il paesaggio era più ridente, ma sempre disabitato e dopo due giorni di cammino senza incidenti i viaggiatori, ormai allenati alle fatiche, si trovarono al limite della pampa, sul confine della provincia di Buenos Aires. Avevano lasciato la baia di Talcahuano il 14 ottobre; in ventidue giorni avevano dunque percorso 450 miglia, cioè pressappoco due terzi del percorso previsto.

La mattina seguente, superata la linea di confine, entrarono nella piana argentina, dove Thalcave sperava di incontrare i *caciques* nelle mani dei quali era persuaso si trovassero il capitano Grant ed i suoi due sfortunati compagni.

La provincia di Buenos Aires è la più vasta e popolata delle 14 provincie che compongono la Repubblica. Il suo territorio è molto fertile, e vi regna un clima particolarmente salubre. Dopo aver lasciato il Guamini, i viaggiatori avevano constatato, con grande soddisfazione, un miglioramento nella temperatura, che non superava i 17 gradi, grazie ai venti violenti e freddi della Patagonia. Perciò i nostri viaggiatori non avevano ormai più alcuna ragione di lamentarsi del caldo e della mancanza di acqua. C'era però un particolare, molto importante, e cioè che il paese, secondo Thalcave, sembrava disabitato.

La direttrice dell'est costeggiava o tagliava delle piccole lagune, talvolta d'acqua dolce e a volte d'acqua salata, tutte popolate da miriadi di uccelli tra i quali molti fenicotteri.

Intanto Lord Glenarvan tentava di conversare con l'Indiano, che scrutava l'orizzonte con un'espressione di vivo stupore; non riuscendo a farsi comprendere chiamò in aiuto Paganel, il quale dopo pochi minuti di colloquio raggiunse il lord, dicendo:

- Thalcave si stupisce di non trovare né Indiani né tracce del loro passaggio in questa zona, che è di solito solcata dalle loro carovane, sia che spingano avanti il bestiame rapito alle fattorie, sia che mirino a raggiungere le Ande per vendere i loro tappeti ed i loro scudisci di cuoio intrecciato.

- E come spiega tale assenza Thalcave?

- Appunto, non la spiega e ne è inquieto. E gli Indiani che contava di incontrare sono appunto quelli dei *caciques* Calfucura, Catriel e Yanchetruz, cioè delle tribù che terrebbero prigionieri Grant e i suoi compagni.

- E allora, - domandò Lord Glenarvan - quale partito dovremmo prendere?

- Thalcave dice che faremmo bene a raggiungere il Forte Indipendenza, che è del resto sulla nostra strada, e là, se non avremo notizie del capitano Grant, sapremo almeno che cosa è avvenuto delle tribù indiane.

- È molto lontano codesto Forte Indipendenza?

- No, è nella Sierra Tandil, a una sessantina di miglia da qui, e ci potremmo essere dopodomani sera.

Lord Glenarvan era sconcertato a causa di questa situazione. La cosa che meno ci si poteva aspettare era quella di non trovare Indios nella pampa, dove, solitamente se ne incontrano sin troppi. Doveva essersi verificata una circostanza particolarmente insolita per averli allontanati in così gran numero. Ma, cosa più grave ancora, se il capitano Grant era prigioniero di una di queste tribù, era stato portato al sud o al nord? Questo dubbio non poteva essere risolto dal lord, il quale non voleva assolutamente perdere la pista che doveva portarlo dal capitano. La cosa migliore da fare era quella di seguire il consiglio di Thalcave, e cioè di raggiungere il villaggio di Tandil, dove avrebbero trovato sicuramente qualcuno con cui parlare.

Verso le quattro del pomeriggio la comitiva raggiunse una modesta collina, la Sierra Tapalquem, che fu facilmente valicata il giorno dopo; videro il Forte Tapalquem ormai abbandonato, ma neppure l'ombra di un Indiano. Solo verso il mezzogiorno apparvero in lontananza tre individui a cavallo e bene armati, i quali non si lasciarono avvicinare e sparirono con incredibile rapidità.

- Sono dei gauchos, - disse il Patagone.

- E hanno tutta l'aria di essere dei predoni, - ammise Paganel.

Nonostante la solitudine si marciava quindi in gruppo serrato, ma non accadde nulla e la sera la comitiva poté accamparsi in una vecchia tolderia nella quale il *cacique* soleva riunire le sue bande; ma bastò a Thalcave una rapida ispezione per concludere che la tolderia non era più frequentata da un pezzo.

L'indomani fu raggiunta nuovamente la pianura ed apparvero le prime fattorie che preannunciavano la Sierra Tandil, ma Thalcave preferì procedere diritto verso il Forte Indipendenza, dove intendeva prendere informazioni.

Gli alberi, così rari dopo la Cordigliera, riapparirono: si trattava quasi certamente di alberi piantati dopo l'arrivo degli europei sul territorio americano. L'assortimento di piante era veramente notevole. Molte erano state piantate per servire anche come confine delle «corrales», e cioè recinti entro i quali erano racchiusi buoi, montoni, vacche e cavalli a migliaia di esemplari, tutti marchiati al ferro caldo e sorvegliati da numerosi cani. Il suolo, un po' salino, era l'ideale per la crescita del foraggio destinato al nutrimento degli animali. Questa gente conduce una vita che somiglia a quella dei pastori descritta dalla Bibbia. Tuttavia gli «estanceros» della pampa non hanno proprio nulla delle caratteristiche dei pastori biblici, ma piuttosto quelle di mercanti di buoi. Paganel ebbe l'occasione di osservare le «estancias», ognuna delle quali appariva come una grande isola. Il 6 novembre, i viaggiatori ebbero l'occasione di vedere molte «estancias», ed anche dei saladeros. Come può facilmente far capire la definizione, sono coloro che uccidono le bestie da macello e poi le salano. Lo spettacolo della cattura degli animali destinati al macello e la loro uccisione non era certamente piacevole da vedersi.

Lord Glenarvan avrebbe potuto trovare le informazioni che gli occorrevano nelle fattorie; ma egli pensava che fosse meglio e più sicuro arrivare al villaggio di Tandil, dove la comitiva non si fermò, ma proseguì verso la sierra Tandil, e dopo un'ora di cammino, apparve il villaggio in fondo ad una stretta vallata, dominata dalle mura del Forte Indipendenza.

La sierra Tandil è alta circa 1000 metri sopra il livello del mare; è una catena primordiale, nel senso che la sua composizione è stata modificata col passar del tempo dal suo calore interno, Il distretto di Tandil comprende circa 4000 abitanti. Il villaggio è stato fondato da emigranti italiani e francesi baschi. Nel 1828 i francesi costruirono il Forte, destinato a proteggere il paese dalle invasioni degli Indios. Il villaggio di Tandil, per mezzo delle «galeras», grandi carrette tirate dai buoi, può comunicare con Buenos Aires in 12 giorni. Ciò ha permesso uno sviluppo non indifferente di commercio con la capitale. Paganel fece presente che il forte era sempre presidiato da un distaccamento di truppe nazionali. Lord Glenarvan fece ricoverare i cavalli nella scuderia di una «fonda», poi in cinque si diressero verso il forte. Poterono entrare senza alcuna difficoltà. Ebbero così l'occasione di osservare le esercitazioni della truppa che venivano effettuate nel cortile. Essi rilevarono una cosa notevolmente strana: alle esercitazioni partecipavano anche dei bambini di 8-9 anni. Lord Glenarvan tuttavia non era venuto al forte per vedere le esercitazioni militari, ma per avere informazioni sui prigionieri.

Fecero chiamare il comandante del forte che apparve poco dopo. Thalcave fece le presentazioni, ma il comandante continuava a fissare Paganel e finalmente gli prese giovialmente la mano ed esclamò in francese:

- Un francese?!

- Sì, sono francese.

- Ah, sono francese anch'io! Molto lieto! Siate il benvenuto! - e il comandante scuoteva con preoccupante energia il braccio del povero Paganel.

Lord Glenarvan avrebbe domandato senza tergiversare le informazioni che gli stavano tanto a cuore, ma il militare ci teneva a raccontare la propria storia e non era uomo da fermarsi a metà. Si capiva che aveva lasciato la Francia da un pezzo perché la lingua materna non gli era più familiare e parlava pressappoco come i negri delle colonie.

Finalmente il sergente tacque e trascinò i suoi ospiti in casa domandando che cosa procurava al forte l'onore della loro visita e Paganel poté raccontargli il motivo e le vicende del loro viaggio attraverso la pampa e domandargli la ragione per la quale gli Indiani avevano abbandonato il paese.

- Ah, certo, non c'è nessuno, - rispose il sergente alzando le spalle. - Effettivamente nessuno..., noi altri stiamo con le braccia incrociate: non c'è nulla da fare. C'è guerra civile tra i paraguaiani e gli argentini e gli Indiani sono tutti nel nord, a saccheggiare nelle retrovie del generale Flores.

- Ma i *caciques* della pampa dove sono?

- Sono con loro.

- Catriel? Calfucura? Yanchetruz?

- Nessun Yanchetruz o Calfucura o Catriel!

Una domanda importante poteva tuttavia essere ancora rivolta al sergente, e fu il maggiore che la fece mentre i suoi compagni si guardavano in silenzio: «Il sergente aveva sentito dire che i *caciques* della pampa avessero con loro degli europei prigionieri?»

L'interrogato stette un momento soprappensiero come chi raduna i propri ricordi e finalmente rispose:

- Sì... qualche anno fa... dei prigionieri europei... ma io non li ho mai visti!

- Qualche anno fa! Non vi sbagliate forse? - domandò Lord Glenarvan. - La data del naufragio è precisa: giugno 1862, cioè meno di due anni fa.

- No, no, di più, milord. È stato l'anno in cui è nato Pepe... si trattava di due uomini.

- No, di tre.

- Vi dico due, - affermò il sergente con sicurezza.

- Due! - ripeté Lord Glenarvan. - Due inglesi?

- Ma no. Chi parla di inglesi? Erano un francese e un italiano!

- Un italiano che fu poi massacrato dagli Indiani Poyuches? - gridò Paganel.

- Sì, l'ho saputo dopo; il francese è stato invece liberato.

Tutti guardavano con aria ansiosamente interrogativa Paganel, il quale si batteva la fronte e finalmente disse:

- Ora capisco! Amici miei, - aggiunse prendendo le mani di Robert - bisogna che vi prepariate ad una grave delusione. Abbiamo seguito una falsa pista! L'europeo che era prigioniero degli Indiani non era il capitano Grant, ma un mio compatriota, il Guinnard, che fu prigioniero degli Indiani sulle rive del Rio Colorado, ma riuscì a fuggire ed è tornato in Francia. L'italiano assassinato dai Poyuches era il suo compagno Marco Vazello. Credendo di seguire le tracce di Harry Grant, siamo caduti su quelle di Guinnard!

Un doloroso silenzio avvolse per pochi istanti il gruppo, ma l'errore era evidente e tutti i particolari lo confermavano. Lord Glenarvan guardava l'Indiano con aria stralunata, e questi domandò a sua volta al sergente.

- Ma di tre inglesi prigionieri non avete mai sentito parlare?

- No, - rispose questi - a Tandil si sarebbe saputo... io lo saprei... No, non può essere.

Dopo quella risposta al Forte Indipendenza non c'era più nulla da fare e tutti si ritirarono dopo aver scambiato col sergente vigorose strette di mano.

Lord Glenarvan era accasciato, Robert camminava al suo fianco con gli occhi pieni di lacrime, il maggiore era muto e Paganel parlava tra sé e sé gesticolando. Quanto a Thalcave egli sembrava mortificato nel suo amor proprio, ma nessuno pensava di rimproverargli il suo errore.

Tornarono tutti alla scuderia dove la cena fu assai triste: nessuno rimpiangeva le fatiche ed i pericoli superati, ma tutti soffrivano di vedere annientate in un momento tante speranze.

Intanto Paganel si era fatto ridare da Lord Glenarvan il famoso documento e lo rileggeva incollerito:

- Questo documento è tuttavia ben chiaro! - andava ripetendo Lord Glenarvan. - Sul naufragio e sul luogo della prigionia non è possibile alcun dubbio!

- Ebbene no; cento volte no! - rispose il geografo battendo il pugno sulla tavola. - Dal momento che Harry Grant non è nella pampa bisogna dire che non è in America! Dove precisamente sia, questo documento dovrà ben dirlo e lo dirà, amici miei; altrimenti io non mi chiamo più Giacomo Paganel!

Una distanza di 150 miglia separava il forte dell'Atlantico. Secondo Lord Glenarvan, in quattro giorni si poteva raggiungere il *Duncan*. Egli non era in condizioni di spirito tali da riuscire ad organizzare il ritorno sulla nave: di tutte le pratiche necessarie si fece parte diligente il maggiore. Alle Otto del mattino, la comitiva scendeva lungo i pendii della Sierra Tandil. Tutti erano nettamente abbattuti per il risultato negativo della loro spedizione. Verso mezzogiorno i viaggiatori si ritrovarono nella pianura che si estendeva sino al mare. Il tempo sino ad allora era stato bello. Il cielo, però, quel giorno aveva un aspetto poco rassicurante. Tuttavia le grandi nuvole non lasciarono cadere acqua, e la sera, i cavalli, dopo aver percorso circa 40 miglia, si fermarono sul ciglio di profonde «canadas», che sono grandi solchi pieni d'acqua. Non vi erano ripari per la notte. I ponchos servivano da tende e da mantello. La mattina seguente, a mano a mano che la pianura si abbassava, si notava sempre più la presenza di acque sotterranee. Ben presto, la via dell'est fu impedita da grandi stagni. Robert, che era andato avanti per un mezzo miglio, rientrò per informare Paganel che egli aveva trovato una foresta di corna. L'Indio, informato della cosa, disse che le corna affioravano, ed i corpi dei buoi erano sottoterra. Chiaramente bisognava tener conto di questo onde evitare alla comitiva di essere inghiottita da queste trappole acquitrinose. Thalcave era nettamente preoccupato: spesso si fermava ed osservava il panorama, ritto sulle staffe. Dopo un miglio, egli si fermava di nuovo poi, deviava per qualche miglio, a volte a nord oppure a sud, e tornava di nuovo alla comitiva senza manifestare la sua apprensione. Il comportamento dell'Indio non persuadeva nessuno della compagnia. Pertanto Paganel fu incaricato di interrogarlo. Thalcave gli comunicò che egli era stupito di vedere la terra così imbevuta d'acqua. Mai i suoi piedi avevano trovata la terra così impregnata, neppure durante la stagione delle piogge. Il consiglio che l'Indiano dette fu di accelerare i tempi del viaggio. Era più facile a dirsi che a farsi: i cavalli faticavano molto a causa del suolo fradicio. Era indispensabile attraversare al più presto questo bassopiano perché una inondazione lo avrebbe immediatamente trasformato in lago.

Fu ripreso il cammino verso la punta Medano, dove avrebbero ritrovato il *Duncan*.

Verso le due si aprirono le cateratte del cielo e un acquazzone tropicale bagnò da capo a piedi i viaggiatori, ai quali non si offriva alcuna via di scampo. Solo verso sera raggiunsero una capanna diroccata dove entrava l'acqua, ma che permise di accendere un focherello di erbe al riparo delle raffiche e di preparare un mediocre pasto che solo il maggiore mostrò di apprezzare. Fu chiesto quindi riposo al sonno e ben presto tutti dormivano sotto la custodia di Dio, il quale fece in realtà ottima guardia perché la notte trascorse senza incidenti.

Furono svegliati al mattino dai nitriti e dai colpi di zoccolo di Thauka, il quale all'occorrenza sapeva anche dare il segnale della partenza. Pioveva un po' meno, ma la terra argillosa tratteneva l'acqua caduta, che formava immense pozzanghere; Paganel, consultando la sua carta, pensò che il Rio Grande ed il Rio Vivarota, che di solito servono a drenare la regione, fossero straripati confondendosi in un unico letto, largo parecchie miglia.

Per la salvezza di tutti occorreva quindi accelerare al massimo la marcia, poiché la pianura non aveva rialzi e l'invasione delle acque non poteva che essere rapidissima.

Thauka procedeva in testa e diguazzava come un cavallo marino, ma verso le dieci cominciò a dare segni di agitazione e il suo padrone, che lo dominava a stento, capiva che se l'animale fosse stato lasciato libero si sarebbe lanciato al galoppo verso il Nord.

Se l'occhio dei viaggiatori non scorgeva tuttavia alcun segno allarmante, il loro orecchio non tardò a percepire un sordo brontolio, simile al rumore della marea montante che proveniva da oltre i confini dell'orizzonte. Il vento soffiava a raffiche, gli uccelli attraversavano il cielo come saette, i cavalli immersi nell'acqua fino a mezza gamba, sentivano la spinta della corrente. Un rumore formidabile di belati, di muggiti, di nitriti di terrore venne improvvisamente dal sud e un immenso armento di animali che si urtavano, cadevano, si rialzavano, fuggivano, in preda al terrore, raggiunse i viaggiatori, li oltrepassò, disparve all'orizzonte.

- Presto, presto! - gridò Thalcave con voce stentorea speronando il suo cavallo che si slanciava in direzione nord. - L'inondazione!

Tutti si lanciarono sulle orme di Thauka, ed era tempo, poiché da sud una valanga d'acqua si rovesciava sulla pianura. La massa liquida giungeva ad ondate inghiottendo erbe e cespugli che andavano alla deriva come isolotti natanti: c'era stata senza dubbio una rottura negli argini dei grandi fiumi della pampa, e forse le stesse acque del Rio Colorado a nord e del Rio Negro a sud si riunivano in un letto comune.

L'ondata segnalata da Thalcave arrivava a forte velocità. I viaggiatori fuggivano disperatamente davanti ad essa; i loro occhi cercavano inutilmente un posto dove rifugiarsi. Il cielo e l'acqua si confondevano all'orizzonte. I cavalli, terrorizzati, si scatenavano in un galoppo sfrenato, ed i loro cavalieri potevano solo a fatica stare in sella. Lord Glenarvan continuava a guardare dietro di sé, pensando: «L'acqua è più veloce di noi». - Presto! Presto! - gridava Thalcave. E le povere bestie correvano a perdifiato spronate senza posa. I loro fianchi grondavano sangue per i colpi di speroni. I fuggitivi non avevano potuto rendersi conto della distanza percorsa, che doveva essere rilevante. Ormai i cavalli, con l'acqua sino al petto, avanzavano con molta difficoltà. Tutti pensarono di esser ormai perduti e votati ad una orribile morte: uomini e bestie, tutti inghiottiti dalle acque turbinose e limacciose. Il terrore si dipingeva sui volti di quegli ottimi uomini impotenti di fronte alle forze scatenate della natura, alla furia degli elementi.

Cinque minuti più tardi, i cavalli stavano nuotando; la corrente li trascinava con una violenza inaudita.

Ogni salvezza sembrava ormai impossibile, quando la voce del maggiore si fece sentire più forte del rombo delle acque.

- Un albero!

- Là, là, - confermò Thalcave, indicando a cinquecento metri di distanza al nord una specie di gigantesco albero che dominava solitario la distesa delle acque.

I suoi compagni non avevano bisogno di essere incitati. Quell'albero che si offriva così inopinatamente a loro doveva esser raggiunto a qualsiasi costo. I cavalli non avrebbero potuto essere salvati, ma gli uomini avevano certamente maggiori possibilità di salvataggio. La corrente li trascinava. In quel momento il cavallo di Tom Austin lanciò un nitrito e scomparve. Il suo padrone, liberatosi delle staffe, si mise a nuotare vigorosamente. Lord Glenarvan gli gridò di aggrapparsi alla sua sella. Tom Austin rispose ringraziando e dicendo che le sue braccia erano ancora solide. Lord Glenarvan si preoccupò, come sempre, di Robert, ed il ragazzo gli rispose che il suo cavallo stava nuotando come un pesce. A quel punto il maggiore lanciò un grido:

- Attenzione! Attenzione! - E subito dopo una mostruosa ondata, alta forse quindici metri, si abbatté sui fuggitivi con furia spaventosa travolgendoli in un turbine di schiuma; quando gli uomini tornarono a galla si guardarono attorno e si contarono; c'erano tutti, ma i cavalli erano spariti, salvo Thauka che il suo padrone non aveva abbandonato.

- Coraggio, coraggio! - gridava Lord Glenarvan, che nuotava con un braccio e con l'altro sosteneva Paganel.

Robert, aggrappato alla criniera di Thauka, si lasciava trascinare dal cavallo che, con la sua superba energia, fendeva le acque in direzione dell'albero.

La salvezza non era più che ad una decina di metri e fu rapidamente raggiunta da tutti. Il tronco era tutto sommerso fino ai primi rami sui quali fu facile issarsi. Thalcave, abbandonato il cavallo, si arrampicò per primo tirandosi dietro Robert, e mise poi in salvo anche gli altri. Ma Thauka trascinato dalla corrente si allontanava rapidamente volgendo verso il padrone la testa intelligente e chiamandolo con un nitrito; e Thalcave, non potendo resistere a quel richiamo, si rituffò nella corrente, sparì, ricomparve più in là, cingendo col braccio il collo di Thauka; cavallo e cavaliere sparirono in lontananza portati dall'onda.

Capitolo VI

Tra fuoco e acqua

L' albero che assomigliava ad un noce era invece l'*ombu*, che vive infatti ad esemplari isolati nella pianura argentina; ha un enorme tronco tortuoso fissato al suolo non solo dalle possenti radici ma altresì dai vigorosi germogli e per tale ragione aveva potuto resistere all'assalto dell'ondata. Si alzava nell'aria per una trentina di metri ed il suo tronco si divideva in tre rami principali, due dei quali si elevavano verticalmente mentre il terzo si stendeva quasi orizzontalmente sopra le acque muggenti; non mancava quindi tra i rami ed il fogliame né lo spazio per sistemarsi, né un riparo contro la pioggia ed il sole e neppure la cacciagione, perché innumerevoli uccelli vi si erano rifugiati. Il giovane Grant e Wilson si erano affrettati a raggiungere i rami più alti, da dove il loro sguardo sconfinava sull'infinita distesa delle acque deserte, percorse soltanto da tronchi sradicati, da rottami, da carogne, tutte spinte dalla corrente in direzione nord. Molto lontano un punto nero appena percettibile: Thalcave ed il suo fedele Thauka che sparivano verso nord.

Robert, tendendo la mano verso il lontano Indio lo chiamava per nome; Wilson confortò il ragazzo assicurandogli che Thalcave si sarebbe salvato. Quindi ambedue discesero per raggiungere gli altri. La situazione era allarmante: non vi era pericolo di crollo dell'albero, ma piuttosto un aumento del livello dell'acqua, che avrebbe potuto raggiungere anche la cima dell'albero. Il primo provvedimento che fu preso fu quello di stabilire, con dei segni sull'albero, il livello delle acque; fu però notato con molto piacere che il livello era stazionario e che l'inondazione non dava segno di aumentare.

A quel punto sorsero i primi problemi legati strettamente alla sopravvivenza: primo fra tutti il cibo. A questo aveva pensato il maggiore Mac Nabbs, il quale aveva una scorta di viveri per sei persone sufficienti per due giorni. Fu anche stabilito che avrebbero potuto accendere un fuoco nelle parti alte della pianta. Paganel trovò, tra i rami, dell'erba secca in quantità sufficiente, e con una lente da ingrandimento focalizzò i raggi del sole sul combustibile vegetale appiccandovi fuoco. Ognuno scaldò la sua razione di cibo secondo i propri gusti, tenendo naturalmente presente che i viveri dovevano essere strettamente razionati. L'immenso bacino infatti si stava vuotando delle acque ad una rapidità nettamente inferiore a quella desiderata. La pianta non aveva frutti, ma tra i rami v'erano molti nidi pieni di uova e moltissimi uccelli. In previsione di un soggiorno prolungato, si doveva pensare ad una decente sistemazione. La «cucina» e la «sala da pranzo» furono sistemati da basso, sopra le «camere da letto».

- A quale distanza saremo dall'Atlantico? - domandò il maggiore a Paganel.

- A una quarantina di miglia al massimo, - rispose il geografo, - ma ora vado a scegliermi un osservatorio, e da lassù, con l'aiuto del mio cannocchiale vi terrò informati delle cose di questo mondo.

Lo scienziato salì agilmente di ramo in ramo e scomparve ben presto tra il fogliame, mentre gli altri si radunavano.

Tema inesauribile dei discorsi era naturalmente il capitano Grant, ed ora il pensiero di tornare al *Duncan* senza di lui opprimeva tutti.

- Eppure, - esclamò Lord Glenarvan - il 37° parallelo non è un parto della nostra fantasia; lo abbiamo letto coi nostri occhi e seguito con tutto scrupolo. È una cosa da dar la testa nei muri!

- No, non è cosa da disperarsene, - obiettò Mac Nabbs col suo consueto buon senso. - È un dato sicuro? Ebbene, seguiamolo fino alla fine. Quando saremo a bordo del *Duncan* mettiamo la prua ad est e seguiamo, se occorre, il 37° parallelo fino a completare il giro del mondo.

- Ascoltate, miei cari, - disse Lord Glenarvan - e specialmente tu, Robert. Mi sono impegnato a ritrovare il capitano e vi dedicherò la mia vita intera, se occorrerà. Ma per ora la questione da risolvere è un'altra: dobbiamo abbandonare le ricerche sul continente americano?

Poiché nessuno rispondeva fu ancora la volta del maggiore Mac Nabbs, il quale disse:

- Mio caro Edward, la responsabilità di decidere è grave, ma prima di tutto vorrei sapere quali altre contrade sono attraversate dal 37° parallelo.

- Qui la parola spetta al geografo, - disse Lord Glenarvan che, alzando la voce verso l'alto, gridò: - Paganel, abbiamo bisogno di voi; volete scendere un momento?

- Volentieri. Volete dirmi di che cosa si tratta?

- Vogliamo sapere quali sono i paesi attraversati dal 37° parallelo.

- Semplicissimo: posso servirvi anche da quassù. Ecco: attraversa l'Oceano Atlantico, incontra le isole Tristan d'Acunha, passa due gradi a sud del Capo di Buona Speranza, corre attraverso l'Oceano Indiano, sfiora l'Isola San Pietro del gruppo delle Amsterdam, taglia la provincia di Victoria in Australia; uscendo dall'Australia...

Ma la frase fu troncata da un urlo che pareva l'annuncio di una nuova sciagura; e già Wilson e Mulrady volavano in soccorso quando un lungo corpo apparve attraverso i rami: Paganel cadeva di ramo in ramo ed avrebbe raggiunto le torbide acque sottostanti se il maggiore non lo avesse raccolto al passaggio.

- Ben riconoscente, Mac Nabbs, - furono le prime parole del geografo.

- Ebbene, che cosa è successo? - domandò il maggiore. - Una delle vostre solite distrazioni, per caso?

- Sì, sì, proprio una distrazione; ma fenomenale questa volta! Ci siamo ingannati tutti, ci inganniamo ancora, ci inganniamo sempre! Glenarvan, maggiore, Robert, amici miei, - gridò Paganel - noi cerchiamo il capitano Grant dove non c'è!

- Che dite mai? - rispose Lord Glenarvan.

- Non solamente dove non c'è - confermò Paganel - ma dove non è mai stato!

Tutti guardavano trasognati il geografo attendendo che si spiegasse, ed egli, dominando ormai la propria emozione, continuò:

- È così; abbiamo seguito una falsa strada e letto nel documento quel che non c'era. Ero nell'errore anch'io come voi, ma poco fa mentre rispondevo alla vostra domanda la mia mente si è fermata sulla parola «Australia» ed un lampo ha attraversato il mio cervello.

- Che? Pretendereste allora che Harry Grant?...

- Pretendo semplicemente che la parola *austral* nel documento non è una parola completa come noi abbiamo creduto, ma bensì la radicale della parola *Australia*!

- Ma questo non ha senso, - esclamò il maggiore.

- Impossibile! - rincalzò Lord Glenarvan. - Il *Britannia* naufragato sulle coste dell'Australia?! Ma allora bisognerebbe ammettere che in Australia ci sono degli Indiani!

Ma si sarebbe detto che Paganel attendesse tale obiezione perché sorrise e si spiegò:

- Mio caro Glenarvan, aspettate e vedrete che vi batto in pieno. Nel documento non ci sono *Indiani* come non c'è neppure *Patagonia*: la parola incompleta *indi...*, non significava *Indiani*, ma *indigeni*!

Lord Glenarvan rimase alquanto interdetto e dopo un momento rispose:

- E sia, ma allora la parola... *gonie*?

- Significa tutto ciò che volete, ma non Patagonia!

- E che cosa allora? *Cosmogonie*? *Theogonie*? *Agonie*?

- *Agonie*! - gridò il maggiore.

- Tale parola non ha importanza, - dichiarò Paganel. - L'importante è che *Austral* vuoi dire *Australia*, e se non fossi stato tirato fuori strada dalla vostra interpretazione, la mia sarebbe stata ben altra.

- Un'ultima osservazione, mio caro Paganel, - disse Lord Glenarvan. - Provate a rileggerci tutto intero il documento e vediamo come si presenta.

- Niente di più facile. Ecco qui, - ed estratto il prezioso testo il geografo cominciò a leggere, dando risalto alla parole di maggiore importanza.

Il 7 giugno 1862, il tre-alberi Britannia di Glasgow è naufragato dopo... (mettiamo: *dopo due giorni e tra giorni o dopo una lunga agonia*, come voi volete, perché questo non ha importanza) *sulle coste dell'Australia. Dirigendosi a terra due marinai e il capitano Grant tentarono di sbarcare, oppure sono sbarcati sul continente, dove saranno (oppure dove sono) prigionieri di crudeli in-*

digeni. Essi hanno gettato questo documento ecc., ecc. È o non è chiaro?!

- È chiaro, - riconobbe Lord Glenarvan. - E allora, amici miei, non ho più che una cosa da dirvi: in Australia! E che il cielo ci aiuti!

- In Australia! - ripeterono unanimi i suoi compagni.

Così ebbe fine una conversazione che doveva avere molte conseguenze nell'avvenire. Essa modificò completamente il morale dei viaggiatori, che avevano ritrovato il filo nel labirinto nel quale si erano cacciati. Essi potevano così lasciarsi dietro le spalle le ricerche nel continente americano, in piena coscienza. Tornando a bordo del *Duncan* essi avrebbero potuto riportare la speranza nelle anime dei loro passeggeri. Così, essi dimenticarono la situazione nella quale si trovavano; avevano un solo dispiacere: non poter partire per raggiungere l'Atlantico.

Erano le quattro del pomeriggio; fu stabilito di mangiare alle sei; Paganel volle celebrare questa felice giornata con una specie di banchetto. Il menù era notevolmente limitato: così chiese a Robert di accompagnarlo ad una partita di caccia nella «vicina foresta». Furono caricate alcune rivoltelle, ed i due partirono. Lord Glenarvan e Mac Nabbs nel frattempo erano andati a esaminare le incisioni sulla pianta che indicavano l'altezza dell'acqua: nessun segno di diminuzione fu rilevato. Tuttavia sembrava che le acque avessero raggiunto il livello massimo; la violenza con la quale esse si spostavano da sud a nord significava che l'equilibrio tra i fiumi argentini non si era ancora ricostituito. Prima di abbassarsi era necessario che la massa liquida rimanesse immobile. Per il momento non si poteva contare su una diminuzione del livello dell'acqua, sin quando la stessa si riversava verso nord a grande velocità. Mentre Lord Glenarvan ed il maggiore facevano le loro osservazioni, furono esplosi alcuni colpi di arma da fuoco. La voce di Robert si univa a quella di Paganel. La caccia si annunziava sotto favorevoli auspici; ma Wilson fece ancora meglio: con una specie di lenza si dedicò a una «pesca miracolosa». Il pasto si trasformò in una specie di festino: carne secca, uova sode, le mojarras arrostite, ed altro. La conversazione fu gaia. Paganel fu festeggiato sia come cacciatore che come cuoco. Dopo i ringraziamenti di rigore, egli si lasciò andare a considerazioni sulla enorme pianta, sulla quale si erano rifugiati. Paganel affermò che lui e Robert avevano rischiato di perdersi. Entrambi avevano avuto l'impressione di udire dei ruggiti di bestie feroci. Si accorsero poi che non vi erano bestie feroci, e la cosa dispiacque loro perché Paganel avrebbe potuto servirsene per fare delle classificazioni degli ordini, delle famiglie, dei generi, delle specie. Insomma parlava il geografo ed il naturalista.

La sera sopraggiunta consigliava frattanto il riposo, ma Lord Glenarvan, Paganel e Robert vollero prima raggiungere la sommità dell'albero per esplorare il cielo e le acque. Non c'era vento ma un sinistro nembo aveva già invaso metà del cielo, l'aria era pesante e l'atmosfera satura di elettricità.

- Sì, un uragano è imminente, - disse Lord Glenarvan; - scendiamo al più presto ad avvertire i nostri amici.

Infatti verso le undici il primo colpo di tuono trovò tutti svegli e Lord Glenarvan, spintosi in esplorazione fino all'estremità del grande ramo orizzontale, vide che la tenebra era solcata da strisce lucenti che le acque sottostanti riverberavano.

- Credo che dobbiamo prepararci ad un terribile uragano, - annunciò.

- Bene, ci godremo un magnifico spettacolo..., dal momento che non possiamo evitarlo, - si consolò il geografo.

- Purtroppo il nostro *ombu*, essendo il solo punto culminante in una vasta zona, attirerà tutti i fulmini sopra di sé. Ma ecco che la musica comincia!

Violenti scoppi di tuono interruppero infatti la conversazione e tutto il cielo prese fuoco: pareva che le nuvole si fossero incendiate da un estremo all'altro dell'orizzonte e poiché le acque riflettevano il cielo, i viaggiatori si trovavano come avvolti in un'immensa sfera di fuoco della quale l'*ombu* era il centro. Lord Glenarvan e i suoi compagni si guardavano l'un l'altro senza potersi intendere mentre i lampi illuminavano i loro volti spettrali.

Ben presto si aprirono anche le cateratte del cielo e d'un tratto all'estremità del grande ramo orizzontale apparve un globo incandescente circondato di fumo nero; esso girò per pochi istanti su se stesso e poi scoppiò con fragore diffondendo nell'atmosfera dei vapori sulfurei. Il silenzio che succedette fu rotto dall'allarme di Tom Austin, che gridava:

- L'albero è in fiamme!

Era vero e in un momento l'incendio, favorito dai rami secchi e dal vento, si estese a tutto un lato dell'*ombu*, scacciando verso il lato opposto Lord Glenarvan ed i suoi che, muti e terrorizzati, si issavano, scivolavano, si avventuravano su rami che cedevano sotto il loro peso, mentre le fiamme salivano crepitando al cielo ed avviluppando man mano tutto l'albero. Il fumo denso li soffocava, il calore si faceva intollerabile, il fuoco guadagnava man mano tutte le parti basse e nulla poteva combatterlo né estinguerlo. Tra due morti non restava che scegliere la meno crudele, e Lord Glenarvan gridò:

- In acqua! In acqua!

Wilson, raggiunto dalle fiamme, vi si era già gettato, quando lo si sentì gridare in preda al più violento terrore:

- Aiuto! Aiuto!

Austin si precipitò verso di lui e lo aiutò a risalire, domandandogli:

- Che cosa c'è ancora?!

- I caimani! I caimani! - Ed infatti la base dell'albero apparve circondata da una dozzina di quegli spaventosi alligatori del Sud America simili ai coccodrilli dell'Africa, i quali attaccavano l'*ombu* coi loro terribili denti battendo l'acqua attorno con le formidabili code.

I disgraziati si sentirono perduti ed il maggiore stesso osservò con la sua voce pacata:

- Questa potrebbe essere la fine!

Ora l'uragano sembrava decrescere, ma l'atmosfera era carica di vapori saturi di elettricità e dal sud avanzava una enorme tromba d'aria, un cono capovolto che girava su se stesso con una vertiginosa rapidità risucchiando nel vortice una colonna d'acqua. L'aria attorno, richiamata dal moto circolare, lo secondava formando un turbine di spaventosa violenza. In pochi minuti il flagello raggiunse l'*ombu*, lo avvolse nelle sue spire, lo scosse fin dalle radici; ed i viaggiatori, stretti gli uni agli altri, sentirono che il loro sostegno crollava. Fu un attimo. La tromba era già passata oltre e l'*ombu*, coricato sull'acqua sotto la spinta combinata del vento e della corrente, andava alla deriva. Lord Glenarvan e i suoi compagni guadagnarono i rami non minacciati dell'incendio mentre l'*ombu*, al soffio dell'uragano, navigava nella notte come una nave in fiamme. L'uragano era ormai sul finire e verso le tre del mattino Mac Nabbs fece osservare che le radici immerse nell'acqua parevano strisciare qualche volta sul solido. Allora Tom Austin sondò con un ramo la profondità dell'acqua e poté effettivamente rendersi conto che la profondità diminuiva. Venti minuti più tardi si produsse infatti un urto e l'*ombu* si arrestò di botto.

- Terra! Terra! - gridò Paganel con voce stentorea.

Robert e Wilson, raggiunta una solida gobba del terreno, lanciavano un *hurrah* di gioia, quando un noto fischio fendette l'aria, il galoppo di un cavallo risuonò sul suolo e l'alta statura dell'Indiano si stagliò nell'ombra.

- Thalcave! - gridò Robert.

- Thalcave! - gridarono con lui i compagni.

- *Amigos*! - rispose il Patagone, che aveva atteso gli amici là dove la corrente doveva sicuramente condurli, come aveva condotto lui stesso. E così dicendo abbracciò il ragazzo, senza accorgersi che aggrappato al ragazzo c'era anche Paganel!

Ben presto tutti circondarono e festeggiarono l'Indiano, il quale in una capanna abbandonata aveva già acceso un bel fuoco e preparata una succulenta cena di cacciagione. Con lo spirito più tranquillo ciascuno raccontò la propria storia e Paganel tentò di spiegare a Thalcave la nuova interpretazione data al documento e le nuove speranze che essa permetteva di concepire. Comprese l'Indiano? È lecito dubitarne, ma egli vedeva i suoi amici contenti e fiduciosi e non gli occorreva altro.

Si può facilmente capire che quegli intrepidi viaggiatori, dopo aver passato i pericoli descritti in precedenza, non si fecero pregare per rimettersi in cammino ed allontanarsi da quei luoghi. Alle Otto del mattino erano tutti pronti a partire.

La loro posizione geografica era troppo a sud delle «estancias» per avere la possibilità di munirsi di mezzi di trasporto. Perciò il viaggio doveva essere compiuto a piedi. Si trattava di un percorso di circa 40 miglia. Si era anche certi che il cavallo dell'Indio non si sarebbe rifiutato di trasportare chi fosse veramente stanco per procedere a piedi. In 36 ore essi pensavano di poter raggiungere le rive dell'Atlantico. La comitiva, mettendosi in cammino, si affrettò a lasciare le basse terre per raggiungere al più presto zone più elevate. Il territorio argentino riprendeva la sua caratteristica fisionomia; boschi e pascoli. Così passò l'intera giornata. La mattina successiva, distanti 15 miglia dall'oceano, cominciavano già a sentirne la presenza vicina. Vi erano delle zone lagunose e salmastre che dovevano essere aggirate. Alle otto di sera gli stanchi viaggiatori scorsero le prime dune di sabbia e udirono il rombo dell'oceano.

- L'oceano! - gridò Paganel.

- Sì, l'oceano! - rispose Thalcave, e quei viaggiatori che sembravano ormai allo stremo delle loro forze scalarono le dune con sorprendente agilità.

Ma l'oscurità era fitta e gli sguardi che cercavano il *Duncan* si spingevano invano sulla distesa scura delle acque.

Tom Austin gridò in direzione della nave invisibile, senza naturalmente ottenere risposta. Il vento era forte ed il mare molto mosso. La costa non forniva alcuna possibilità di riparo; niente baia né porti. La costa era formata da lunghi banchi di sabbia che finivano in mare. L'opinione di Austin era che la nave non poteva tenere il mare a meno di 5 miglia. Bisognava pazientare, anche per il fatto che la notte scendeva avviluppando tutto con le tenebre. Così si adattarono a rizzare una specie di accampamento al riparo delle dune. Le ultime provviste servirono per l'ultimo pasto che avrebbero consumato in Argentina; poi tutti si sistemarono al meglio per affrontare la notte, cercando di riprendere le forze con il sonno. Solo Lord Glenarvan vegliava. Il vento era sempre forte, ed il mare risentiva anche della tempesta dei giorni precedenti. Lord Glenarvan non riusciva a concepire che il suo vascello fosse così vicino, e che egli non lo potesse vedere. Non poteva neppure supporre che lo stesso non fosse ancora giunto al luogo dell'appuntamento stabilito. Questo era stato stabilito un mese prima, e pertanto il *Duncan* aveva avuto tutto il tempo necessario per scendere sino a Capo Horn, e quindi risale la costa atlantica dell'Argentina. La sua era una buona nave, ed il suo capitano un uomo di valore. Perciò la nave, sia pure invisibile, doveva essere davanti a lui, doveva esservi senz'altro. Tutte queste riflessioni non servirono però a calmare l'ansia del lord. Egli camminava lungo la riva del mare, pensando a tutta la gente del castello di Malcolm, all'equipaggio, a sua moglie e a miss Grant. Ad un certo momento gli parve di vedere in mare una luce fioca. Ebbe un'idea: Paganel era nictalope: egli vedeva nella notte. Così fu incaricato di scoprire se al largo vi fosse la nave che attendevano. Non vide però nulla, ed allora il lord, presolo sotto braccio, tornò con lui all'accampamento e si dispose per dormire.

Ma all'alba il grido: il *Duncan*! Il *Duncan*! Fece balzare tutti in piedi con un formidabile *hurrah*! E veramente, a cinque miglia al largo, il *Duncan*, con le vele basse ammainate, procedeva a piccolo vapore e il suo fumo si confondeva con la bruma del mattino.

Lord Glenarvan seguiva col cannocchiale di Paganel i movimenti della sua nave dalla quale non dovevano essersi ancora accorti di quelli sulla spiaggia, ma Thalcave caricò la sua carabina e sparò un primo colpo in aria, al quale ne fece seguire altri due ugualmente distanziati. Una fumata bianca salì dalla nave.

- Il cannone del *Duncan*! - gridò Lord Glenarvan. - Ci hanno visti!

Un secondo dopo una sorda denotazione veniva a spegnersi fino alla spiaggia e il *Duncan* manovrava per avvicinarsi a terra. Un'imbarcazione si staccava da bordo, ma nonostante i suoi sei remi non avrebbe raggiunto la terra prima di un'ora.

Allora Lord Glenarvan raggiunse Thalcave che vicino a Thauka guardava il mare con le braccia incrociate, gli prese una mano, gli mostrò il panfilo e gli disse: - Vieni -. E poiché l'Indiano scuoteva la testa, insisté: - Vieni, amico mio!

- No, - rispose il Patagone con dolcezza. - Qui c'è Thauka e la pampa -. E Lord Glenarvan comprese che l'Indiano non avrebbe mai abbandonato la terra dove dormivano le spoglie dei suoi antenati e non insisté neppure quando l'Indiano rifiutò un compenso per i suoi servigi dicendo: - Per l'amicizia!.

Lord Glenarvan e i suoi compagni non avevano più nulla ed il lord non sapeva come dimostrare la sua gratitudine alla brava guida, quando gli venne in mente di avere nel portafoglio un medaglione prezioso che conteneva un mirabile ritratto, un capolavoro di Lawrence, e pensò di offrirlo all'Indiano:

- Mia moglie, - gli disse.

Thalcave osservò il ritratto con occhi inteneriti e rispose semplicemente:

- Buona e bella.

Allora tutti si affollarono attorno al Patagone, che abbracciò tutti profondamente commosso.

La scialuppa del *Duncan* approdava.

- Mia moglie? - domandò Lord Glenarvan.

- Mia sorella? - interrogò Robert.

- Lady Elena e miss Mary vi attendono a bordo, Vostro Onore. Ma partiamo; non c'è un minuto da perdere, perché il riflusso comincia a farsi sentire.

Nuovi e frettolosi abbracci furono prodigati all'Indiano, il quale prese Robert tra le braccia, lo guardò con tenerezza e gli disse:

- Puoi andare; sei veramente un uomo.

- Ci rivedremo? - gridò Paganel.

- *Quien sabe*? (Chissà) - rispose Thalcave alzando le braccia al cielo. Furono le ultime parole dell'indiano e si perdettero nel vento.

I primi momenti furono consacrati alla felicità di ricongiungersi, e Lord Glenarvan, non volendo che la delusione raffreddasse la gioia che era nel cuore di tutti, si affrettò ad dire:

- Fiducia, amici miei! Fiducia! Il capitano Grant non è con noi ma abbiamo ormai la certezza di rintracciarlo.

Un'assicurazione di tale fatta rese la speranza ai passeggieri del *Duncan*. Effettivamente le due signore, mentre l'imbarcazione si dirigeva verso la nave, erano trepidanti. Esse cercavano di contare quanti fossero i passeggieri sul canotto del *Duncan*. A volte la ragazza esultava, poi tornava a rattristarsi. Lady Elena ed il capitano le stavano vicini, ma tacevano. Il capitano, con i suoi occhi abituati a scorgere oggetti anche lontani, si era accorto che il capitano Grant non era a bordo della scialuppa. A mano a mano che questa si accostava alla nave, la realtà si manifestò interamente. Era ormai tempo che Lord Glenarvan arrivasse a bordo e dicesse le parole più sopra riportate onde tranquillizzare l'ambiente. Dopo i saluti ed il benvenuto, Lady Elena, Mary Grant e il capitano furono messi al corrente degli episodi più importanti della loro traversata delle Ande, e della discesa verso l'Atlantico. Prima di tutto fu fatta conoscere loro la nuova interpretazione da dare ai documenti del capitano Grant, interpretazione dovuta alla sagacia di Paganel. Dopo le naturali effusioni del rientro sulla nave di persone care, la cosa che fece più piacere a tutti fu l'annunzio dello steward Olbinett che la colazione era servita. I reduci dalla traversata delle Ande fecero presente al signor Olbinett che non volevano assolutamente mangiare alcunché che ricordasse loro il menù di quel mese trascorso sul continente sudamericano. Essi volevano piatti pregiati e raffinati, onde rifarsi dei sacrifici di stomaco sopportati nelle varie peripezie. Furono ampiamente rassicurati in merito dal signor Olbinett. Paganel venne preso in giro quando fu comunicato a tutti che, credendo di studiare lo spagnolo, stava invece studiando il portoghese. Egli sostenne che il suo errore gli era servito per imparare a parlare ambedue le lingue. Lord Glenarvan inoltre non mancò di notare le attenzioni che il capitano aveva per miss Mary. Al che sua moglie, gli disse che «così andavano le cose». Lord Glenarvan si informò poi sul viaggio del *Duncan*, che si era compiuto senza alcun inconveniente. Alla fine della colazione i commensali furono invitati nello studio particolare di Lord Glenarvan e la discussione ebbe inizio. Il lord fece presente che, durante il viaggio in Patagonia, egli si era reso conto che il capitano Grant non poteva essere naufragato in quella zona, dove nessuno ne aveva sentito parlare. - Fortunatamente avevamo Paganel, il quale, studiando il documento del capitano Grant, riuscì a fornirci un'altra interpretazione dello stesso, e cioè che la zona da visitare per le ricerche era l'Australia.

- Avete carbone e viveri a sufficienza?

- Sì, Vostro Onore, poiché mi sono abbondantemente rifornito a Talcahuano, e d'altra parte abbiamo sulla nostra rotta Città del Capo, dove potremo sempre far carbone.

- Una osservazione, - disse il meticoloso Mac Nabbs. - Per quante siano le probabilità che ci offre l'Australia, non sarebbe il caso di approdare per un giorno o due alle isole Tristan d'Acunha e Amsterdam? Sono sulla nostra strada, non perderemo tempo, e sapremo se il *Britannia* ha lasciato qualche traccia del suo naufragio.

- La precauzione mi sembra utile, - rispose Lord Glenarvan. - Ebbene, John, mettiamo dunque la prua su Tristan d'Acunha.

- Senz'altro, Vostro Onore, - rispose il capitano, che salì sul ponte a dare ordini, mentre Mary e Robert si profondevano in espressioni di gratitudine per la risolutezza del lord a ritrovare il loro padre a tutti i costi.

Capitolo VII

Notizie del «Britannia»

Dalla costa americana a Tristan di Acunha corrono 2100 miglia, distanza che John Mangles sperava di superare in una decina di giorni, se i venti non ostacolavano la marcia; e tutto infatti andò a meraviglia, mentre i passeggeri riprendevano le loro pacifiche abitudini di bordo. Lord Glenarvan e Lady Elena seguivano con interesse le mosse di John Mangles e di Mary, ma non c'era nulla da ridire, e poiché il capitano non si sbottonava, tanto valeva lasciare che le cose andassero per il loro verso.

- Che cosa ne dirà Harry Grant? - disse un giorno Lord Glenarvan a sua moglie.

- Dirà che John è degnissimo della sua Mary, mio caro Edward, e certamente non si ingannerà.

Il panfilo marciava rapidamente e cinque giorni dopo aver perduto di vista Capo Corrientes una bella brezza d'ovest permise al *Duncan* di alzare l'intera sua velatura. Incontrarono delle immense praterie marine, tappeti di detriti vegetali strappati dalle correnti ai continenti vicini e una mattina la voce del marinaio di guardia segnalò: - Terra in vista, a trenta miglia sottovento!

A quel grido il ponte si popolò e presto anche un cannocchiale uscì dal sottoponte seguito immediatamente da Giacomo Paganel, ma soltanto qualche ora più tardi apparve il gruppo delle isole, alto sul mare e dalle rive scoscese. Alle tre del pomeriggio il *Duncan* gettava l'ancora nella baia Falmouth di Tristan d'Acunha.

La capitale dell'arcipelago è un piccolo villaggio di una cinquantina di case dominate da un vulcano alto duemila metri; vi risiede un governatore che dipende dalla Città del Capo e Lord Glenarvan si rivolse senz'altro a lui per sapere se avesse notizia di Harry Grant e del naufragio del *Britannia*, ma egli non ne sapeva assolutamente nulla. Lord Glenarvan non ne fu stupito, ma ad ogni buono conto mandò le imbarcazioni di bordo a fare il giro dell'isoletta e frattanto i passeggeri visitarono il villaggio ed i suoi dintorni. A sera tutti erano a bordo, ma Lord Glenarvan non volle contrastare il desiderio dei suoi marinai di dare la caccia alle innumerevoli foche che popolavano le rive della baia e l'equipaggio dedicò quindi la notte alla caccia e la giornata successiva alla raccolta dell'olio. La partenza fu pertanto rimandata al successivo 20 novembre.

Il *Duncan* doveva ora far carbone al Capo di Buona Speranza deviando così leggermente dalla rotta del 37° parallelo, ma, favorito dal vento, superò in meno di sei giorni le 1300 miglia che separano Tristan d'Acunha dall'estrema punta africana e il 24 novembre alle tre del pomeriggio fu in vista del Monte della Tavola; il panfilo gettò l'ancora nel porto della Città del Capo verso le Otto di sera, e poiché un giorno bastava per rinnovare le provviste di bordo, la mattina successiva, con mare buono e vento in poppa, il *Duncan* iniziò quella traversata di 2900 miglia che lo divideva dalle Isole Amsterdam. Poteva essere questione di una dozzina di giorni di navigazione e poiché realmente il mare sembrava essere propizio alla ricerca di Harry Grant più di quel che non si dimostrassero i continenti, il 6 dicembre, alle prime luci dell'alba, una nuova montagna apparve all'orizzonte: era l'isola Amsterdam, situata a 37°47' di latitudine e 77°24' di longitudine ed il *Duncan* gettò l'ancora ad un miglio dalla costa. La popolazione era costituita da tre persone, un francese e due mulatti, ed il 6 dicembre, quando i viaggiatori sbarcarono, Paganel ebbe la gioia di stringere la mano ad un compatriota che, condannato a tanta solitudine, si affrettò a fare gli onori di casa dell'isola. Del *Britannia* e del capitano. Grant i tre pescatori non sapevano assolutamente nulla; le due isole ricevevano di tanto in tanto la visita di qualche baleniera o nave da pesca, ma non erano mai state teatro di alcun naufragio. Di tale assenza di notizie Lord Glenarvan non era del resto né stupito né addolorato, poiché egli sapeva bene che si trattava soltanto di procedere per esclusione. Tutti tornarono quindi a bordo e la partenza fu fissata per l'indomani mattina.

L'indomani mattina quando i passeggeri salirono sul ponte, il profilo delle isole Amsterdam si perdeva già nelle brume dell'orizzonte e le tremila miglia che dividono le isole dal continente australiano erano già diminuite. Per poco che il vento aiutasse, in una dozzina di giorni il *Duncan* avrebbe raggiunto la mèta.

I fratelli Grant provavano una emozione comprensibile al pensiero che la nave del loro padre aveva solcato quelle stesse acque nelle quali stava navigando il *Duncan*. Forse il loro padre aveva lottato contro i temibili uragani dell'Oceano Indiano. Il capitano spiegava alla ragazza quali fossero le correnti indicate sulle carte di bordo, e la loro costante direzione. Una di queste attraversava l'Oceano Indiano e portava al continente australiano: la sua azione si faceva sentire sia nel Pacifico da ovest a est, ed anche nell'Atlantico. Pertanto il *Britannia*, con ogni probabilità disalberato e non più governabile, era stato portato verso la costa facendo naufragio.

A questo punto un dubbio si fece strada nella mente dei viaggiatori: secondo la «Mercantile and Shipping Gazette» le ultime notizie del capitano Grant venivano da Callao, 30 maggio 1862. Poteva il *Britannia* il 7 giugno, otto giorni soli dopo aver lasciato la costa del Perù, trovarsi già nell'Oceano Indiano? A quel dubbio manifestato improvvisamente da Lord Glenarvan, Paganel corse, senza nulla rispondere, in cerca del famoso documento. Tornò scrollando le spalle e, invitato a pronunciarsi, rispose:

- Faccio al capitano Mangles una sola domanda: una nave buona camminatrice può attraversare in un mese tutta la zona del Pacifico compresa tra l'America e l'Australia?

- Sì, se fa duecento miglia ogni ventiquattro ore.

- E si tratterebbe di una velocità straordinaria?

- No, affatto; i «clipper» a vela fanno talvolta anche di più.

- Ebbene, - concluse Paganel - se invece di leggere *7 giugno* voi supponete che il mare abbia cancellato una cifra e leggete *17 giugno* o magari *27 giugno*, tutto riesce chiaro.

- Sicuro, - confermò Lady Elena - dal 31 maggio al 27 giugno il capitano Grant avrebbe potuto benissimo traversare il Pacifico e trovarsi nell'Oceano Indiano!

La soluzione fu accolta da tutti con vivo sollievo e Lord Glenarvan così la riassunse:

- Ecco che, grazie al nostro amico, ancora un punto oscuro è stato chiarito! Non ci resta quindi che raggiungere l'Australia e cercare le tracce del *Britannia* sulla costa occidentale.

- Oppure sulla costa orientale, - corresse John Mangles.

- Ma, capitano Mangles - obiettò Paganel. - Se Grant fosse naufragato sulla costa orientale, nella baia Twofold nella città di Eden, non solo sarebbe stato accolto da una colonia inglese, ma non gli sarebbero mancati i mezzi per ritornare in patria. Invece nell'ovest la costa è deserta e priva di comunicazioni. Se il *Britannia* si è perduto sulle scogliere della costa ovest si è trovato altrettanto privo di soccorsi quanto se fosse sbarcato sulla spiaggia più inospitale dell'Africa.

Fu rivolta a Paganel una domanda: quale sorte può essere toccata al capitano Grant, al momento dello sbarco in Australia. La risposta fu che vi erano tre ipotesi: la prima prevedeva che i naufraghi fossero stati accolti dai coloni inglesi; la seconda che fossero caduti nelle mani degli indigeni; la terza che si fossero perduti nelle immense solitudini del continente. Paganel considerava come la più probabile la seconda ipotesi. Tuttavia rassicurò i due ragazzi, in quanto gli indigeni australiani non erano feroci come i Maori Neozelandesi. Fu presa in considerazione anche la terza ipotesi, e fu fatto rilevare che, pur essendo il paese, anzi il continente, immenso, non capitò mai che un viaggiatore si fosse perduto e non più ritrovato. Successivamente il geografo francese fu invitato a raccontare tutto quanto sapeva in merito alla scoperta ed all'arrivo dei bianchi nei continente.

Due giorni dopo questa conversazione, il capitano annunziò che la nave si trovava a 113°37' di longitudine, e cioè a circa 5 gradi lontani dal Capo Bernouilli. Il vento di ponente aveva sino ad allora favorito la marcia del veliero, ma da qualche giorno il vento diminuiva progressivamente. Il 13 dicembre, cadde definitivamente. Il *Duncan*, se non avesse avuto le sue potenti eliche, sarebbe rimasto bloccato dalle calme oceaniche. Questa situazione atmosferica poteva prolungarsi a tempo indefinito. Il capitano era preoccupato per le sue scorte di carbone, che stavano diminuendo a vista d'occhio. Egli cercò di alzare tutta la velatura, onde approfittare anche del più piccolo alito di vento. Il capitano era preoccupato, in quanto sapeva che queste calme improvvise sono l'annunzio di cambiamenti di tempo. Inoltre si era in piena stagione dei monsoni, che soffiano da nord-est, cioè in direzione opposta a quella della nave.

Il lord, a cui tutto questo era stato riferito, concluse che il loro viaggio avrebbe subito un po' di ritardo. Questa non era l'opinione del capitano, il quale temeva l'avvicinarsi di una tempesta, dato che aveva rilevato come il barometro si fosse abbassato in modo preoccupante. E infatti non molto dopo si trovarono in mezzo ad una tempesta provocata dallo scontro dei venti polari con quelli equatoriali. Il capitano prese tutte le misure ritenute indispensabili, e fece salire l'equipaggio sul ponte. La grande maggioranza delle vele fu ammainata. I passeggeri si presentarono sul ponte onde vedere lo spettacolo della tempesta. Le due signore, che non ce la facevano a dormire per lo sballottamento, si presentarono sul ponte, ma furono pregate di lasciarlo immediatamente. Lord Glenarvan, il maggiore, Paganel e Robert ammiravano la lotta sostenuta dalla nave contro l'uragano. In quel momento ci fu una fuoruscita di vapore, e il capitano si precipitò in sala macchine. Qui gli fu annunziato che l'elica era bloccata, e che era impossibile liberarla. Era quindi forzatamente obbligato a ricorrere alle vele, sperando in un aiuto nel vento che sino a quel momento gli era stato avversario. Egli risalì e mise al corrente della situazione il lord, il quale voleva restare sul ponte. Il capitano gli disse che sul ponte poteva restare solo l'equipaggio e non i passeggeri. Lord Glenarvan si rese conto che la situazione era grave e che non era il caso di scherzare; fu seguito dagli altri tre passeggeri. Il capitano non aveva certo perduto il suo tempo: risolse di veleggiare alla cappa, al fine di non allontanarsi troppo dalla rotta. Si trattava di conservare le vele e di inclinarle obliquamente, in modo da presentare il traverso alla tempesta. Il timone fu messo sotto vento. La nave, dotata di grandi qualità nautiche si mosse come un cavallo da corsa che sente il pungolo degli speroni. Ma le vele avrebbero tenuto? D'altronde il capitano non aveva altre possibilità di manovre, e quindi decise di viaggiare di cappa. Il suo equipaggio era sotto il suo controllo al completo, pronto ad intervenire là dove fosse stato necessario. La mattina successiva la tempesta infuriava come il giorno precedente, ed il vento, ad una velocità di 18 tese al secondo, si trasformò in un vero uragano.

Il capitano tremava per la sorte della sua nave e per coloro che la nave trasportava. La nave inclinava in modo così pericoloso che a volte si temeva che non fosse più in grado di raddrizzarsi. Le poche vele issate furono fatte a pezzi dal vento e il *Duncan* si raddrizzò. Esso però, senza appoggio e senza direzione, fu sballottato in modo spaventoso; la nave non era in grado di sopportare un simile rollio, faticava a stare sulla cima delle onde. Il capitano aveva ormai una sola soluzione: alzare una trinchettina e fuggire davanti al vento. Solo verso le tre del pomeriggio fu possibile issare il trinchetto. Allora, con solo quel pezzo di vela, il *Duncan* si mise a correre filando via col vento a poppa. La nave andava dove la tempesta la portava; essa doveva conservare la massima velocità possibile, perché solo da essa dipendeva la sua sicurezza. Di tanto in tanto enormi ondante spazzavano letteralmente il ponte della nave.

La giornata del 15 e la notte trascorsero in questa situazione. Il capitano non aveva lasciato il ponte neppure per un minuto ed aveva sempre paura di quanto sarebbe potuto capitare. La nave, infatti, correva verso la costa australiana ad una velocità paurosa e non era possibile rallentare. Egli preferiva dover lottare contro una tempesta in mare aperto, piuttosto che dover temere la vicinanza di una costa, contro la quale una nave può schiantarsi senza possibilità di salvezza. Il capitano andò a trovare il lord e gli descrisse la situazione. Gli fece anche presente che avrebbe forse dovuto indirizzare la nave sulla costa, col conseguente naufragio, e con la speranza di salvare i suoi ospiti e gli uomini dell'equipaggio. Il lord chiese al capitano solo di essere avvisato quando fosse stato deciso di perdere la nave. Il capitano confermò. Verso le undici, parve che l'uragano si calmasse un poco: in occasione di una schiarita, il capitano notò una terra molto bassa a circa 6 miglia, nella direzione del vento.

La nave vi stava correndo contro. Onde gigantesche, alte sino a quindici metri ed anche di più si infrangevano contro la costa rocciosa.

Il capitano, parlando con il suo secondo, gli fece notare un banco di sabbia, ed aggiunse che erano nelle mani di Dio e che si sarebbero potuti salvare solo se l'Onnipotente stesso avesse guidato la nave in quel frangente. Il secondo fece notare che la marea era alta in quel periodo e che forse i banchi avrebbero potuto essere superati. Il capitano controbatté la violenza delle onde. Il *Duncan* con la sua trinchettina puntava sulla costa a velocità spaventosa. Presto furono a due miglia dai banchi di sabbia. Il capitano notò che al di là dei banchi vi era un bacino piuttosto tranquillo. Il *Duncan* avrebbe potuto infilarvisi e trovare mare più calmo. Ma come arrivarci?

Il capitano fece salire tutti i passeggeri sul ponte: non voleva che, al momento del disastro, qualcuno restasse chiuso nel cassero. Il lord disse al suo capitano che egli avrebbe fatto di tutto per salvare sua moglie; e lo pregò di fare altrettanto per miss Mary. Il *Duncan* era ormai molto vicino ai banchi di sabbia; il mare era alto a sufficienza per farvi passare sopra la nave; però le enormi onde, sollevandola ed abbandonandola, l'avrebbero sicuramente fracassata. Al capitano venne una idea. Gridò: - Ragazzi, portate tutto l'olio che potete e al più presto-. Ciò fu compreso subito da tutto l'equipaggio; si può infatti calmare l'impeto delle onde versando in acqua olio. L'effetto è immediato, ma dura ben poco. Quando si è usato questo sistema, occorre fare attenzione al furore delle onde che sopraggiungono sulla calma con una forza dirompente assai più terribile. I barili contenenti olio di foca furono portati sul ponte, aperti a colpi di ascia e sospesi sopra il bastingaggio di babordo e tribordo.

- Attento al momento! - gridò il capitano. In venti secondi la nave raggiunse il punto di entrata del passaggio sbarrato da un mascaretto mugghiante. Era il momento. I barili furono vuotati e istantaneamente l'olio livellò la superficie del mare. Il *Duncan* volò sopra le acque calmate e si ritrovò in un bacino piuttosto tranquillo, aldilà dei banchi di sabbia, mentre l'oceano si scatenava dietro la nave con un furore indescrivibile.

Il 20 dicembre, si raggiunse infine, con le sole vele spinte da un forte vento, il Capo Bernouilli, che chiude la Baia Lacèpéde, senza aver scoperto il minimo relitto, ciò che, a due anni di distanza dal sinistro, non dimostrava nulla, tanto più sapendo che gli indigeni si gettano come avvoltoi su ogni nave naufragata e ne asportano interamente il contenuto; completata l'operazione Harry Grant e i suoi compagni, fatti prigionieri nel momento in cui le onde li avevano gettati sulla spiaggia, erano stati senza dubbio trascinati nell'interno.

Ma in tal caso cadeva una delle ingegnose ipotesi di Paganel: finché si trattava della pampa argentina si poteva anche pensare che le cifre del documento si riferissero, non al luogo del sinistro, ma a quello della prigionia e che le acque di qualche grande fiume si fossero incaricate di convogliare al mare la bottiglia; ma in Australia i fiumi sono rari e sboccano sempre in una rada frequentata, dove il movimento è intenso. Per conseguenza la bottiglia doveva essere stata affidata al mare nel luogo stesso dove il *Britannia* aveva fatto naufragio.

Tuttavia tale conclusione non escludeva l'ipotesi della cattura, che Harry Grant stesso prevedeva con le parole «dove saranno prigionieri di crudeli indigeni»; solo che non esisteva più alcuna ragione per cercare i naufraghi precisamente sul 37° parallelo. Di conseguenza, se al Capo Bernouilli non si fossero trovate tracce del *Britannia*, Lord Glenarvan avrebbe dovuto dichiararsi vinto dato che, secondo il parere di Paganel, se il sinistro fosse avvenuto sulla costa orientale, i naufraghi sarebbero rimpatriati già da lungo tempo.

La riva era vicina e in dolce pendio e la barca poté prendere terra in una piccola baia tra banchi di corallo in formazione ma sufficienti a ferire mortalmente una chiglia; il *Britannia* poteva anche essersi infranto lì. Sbarcati senza difficoltà sulla riva del tutto deserta, Lord Glenarvan ed i suoi compagni raggiunsero la cresta di una duna dalla quale poterono gettare un'occhiata intorno e videro una regione di primo acchito sterile e pur tuttavia abitata, non già da selvaggi, ma da agricoltori, poiché si distinguevano in lontananza i tetti di alcune costruzioni, sulle quali giravano le pale di un mulino a vento.

- Andiamo al mulino! - esclamò Lord Glenarvan, e tutta la comitiva si mise in viaggio.

Arrivati in prossimità del mulino, un colono d'una cinquantina di anni, richiamato dai latrati di quattro grandi cani e seguito da cinque ragazzi belli e robusti con la loro madre, uscì dalla casa incontro ai nuovi venuti. Non c'era da ingannarsi: era una di quelle vigorose famiglie irlandesi, che, cacciate dalla miseria, vanno a cercar fortuna al di là del mare.

Lord Glenarvan ed i suoi non ebbero neppure il tempo di presentarsi che già erano stati salutati da cordiali parole:

- Stranieri, siate i benvenuti nella casa di Paddy O'Moore.

- Irlandese? - domandò Lord Glenarvan, stringendo la mano che gli veniva tesa.

- Una volta, ora australiano, - rispose Paddy O'Moore - ma chiunque voi siate, signori, entrate: questa casa è vostra!

Un invito fatto con tanta spontaneità non poteva che essere accolto senza cerimonie, e le signore, guidate dalla signora O'Moore, entrarono in casa, mentre i figli del colono sbarazzavano gli uomini delle loro armi.

Furono accolti in una vasta sala a pianterreno dalle pareti dipinte a colori vivaci, dove una larga e lunga tavola sufficiente per venti commensali rispecchiava ottimamente l'indole dei robusti abitanti.

Il pranzo del mezzogiorno era già servito, la zuppiera fumava tra i piatti di arrosto di cosce di montone circondati da piatti di olive, di uva e di arance: v'erano tutti i segni dell'agiatezza e già i servi della fattoria, considerati eguali ai loro padroni, stavano prendendo posto attorno alla tavola. Paddy O'Moore indicò con la mano i posti riservati agli ospiti, dicendo:

- Accomodatevi; da noi gli ospiti sono sempre attesi.

La conversazione si fece ben presto generale e Paddy O'Moore raccontò la propria storia, che era all'incirca quella di tutti gli emigranti. Certamente attendeva quindi di sapere qualche cosa sul conto di Lord Glenarvan e dei suoi, ma il lord voleva piuttosto avere notizie del naufragio del *Britannia* ed invece di raccontare

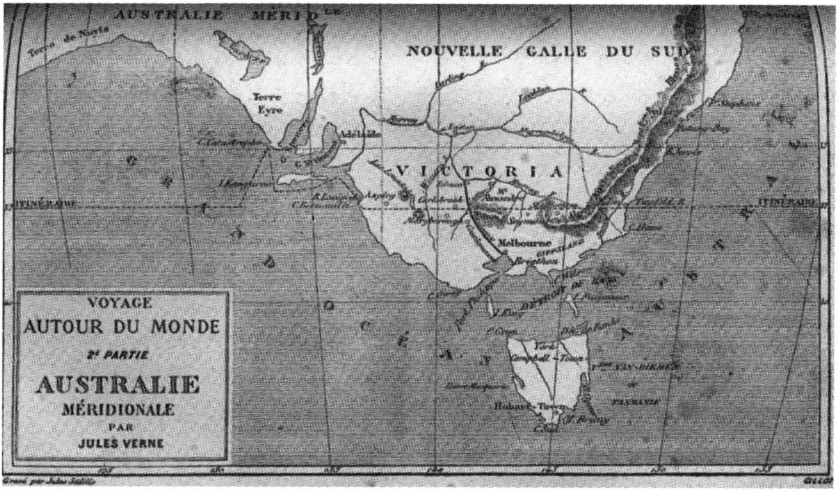

interrogò. La risposta dell'irlandese fu tuttavia negativa: era sul posto da due anni, nessun bastimento era mai naufragato presso il Capo, non aveva mai sentito dire nulla di simile ed escludeva quindi l'esistenza di naufraghi nei paraggi.

- Ma, milord, - aggiunse - posso permettermi di domandarvi quale interesse avete in questa faccenda?

Allora Lord Glenarvan raccontò la storia del documento e delle ricerche precedentemente fatte senza nascondere che la risposta del colono stroncava ogni ulteriore speranza. Robert e Mary avevano le lagrime agli occhi, Paganel era desolato, John Mangles soffriva e la disperazione invadeva l'animo di tutti quei generosi quando dall'estremo angolo della tavola qualcuno prese la parola:

- Lodate e ringraziate Dio, milord. Se il capitano Grant è vivo, egli si trova su questa terra australiana!

A quell'intervento Lord Glenarvan balzò in piedi respingendo la seggiola e domandò:

- Chi è che ha parlato?

- Io, Ayrton, - rispose uno dei servi con voce commossa, ma ferma. - Sono scozzese come voi, milord, e sono uno dei naufraghi del *Britannia*!

La scena prodotta da una così improvvisa dichiarazione era commovente: Mary Grant si era abbandonata felice tra le braccia di Lady Elena, mentre John Mangles, Robert e Paganel si precipitavano verso un uomo di circa quarantacinque anni, dalla fisionomia rude e dallo sguardo brillante che si perdeva sotto sopracciglia folte e sporgenti; era magro, tutto ossa e nervi, ma doveva essere di una vigoria poco comune; la statura media, le spalle larghe, il passo deciso, il volto pieno di intelligenza e di energia deponevano a suo favore nonostante i lineamenti fossero tagliati con durezza.

La simpatia che ispirava era aumentata anche dalle tracce di una precedente vita miserabile che si leggevano su quel volto; era palese che aveva sofferto molto, ma si sarebbe detto uomo capace di sfidare e di vincere ogni sofferenza.

Insomma la personalità di Ayrton si imponeva di primo acchito e Lord Glenarvan, interprete del desiderio di tutti, non tardò a colmare il famiglio di domande, alle quali egli rispose senza esitazione.

- Siete uno dei naufraghi del *Britannia*? - domandò il lord.

- Sì, milord, ero il quartiermastro del capitano Grant.

- Vi siete salvato con lui dopo il naufragio?

- No, milord, no; in quel terribile momento ne ero separato, perché un'ondata mi aveva strappato dal ponte e gettato a riva.

- Allora non siete uno dei due marinai dei quali il documento fa menzione?

- No, di quel documento io non so nulla; debbo pensare che il capitano lo abbia lanciato in mare quando io non ero già più a bordo.

- Ma il capitano? Il capitano?

- Lo credevo annegato, affondato con tutto l'equipaggio; ero sicuro di essere io il solo superstite.

- Ma voi avete detto che il capitano Grant vive!

- No, signore; io ho detto: «Se il capitano Grant è vivo...»

- E avete aggiunto: «...si trova su questa terra australiana».

- Non può essere diversamente, infatti.

- Ma allora voi non sapete dove si trova?

- No, milord, questo solamente so, che se il capitano Grant vive egli è certamente in Australia.

- Ma dove è avvenuto allora il naufragio? - intervenne per la prima volta il maggiore Mac Nabbs.

Questa sarebbe stata veramente la prima domanda da fare e infatti da quel momento la conversazione prese un andamento più logico che mise in chiaro tutti i particolari dell'avvenimento. Alla domanda di Mac Nabbs, Ayrton rispose:

- Quando io fui strappato dal castello di prua dove stavo calando basso il fiocco, il *Britannia* correva verso la costa e non ne distava più che un cinquecento metri. Il naufragio deve dunque essere avvenuto in quel punto.

- A 37° di latitudine sulla costa ovest? - domandò John Mangles.

- Ma no, sulla costa est! - corresse vivacemente il quartiermastro.

- E in quale data, precisamente?

- Nella notte del 27 giugno 1862. Vedete dunque, milord, che avevo ragione di dire: «Se il capitano Grant vive ancora, è sul continente australiano che occorre cercarlo e non altrove».

- E noi lo cercheremo, lo troveremo e lo salveremo, amico mio! - esclamò Paganel, che continuò con perfetta ingenuità: - Ah, prezioso documento, che fortuna che tu sia giunto in mano di persone così perspicaci.

Nessuno pensava a mettere in dubbio l'identità e la sincerità del quartiermastro; solo il maggiore si domandava se le parole di Ayrton meritassero fiducia incondizionata: quell'incontro improvviso e tutti quei dettagli potevano rassicurare sì, ma anche legittimare qualche sospetto, tanto che Mac Nabbs fu piuttosto riservato; invece John Mangles si dichiarò convinto, tanto più che il marinaio ricordava perfino di aver partecipato al banchetto di addio, che aveva avuto luogo alla partenza da Glasgow, ed al quale erano stati presenti anche i due ragazzi, e citava persone e particolari che essi ricordavano benissimo. Ayrton, continuamente sollecitato a raccontare, espose per filo e per segno tutta la storia del viaggio del *Britannia*, già nota in parte in quanto Harry Grant aveva continuato a dare notizie fino al maggio del 1862.

Le successive avventure del quartiermastro non dovevano essere state meno appassionanti, ma egli fu al riguardo assai più laconico: era stato catturato da una tribù indigena e condotto nelle regioni interne irrigate dal Darling, cioè a quattrocento miglia a nord del 37° parallelo e là era vissuto miserabile perché miserabile era anche la tribù, ma non maltrattato; erano stati due anni di penosa schiavitù, ma finalmente una notte del settembre 1864 aveva potuto eludere la sorveglianza e fuggire nell'immensità della foresta; aveva vissuto per un mese di radici e di frutta selvatiche errando alla ventura, finché era arrivato, sfinito e morente, alla fattoria di Paddy O'Moore, dove lavorando aveva ritrovato un'esistenza felice.

- Se Ayrton è contento di me, - soggiunse il colono irlandese - io sono ben lieto di dichiararmi contento di lui; è intelligente, bravo, buon lavoratore e se gli piacerà, la casa di Paddy O'Moore continuerà per un pezzo ad essere la sua.

Si trattava ora di stabilire un nuovo piano di indagini basate sulle informazioni di Ayrton e Lord Glenarvan stava per aprire la discussione al riguardo, quando il maggiore domandò ancora una volta al marinaio:

- Avete detto che eravate quartiermastro a bordo del *Britannia*?

- Sì, signore; e per fortuna nel naufragio ho salvato anche il mio contratto d'ingaggio, - e così dicendo il marinaio uscì in cerca del documento. Tornò di lì a pochi minuti, ma nel frattempo il colono aveva avuto il tempo di dire:

- Milord, posso assicurarvi che Ayrton è un galantuomo; è con me da due mesi e non ha mai dato luogo a rimproveri. Conoscevo già la sua storia: è senza dubbio un uomo leale e degno di tutta la vostra confidenza.

Il contratto di Ayrton era in piena regola e recava, oltre alla firma degli armatori, quella del capitano Grant, che Mary riconobbe senza esitazione. Non era quindi possibile alcun dubbio, a meno di ammettere che quel documento fosse capitato nelle sue mani senza essere suo, ciò che appariva difficile.

Ora Lord Glenarvan desiderò conoscere il parere di tutti, a cominciare da quello di Ayrton, il quale si concentrò un momento e poi disse:

- Grazie, milord, della fiducia che mi dimostrate e della quale spero di dimostrarmi degno. Effettivamente ho qualche conoscenza del paese e dei costumi dei suoi abitanti e se potrò esservi utile... Penso come voi che il mio capitano si sia salvato dal naufragio e poiché non è giunto nei possedimenti inglesi bisogna ritenere che la sua sorte sia stata simile alla mia e che egli sia prigioniero degli indigeni assieme ai suoi due marinai.

- Ayrton, voi non fate che ripetere quel che ho già detto io, - osservò Paganel - ma, secondo voi, è il caso di ritenere che i prigionieri siano stati trascinati a nord del 37° parallelo?

- Suppongo, signore, perché le tribù selvagge non amano la vicinanza degli inglesi.

- Questo purtroppo complica il nostro compito, - disse Lord Glenarvan; - come ritrovare le tracce dei tre disgraziati nell'interno di un continente così sterminato?!

L'osservazione era purtroppo fondata e diede luogo ad un silenzio imbarazzato.

- Ma voi, signor Ayrton, - interloquì allora Lady Elena - che cosa fareste nei nostri panni?

- Signora, - rispose Ayrton non senza vivacità - io salperei col *Duncan* ed andrei difilato sul teatro del sinistro, dove prenderei consiglio dalle circostanze e forse potrei anche raccogliere qualche utile indizio.

- D'accordo, - gli rispose Lord Glenarvan - ma occorrerà attendere che le avarie del *Duncan* vengano riparate.

- Ah, avete avuto delle avarie gravi?

- Non gravi, - spiegò Mangles - ma tali da non potersi riparare coi mezzi di bordo. Una delle pale dell'elica è contorta e non potrà essere riparata che a Melbourne.

- E non potreste navigare a vela?

- Sì, ma per poco che i venti non siano in favore ci vorrà molto tempo per raggiungere Twofold Bay; e poi la nave dovrà sempre ritornare a Melbourne.

- Ebbene, ci vada, a Melbourne! - esclamò Paganel.- E noi andiamo senza di essa direttamente a Twofold Bay. Attraverseremo l'Australia seguendo il 37° parallelo, così come abbiamo attraversato il Sud America!

- E il *Duncan*? - insisté Ayrton, come se la cosa gli stesse particolarmente a cuore.

- Il *Duncan* ci raggiungerà, oppure noi raggiungeremo lui, secondo gli avvenimenti. Se durante la nostra traversata troveremo il capitano Grant sbarcheremo con lui a Melbourne, altrimenti continueremo le nostre indagini fino alla costa, dove il *Duncan* ci raggiungerà. C'è qualche obiezione? Che cosa ne dice il maggiore?

- Non ho nulla da obiettare, - rispose Mac Nabbs - sempre che la traversata dell'Australia sia cosa fattibile...

- Tanto fattibile, - assicurò Paganel - che io proporrei a Lady Elena ed a miss Grant di farci compagnia. Lo dico seriamente: è un viaggio di trecentocinquanta miglia, non di più. A dodici miglia al giorno sarà questione di un mesetto, cioè del tempo necessario alla riparazione del *Duncan*. Se si trattasse di attraversare il continente nella sua parte più larga passando nei torridi deserti del centro la faccenda sarebbe molto diversa, ma il 37° parallelo taglia la provincia di Victoria, un paese inglese con strade e ferrovie, popolato in quasi tutto il percorso; è come una passeggiata da Londra ad Edimburgo, da fare in calesse o col carro, ciò che è forse preferibile.

- Ma le bestie feroci? I selvaggi? - obiettò Lord Glenarvan.

- Non ci sono bestie feroci in Australia e neppure selvaggi, in questa latitudine, in ogni caso non ci sono le crudeli tribù della Nuova Zelanda

- Ma i banditi?

- I banditi non sono nelle provincie meridionali, ma soltanto nelle colonie dell'Est. La provincia di Victoria non solo li respinge, ma ha fatto una legge apposta per escludere i deportati liberati dalle altre provincie.

- Ciò che dice il signor Paganel è vero, - confermò Paddy O'Moore. - Infatti dacché abito nel paese, di banditi non ho mai sentito parlare.

- E per conto mio non ne ho mai incontrati, - aggiunse Ayrton.

- Vedete, amici? - incalzò Paganel. - Pochi selvaggi, niente bestie feroci, niente banditi. Forse sono ben pochi i paesi d'Europa dei quali si può dire altrettanto. Allora, siamo intesi?

- Che cosa ne dite voi, Elena? - domandò Lord Glenarvan.

Dico ciò che pensiamo tutti, mio caro Edward. Andiamo, andiamo, in viaggio!

Capitolo VIII

La ferrovia Melbourne-Sandhurst

Lord Glenarvan non usava mettere troppo tempo tra la decisione e l'esecuzione, sicché la partenza fu fissata per il posdomani 22 dicembre e tutti i preparativi furono iniziati senz'altro.

La presenza del capitano Grant in quei paraggi era ormai considerata un fatto indiscutibile e benché nessuno si illudesse di rintracciarlo precisamente sul 37 parallelo, qualche traccia poteva esserne trovata lungo la strada, la quale conduceva del resto sul luogo del naufragio. Se poi alla comitiva fosse stata assicurata la guida di Ayrton, una nuova prospettiva di successo le sarebbe stata garantita. Ottenuto infatti il consenso di Paddy O'Moore, Lord Glenarvan domandò al quartiermastro se sarebbe stato disposto ad accompagnarli.

- Sì, milord, - rispose il marinaio dopo un momento di esitazione - vi seguirò volentieri, e se non vi porterò sulle tracce del capitano Grant almeno vi condurrò là dove si è infranta la sua nave. Ma permettetemi una sola domanda: dove ritroverete voi il *Duncan*?

- Penso a Melbourne. Se interrompiamo il nostro viaggio ancora prima di essere arrivati alla riva opposta; oppure sulla costa orientale se le nostre ricerche ci faranno giungere fin là. Il capitano Mangles attenderà perciò i miei ordini a Melbourne.

- Benissimo, milord, contate su di me, - disse Ayrton.

Concluso l'accordo i viaggiatori tornarono a bordo in tutt'altro stato d'animo rispetto a quello col quale erano sbarcati, poiché ciascuno aveva in cuore la certezza che, nulla sopravvenendo, nello spazio di un paio di mesi il *Duncan* avrebbe sbarcato Harry Grant sulle rive della Scozia.

John Mangles contava questa volta di far parte della spedizione e si affannava a dimostrare che sarebbe stato più utile a terra che non a bordo.

- Ma John, - obiettò Lord Glenarvan - sapete di poter contare in modo assoluto sul vostro secondo?

- Assolutamente, - assicurò Mangles. - Tom Austin è un ottimo marinaio; egli porterà il *Duncan* a destinazione, lo farà riparare e lo farà trovare dove vorrete al giorno indicato. Tom è schiavo del dovere e Vostro Onore può contare su di lui come su me stesso.

- Allora è inteso che ci accompagnerete, John; e non sarà inutile, - aggiunse il lord sorridendo - che siate presente quando incontreremo il padre di Mary Grant...

- Oh, Vostro Onore!... - e fu tutto ciò che il giovane seppe dire; ma era leggermente impallidito e si era precipitato a stringere la mano che Lord Glenarvan gli aveva teso.

Il giorno dopo John Mangles ritornò alla fattoria col carpentiere e due marinai carichi di provviste, onde organizzarvi i mezzi di trasporto d'intesa con l'irlandese, il quale suggerì il carro trainato da buoi per le signore e le provviste ed il cavallo per gli uomini.

Paddy poteva fornire animali e carro: questo era coperto da un tendone e poggiava su quattro ruote piene, semplici dischi .di legno, ed era trainato da tre coppie di buoi.

Il carro non aveva sospensioni e non offriva quindi alcuna comodità, ma Mangles ne divise la piattaforma in due riparti, dei quali il posteriore doveva ospitare i viveri, i bagagli e la cucina portatile di Olbinett, mentre l'anteriore era riservato alle due viaggiatrici. Anche gli uomini avrebbero potuto trovarvi ricovero durante le forti piogge, ma essi dovevano normalmente passare la notte sotto la tenda.

Sette vigorosi cavalli sarebbero serviti a Lord Glenarvan, Paganel, Robert Grant, Mac Nabbs, John Mangles e ai due marinai Wilson e Mulrady che avrebbero accompagnato la spedizione; Ayrton aveva il suo posto al timone ed Olbinett, poco dedito all'equitazione, si sarebbe accontentato di una modesta sistemazione nel compartimento dei bagagli.

Prima di sera, finiti i preparativi, la famiglia Paddy O'Moore seguita da Ayrton fu ospite a bordo del panfilo ed ebbe agio di ammirare il lusso col quale era arredato; invece Ayrton, più pratico, visitò la nave da cima a fondo interessandosi a tutto da uomo che se ne intendeva, e non mancò di manifestare la sua ammirazione.

Ayrton reputò opportuno esprimere la sua ammirazione per il *Duncan*: volle sapere il suo tonnellaggio, e la sua velocità a vapore, meravigliandosi nell'apprendere che poteva raggiungere i 17 nodi all'ora, e che neppure una nave da guerra sarebbe stata in grado di darle la caccia. Gli fu precisato che il *Duncan* era un vero yacht, e che quindi non sarebbe stato raggiunto neppure spostandosi con le vele. A quel punto il signor Olbinett venne ad annunziare che il pranzo era servito, e tutti si diressero verso il ponte.

- È un uomo intelligente, questo Ayrton, - osservò Paganel.

- Forse anche troppo, - masticò tra i denti Mac Nabbs al quale, senza alcuna ragione plausibile, la faccia e le maniere del quartiermastro non andavano a genio.

A tavola Ayrton fornì interessanti particolari sul continente australiano e si informò del numero dei marinai che Lord Glenarvan contava di portare con sé; parve stupito di sentire che ne portava solo due ed insisté perché ne conducesse di più, e scelti tra i migliori.

- Ma, - osservò Lord Glenarvan - la traversata presenta dunque pericoli?!

- No, no, nessun pericolo!

- E allora lasciamo a bordo quanti più uomini possiamo, tanto più che essi occorrono per la navigazione a vela e per le riparazioni. Ciò che importa è che il *Duncan* si trovi con esattezza all'appuntamento che gli sarà fissato.

Il giorno dopo di buon'ora i bagagli furono portati alla fattoria John Mangles diede le ultime istruzioni a Tom Austin raccomandandogli soprattutto di attenersi scrupolosamente alle istruzioni che avrebbe ricevuto da milord di qualunque natura esse fossero, e la comitiva, tra gli *hurrah* di tutto l'equipaggio, prese posto in un'imbarcazione che dieci minuti dopo la deponeva a terra.

Alla fattoria il grandioso carro con tre paia di buoi aggiogati ed i sette cavalli erano già pronti e ciascuno prese il proprio posto; le signore, Ayrton e Olbinett sul carro e gli altri, tutti bene armati di carabina e di rivoltelle, sui loro cavalli. Con un «Dio vi protegga!» lanciato dall'irlandese la comitiva si mise in marcia e sparì ben presto alla prima svolta della strada.

Era il 23 dicembre del 1864, di quel dicembre che nell'emisfero australe assomiglia al nostro giugno. Si entrava quindi nell'estate ed il nuovo viaggio di Lord Glenarvan si sarebbe svolto sotto i raggi di un sole quasi tropicale.

L'inizio di tutte le gite è caratterizzato dallo slancio generale, ma già nella seconda giornata apparve l'opportunità di una marcia più metodica e fu quindi stabilito che non sarebbe stata superata la media di trenta miglia al giorno, che d'altronde non era bassa se si considerava il passo lento dei buoi.

D'altronde il passo dei cavalli doveva regolarsi su quello più lento dei buoi. Il carro, coi suoi passeggeri e le provviste, era il nocciolo della carovana. I cavalieri potevano cavalcare a fianco del carro, ma non dovevano mai allontanarsi.

Così, ognuno poteva regolarsi come meglio credesse, purché determinate regole ed ordini fossero rispettati sempre. La traversata della provincia di Adelaide non offrì nulla di interessante.

I viaggiatori trovarono delle collinette poco elevate e polverose, una lunga distesa di terreni, il cui insieme costituiva quello che viene chiamato «bush», praterie aperte da arbusti salati, molto apprezzati dagli ovini. Qua e là si vedevano dei montoni col muso da porco, una razza tipica della Nuova Olanda. Sino a quel punto le pianure australiane ricordavano quelle della Patagonia. Secondo Mac Nabbs non si era cambiato paese. Paganel affermava che ben presto la natura sarebbe stata ben differente.

Verso le tre il carro attraversò una larga pianura coperta di mosche che infastidirono molto sia le persone che. le bestie. Tutti furono costretti ad usare in abbondanza l'ammoniaca come repellente.

Verso sera comparvero dei boschi di acacie, e successivamente delle piante di origine europea, olivi, limoni, querce, e delle palizzate ben conservate. Alle otto i buoi raggiunsero la stazione di Red Gum. La parola «stazione» viene usata per definire gli stabilimenti dell'interno del paese dove si pratica l'allevamento del bestiame, la principale ricchezza del Paese. La stazione Red Gum era di poca importanza. Ma Lord Glenarvan ricevette un'accoglienza veramente cordiale.

La mattina dopo Ayrton attaccò i buoi appena si fece giorno. Egli voleva arrivare la sera stessa nel territorio di Vittoria. Il suolo diveniva piano piano sempre più accidentato. Una successione di piccole colline a perdita d'occhio, tutte di sabbia scarlatta. Più tardi la comitiva incontrò dei vasti campi di cespugli e di alberi della gomma; infine gli arbusti isolati lasciarono posto agli alberi e poi alla foresta vera e propria. Tuttavia, coll'avvicinarsi della frontiera dello Stato di Vittoria, l'aspetto del paese mutava sensibilmente. Si manteneva sempre la stessa direzione senza incontrare ostacoli di rilievo che facessero deviare la carovana. Dopo due giorni di viaggio ed un percorso di 60 miglia, la carovana raggiunse Aspley, e cioè la prima città della provincia di Victoria, nel distretto di Wimera. La comitiva trovò un albergo chiamato «La Corona». Il pasto era a base quasi esclusivamente di montone, preparato in maniere diverse. Durante il pasto si parlò molto. Tutti erano interessati a conoscere le caratteristiche del nuovo continente nel quale mettevano piede per la prima volta. Paganel, da buon geografo, fu in grado di descrivere la nascita e lo sviluppo dei diversi Stati che compongono l'Australia. A questo punto però credette opportuno far presente a tutti i convitati le caratteristiche che fanno dell'Australia un mondo a sé stante; tanto per portare qualche esempio, elencò:

- un continente i cui bordi si sono elevati al di sopra delle onde, quasi a formare un anello gigantesco;
- la parte centrale conteneva un mare, di cui la metà è evaporata;
- i fiori si seccano di giorno in giorno;
- l'umidità non esiste:
- gli alberi non perdono le foglie ma la corteccia;
- le foglie sono disposte in modo tale da non dare un filo di ombra;
- il bosco spesso è incombustibile;
- le pietre si sciolgono sotto la pioggia;
- gli alberi e le foreste sono bassi e le erbe gigantesche;
- gli animali sono strani, come i canguri.

Il signor Paganel fu interrotto nella sua esposizione perché l'elenco stava divenendo troppo lungo. Tuttavia il maggiore chiese a Paganel se avesse finito di esporre le differenze dell'Australia. Il geografo rispose di no, ed aggiunse a quanto già esposto in precedenza: il clima, ricco di ossigeno e povero di azoto; non ci sono venti umidi, perché gli alisei soffiano parallelamente alle coste; la maggior parte delle malattie è sconosciuta. Il clima, poi, ha una qualità inverosimile, incredibile: è moralizzatore. Qui i metalli non si ossidano, e neppure gli uomini. L'atmosfera pura e secca pulisce rapidamente le stoffe e le anime. Quando l'Inghilterra constatò la verità di questa qualità del clima, spedì quaggiù i forzati, affinché si redimessero. Anche gli animali risentono di questo clima, e sono di una grande docilità.

L'indomani, la comitiva viaggiò nella rada boscaglia e raggiunse di sera la riva del Lago Bianco, dalle acque salmastre e non potabili. Olbinett preparò il pasto col suo solito stile e poi tutti si addormentarono, gli uni nel carro e gli altri sotto la tenda, nonostante i latrati dei «dingos», gli sciacalli dell'Australia.

La mattina successiva la ripresa del viaggio fu rallegrata dallo spettacolo della rigogliosa natura circostante... Meno prodiga la natura animale, ma Mac Nabbs ebbe la fortuna di colpire un «jabiru», la gru gigante per la quale la natura ha profuso i suoi più smaglianti colori, e il giovane Robert riuscì ad uccidere un animale informe, mezzo istrice e mezzo formichiere.

Quel giorno i viaggiatori superarono di trenta minuti i 140Lo 1' gradi di longitudine. Sino a quel momento essi avevano visto pochi coloni. Il paese sembrava deserto; di Aborigeni neppure l'ombra, in quanto le tribù selvagge si spostano più a nord, attraverso le immense solitudini bagnate dagli affluenti del Darling e del Murray.

Un curioso spettacolo attrasse l'attenzione dei viaggiatori: essi poterono osservare lo spostamento di una immensa mandria che arditi speculatori portavano dalle montagne dell'est fino alla provincia di Victoria e l'Australia Meridionale. Verso le quattro del pomeriggio, il capitano segnalò a 3 miglia di distanza una enorme colonna di polvere che si disegnava all'orizzonte. Ayrton risolse il problema, dicendo appunto che la colonna di polvere era provocata dal passaggio dell'enorme mandria. Un uomo, e precisamente il conducente della mandria, andò incontro a Lord Glenarvan: il suo nome era Sam Machell, e si dirigeva verso la baia di Portland. La sua mandria era composta di 12.075 capi di buoi, 11.000 montoni, e 75 cavalli. Tutti questi animali erano condotti per l'ingresso nelle zone di pastura dell'Australia Meridionale, dove poi sarebbero stati venduti con un bel margine di guadagno. Machell, guadagnando 2 sterline per ogni bue, e mezza sterlina per montone, doveva realizzare un utile di 50.000 franchi. L'affare era grosso, ma la fatica era tanta. Sam Machell raccontò ai viaggiatori che il sockeeper era in viaggio da sette mesi; avrebbe dovuto viaggiare ancora tre mesi. Approfittò dell'interesse dimostrato dai suoi ascoltatori per illustrare il suo lavoro di allevatore di bestiame, le difficoltà che incontrava, i pericoli che correva, ed i rischi di malattie e di furti dei suoi animali. Quando Sam Machell ebbe fornito tutti questi particolari, l'enorme mandria era già sfilata di fronte a lui, e pertanto era necessario che tornasse in testa al branco e scegliesse i migliori prati da pascolo. Il carro dei viaggiatori si avviò in senso contrario alla mandria e la sera si accampò ai piedi del Monte Talbot. Paganel fece osservare che era il 25 dicembre, giorno di Natale, sempre festeggiato dalle famiglie inglesi. Ma lo steward non se ne era dimenticato, tanto è vero che, alla fine del pranzo, ricevette le lodi di tutti i commensali. Tuttavia Paganel ritenne opportuno aggiungere al menù anche i frutti di una pianta di arance, abbastanza insipide, ma i cui noccioli masticati provocavano lo stesso effetto del pepe di Caienna.

Il giorno successivo, il 26 dicembre, non vi fu nulla di particolare da segnalare. Passarono vicino alle sorgenti del North-Creek, e più tardi giunsero al fiume Mackenzie, mezzo asciutto. Il tempo si manteneva bello ed il calore era sopportabile; il vento soffiava da sud e raffreddava l'atmosfera. Paganel approfittò di una domanda di Robert per spiegargli la ragione per la quale l'emisfero australe è più caldo di quello settentrionale, a causa delle inclinazioni della terra in rapporto ai raggi solari.

Due giorni dopo fu raggiunto il fiume Wimerra, largo un mezzo miglio, e che scorreva limpido tra rive alberate, ma né traghetti né ponti erano in vista ed Ayrton cercò allora un guado, trovandolo ad un quarto di miglio a monte, dove i sondaggi non accusavano che tre piedi d'acqua; il carro poteva dunque tentarlo senza rischio.

- Non conoscete altro modo di passare? - domandò Lord Glenarvan al quartiermastro.

- No, milord, ma non c'è pericolo; anzi le signore possono restare sul carro, poiché i buoi hanno il piede sicuro ed io mi incaricherò di tenerli sulla via giusta.

I veicoli pesanti passano generalmente i guadi sostenuti da una cinta di botti vuote in questa circostanza, ma le botti mancavano e non restava che sfidare risolutamente la corrente. I cavalli entrarono senz'altro, precedendo, accompagnando e seguendo il carro e tutto andò bene fin nel mezzo della corrente dove il fondo si abbassava e l'acqua raggiungeva i mozzi delle ruote; Ayrton si gettò coraggiosamente in acqua ed, aggrappandosi alle corna degli animali, riuscì a rimetterli sulla strada giusta. Tuttavia in quel momento ci fu un urto seguito da uno schianto e il carro sbandò paurosamente; l'acqua raggiunse i piedi delle viaggiatrici nonostante gli sforzi di Lord Glenarvan e di John Mangles, aggrappati alle tirelle; ma non fu che un attimo, per quanto carico di tensione; un violento strappo avvicinò il carro alla riva che saliva in dolce pendio e ben presto uomini e bestie si trovarono al sicuro.

Tuttavia nell'urto l'avantreno del carro si era spezzato ed il cavallo di Lord Glenarvan aveva perduto i ferri delle zampe anteriori. Occorreva rimediare ed i viaggiatori si guardavano l'un l'altro con aria perplessa quando Ayrton si offerse di andare alla stazione di Black-Point, ad una ventina di miglia a nord, e di tornare con un maniscalco.

- Occorreranno forse quindici ore, - dichiarò il quartiermastro - ma non di più.

- Ebbene, andate, mio bravo Ayrton, - gli rispose Lord Glenarvan - ed attendendovi ci accamperemo qui sulla riva.

Pochi minuti dopo, montato sul cavallo di Wilson, il quartiermastro spariva oltre la folta cortina di mimose.

La partenza di Ayrton non aveva persuaso il maggiore, il quale non disse nulla, ma si limitò a sorvegliare i paraggi; Lord Glenarvan non aveva altro timore che quello di vedere il quartiermastro tornare da solo, ciò che avrebbe significato l'impossibilità di riprendere il viaggio per parecchi e parecchi giorni, ma fortunatamente Ayrton ricomparve la mattina successiva accompagnato da un omaccione che fu presentato come il maniscalco di Black-Point, un tipo dall'aspetto brutale e taciturno. Era però un abile operaio e in un paio d'ore rimise in efficienza il carro. Mentre lavorava il maggiore osservò che i suoi polsi erano fortemente lesionati e circondati da un'ecchimosi nerastra che doveva essere assai dolorosa, e domandò spiegazioni, ma l'operaio continuò il suo lavoro senza rispondere.

Anche il cavallo di Lord Glenarvan fu presto ferrato, poiché il maniscalco aveva portato i ferri già pronti; essi avevano una particolarità che non sfuggì al maggiore, il quale domandò ad Ayrton come mai avessero un rozzo trifoglio impresso sul davanti.

- È il marchio di Black-Point, - rispose questi; - esso permette di seguire le tracce dei cavalli che scappano dalla stazione senza pericolo di confonderle con quelle di altri.

Mezz'ora dopo la comitiva era già in marcia. Furono costeggiate vaste lagune salmastre in piena evaporazione, ma in complesso il viaggio si svolgeva senza pena e senza noia alcuna.

Lady Elena invitava i cavalieri a farle visita durante il giorno, ed a turno, in quanto il suo salone era troppo piccolo. Ma ciascuno si riposava delle fatiche del cavalcare e si distraeva conversando con l'amabile signora. Lady Elena, aiutata da miss Mary, si comportava da perfetta padrona di casa. La strada da Crowland a Horseham fu tagliata diagonalmente. Gruppi di colline poco alte furono costeggiati passando all'estremità della contea dì Talbot, e la sera la comitiva arrivò a tre miglia sopra Maryborrough. Pioveva. In un altro paese la terra si sarebbe inumidita; in Australia invece l'aria assorbe l'umidità a tal punto che l'accampamento non ebbe a soffrirne. La mattina del 29 dicembre, la marcia fu rallentata da una serie di colline che ricordano un po' il paesaggio svizzero. Vi erano in continuazione discese e salite, che provocavano sobbalzi al carro. I viaggiatori fecero una parte del percorso a piedi. Alle undici si giunse a Carlbrook, municipalità importante. Ayrton era d'avviso di evitare di entrare in città, onde guadagnare tempo.

Lord Glenarvan era d'accordo, ma Paganel, sempre curioso, desiderava visitare la città. Gli si lasciò fare quel che voleva, ed il carro proseguì nel suo lento viaggio. Come d'abitudine, egli si era portato dietro Robert. La sua visita alla città fu breve, ma servì a istruirli come erano state costruite le città australiane. C'era una banca, un palazzo di giustizia, un mercato, una scuola, una chiesa ed un centinaio di case più o meno simili tra loro. Il tutto disposto in un quadrato regolare, tagliato da strade parallele, secondo il sistema inglese. Quando la città avesse dovuto espandersi, non c'era altro da fare che allungare le vie, senza turbare la simmetria della città.

Nella città regnava una notevole attività. In Australia sembra che le città crescano come gli alberi, al calore del sole. Tutti gli abitanti erano occupati negli affari quotidiani. I due viaggiatori, dopo una visita di un'ora, raggiunsero i loro compagni attraverso una campagna accuratamente coltivata e praterie invase da mandrie di montoni. Poi, come usa in Australia, si passò in mezzo al deserto.

Nessuna tribù di aborigeni era stata fino a quel momento incontrata e già Lord Glenarvan si domandava se gli indigeni si sarebbero fatti desiderare in Australia come già avevano fatto nella pampa argentina, ma Paganel assicurò che, a quella latitudine, i selvaggi frequentavano piuttosto le pianure del Murray, cento miglia più ad est.

- Ci avviciniamo al paese delle miniere aurifere, - spiegò il geografo - che nel 1852 fu invaso da nugoli di cercatori d'oro; ecco perché i nativi sono fuggiti verso l'interno. Non ce ne accorgiamo, ma siamo ormai in terre civilizzate e prima di sera attraverseremo la ferrovia che congiunge il fiume Murray al mare.

Paganel fece notare che una linea ferroviaria in Australia gli sembrava una cosa sorprendente. Robert chiese la ragione, e Paganel gli rispose:

- Costruire delle ferrovie, ad esempio in Nuova Zelanda, è per voi inglesi una cosa di normale amministrazione, ma non per i francesi, il cui spirito viene così ad esser confuso. Voi guardate il passato e noi inglesi il futuro -.

Paganel non riusciva ad accettare che delle locomotive passassero attraverso un deserto, che volute di vapore si mescolassero ai profumi delle mimose e degli eucaliptus, che dei selvaggi salissero sul treno per spostarsi da Melbourne a Sandhurst. Con le ferrovie scompare la poesia del deserto. Le argomentazioni del francese non convinsero Robert.

Un fischio acuto interruppe la discussione. I viaggiatori erano a circa un miglio dalla ferrovia. Una locomotiva, che veniva dal sud a modica velocità, si fermò al punto di incrocio della strada con la ferrovia. Questa collegava la capitale della provincia di Vittoria al Murray, il maggiore fiume australiano, che attraversa paesi ricchi, fertili e le stazioni per pastori si moltiplicavano lungo il suo percorso. Questa ferrovia aveva una lunghezza di 105 miglia tra Melbourne e Sandhurst, servendo anche Kyneton a Castlemain. La linea, in costruzione, continuava per 70 miglia sino ad Echuca. Il 37° parallelo tagliava la ferrovia a Camden-Bridge, ponte sul Luton, uno dei numerosi affluenti del Murray. Ayrton si diresse verso questo punto; una folla considerevole si stava portando verso il ponte della ferrovia. Doveva essere successo qualche cosa di particolarmente grave, per causare una simile agitazione.

Lord Glenarvan, seguito dai compagni, fu in pochi minuti a Camden-Bridge, dove tutti poterono rendersi conto che uno spaventoso incidente aveva realmente avuto luogo; non uno scontro, ma un deragliamento ed una caduta paragonabli alle più gravi disgrazie che abbiano funestato le ferrovie nordamericane. Sotto il ponte il fiume era ingombro dei rottami del treno: sia che il ponte avesse ceduto, sia che il convoglio fosse uscito dai binari, la locomotiva e cinque vetture su sei erano precipitate nel letto del fiume; solo l'ultima carrozza si era fermata miracolosamente a un metro dall'abisso grazie alla rottura della catena di collegamento. Nell'urto la caldaia era scoppiata spargendo attorno lamiere contorte ed alla caduta era seguito l'incendio; larghe tracce di sangue, membra sparse, tronconi di cadaveri carbonizzati apparivano qua e là.

- Il ponte si è rotto! - diceva qualcuno. - Macché rotto! - obiettavano altri, - non vedete che è ancora intatto? Il casellante si è dimenticato di chiuderlo all'arrivo del treno, ecco tutto! - Si trattava di un ponte mobile che si apriva per lasciare il passo ai battelli del fiume e l'ipotesi sembrava plausibile, giacché metà del ponte era caduta insieme al treno, ma l'altra metà, sulla riva opposta, pendeva ancora intatta dalle catene che lo sostenevano.

L'incidente era accaduto di notte all'espresso n. 37, partito da Melbourne alle 11.45 della sera. L'incidente doveva essere avvenuto verso le 3.15 del mattino. Immediatamente i viaggiatori ed il personale ferroviario avevano invocato soccorsi; il telegrafo però non funzionava. Solo dopo tre ore le autorità di Castlemaine erano giunte sul posto. Erano quindi le sei del mattino quando il salvataggio fu organizzato da M. Micthell, la maggiore autorità della colonia, insieme con una squadra di poliziotti alla guida di un ufficiale. I pastori ed il loro personale erano venuti in aiuto, lavorando innanzi tutto a spegnere l'incendio. Dei cadaveri irriconoscibili erano stati sistemati sulla scarpata. Ma era impossibile che qualche viaggiatore fosse sopravvissuto in mezzo a quella fornace. Solo i dieci viaggiatori che occupavano l'ultimo vagone, quello non precipitato, si erano salvati. Una locomotiva di soccorso fu mandata onde trasportare i superstiti a Castlemain.

Lord Glenarvan si fece riconoscere dall'ispettore che dirigeva i lavori e da un ufficiale della polizia presente, un uomo allampanato e di assoluta impassibilità, che considerava il disastro come un problema da risolvere. E quando Lord Glenarvan esclamò: - Che orribile sciagura! - rispose con grande flemma:

- Peggio assai, milord, poiché si tratta di un delitto.

- Ma che dite? - proruppe inorridito Lord Glenarvan.

- È così, milord, - aggiunse l'ispettore - la nostra inchiesta ci ha dato la certezza che la catastrofe è frutto di un delitto. Infatti l'ultima carrozza è stata svaligiata ed i viaggiatori sopravvissuti sono stati aggrediti da un gruppo di cinque o sei malfattori. Il ponte era aperto di proposito, non per negligenza, e se si tiene conto che è sparito anche il casellante bisogna concludere che quel miserabile era un complice dei criminali. Non siete d'accordo con me? - domandò l'ispettore all'ufficiale di polizia che scrollava la testa.

- In tutto, ma non in ciò che concerne la complicità del casellante.

- Eppure senza l'aiuto del casellante i selvaggi che infestano queste campagne non sarebbero stati capaci di aprire il ponte; senza contare che, secondo la deposizione di un battelliere sceso per il fiume ieri sera, dopo il suo passaggio il ponte è stato chiuso regolarmente.

Ma l'ufficiale continuava a scrollare al testa quando delle grida giunsero da un mezzo miglio a monte: un gruppo arrivava portando il cadavere del povero casellante, freddato con una pugnalata al cuore e trascinato lontano, forse per sviare le indagini della polizia. La scoperta confermava la tesi dell'ufficiale, che concluse:

- Quelli che hanno fatto il colpo sono dei tipi ai quali questo gingillo è familiare, - e così dicendo mostrò un paio di manette, fatte d'un doppio anello di ferro munito di serratura. - Ma tra poco, - aggiunse - avrò il piacere di offrire loro questo braccialetto come regalo di Capodanno.

- Allora voi accusate...

- Della gente che «ha viaggiato gratuitamente sulle navi di Sua Maestà».

- Dei deportati, volete dire? - interloquì Paganel, che conosceva quel modo di denominare i condannati deportati nelle colonie.

- Credevo che i deportati non avessero diritto di soggiornare nel territorio della provincia di Victoria, - osservò Lord Glenarvan.

- Già, non ne hanno il diritto, ma se lo prendono, - disse l'ufficiale. - Alle volte qualcuno s'intrufola, e se non mi sbaglio, costoro vengono in linea retta da Perth. Ebbene, ci ritorneranno, statene sicuri!

In quel momento il carro con le signore arrivava al passaggio a livello e Lord Glenarvan, che non voleva gettare il turbamento nell'animo della moglie e di Mary, parlò loro di un semplice incidente senza affatto nominare i banditi. La comitiva attraversò la ferrovia qualche centinaio di metri più a valle e riprese la strada verso est.

Capitolo IX

Australian and New-Zealand Gazette

Il 37° parallelo attraversa i terreni auriferi scoperti nel 1851 ed il 1° gennaio le ruote del carro solcavano quindi le strade di quel paese dell'oro, che avevano visto affluire tanti avventurieri assetati di ricchezza. Ma ormai i giacimenti erano pressoché esauriti ed i cercatori si erano rivolti verso i terreni più promettenti della Nuova Zelanda.

Nel centro della zona di sfruttamento era sorta tuttavia una intera città, nella quale non mancavano né alberghi, né teatri, né banche, perché all'iniziativa privata si erano sostituite delle società, per conto delle quali i minatori scavavano mentre le macchine polverizzavano e lavavano il prezioso minerale di quarzo.

Lord Glenarvan con Paganel e Robert si spinsero avanti lasciando che il carro seguisse al lento passo dei buoi perché volevano visitare la città ed i campi auriferi e soprattutto la banca ove veniva depositato l'oro raccolto. Furono ricevuti da un ispettore che fu loro largo di informazioni e fece loro visitare il museo dove erano raccolti tutti i minerali che l'Australia racchiude nel proprio seno: non soltanto oro, ma anche un grande e vasto assortimento di pietre preziose di ogni specie da sbalordire i visitatori.

Il 2 gennaio, al levar del sole, i viaggiatori uscivano dai confini del distretto aurifero e qualche ora dopo passavano a guado il Colban ed il Campasperivers.

Dopo Camden-Bridge qualche variante dettata da considerazioni di prudenza era stata tuttavia introdotta nell'ordine di marcia: i cacciatori non dovevano mai perdere di vista il carro e l'accampamento era sempre vigilato a turno da un uomo di guardia. Mattina e sera l'esca delle armi da fuoco era rinnovata: ormai non c'era più dubbio che bande di malfattori battevano la campagna e benché non ci fosse ragione di temere pericoli immediati, bisognava essere sempre pronti al peggio.

Del resto, dopo la criminale catastrofe della ferrovia, il sospetto era nell'aria: di notte nei paesi e nelle fattorie gli abitanti si chiudevano in casa lasciando liberi i cani, ed i pastori che radunavano a cavallo le loro mandrie avevano sempre la carabina a tracolla; drappelli di gendarmi indigeni perlustravano la campagna e le diligenze che passavano sulle strade in un nugolo di polvere erano scortate da poliziotti che galoppavano di fianco ai loro sportelli.

L'amministrazione della provincia dette prova di zelo e prudenza. Distaccamenti di gendarmi indigeni furono inviati nelle campagne. Il servizio delle consegne fu particolarmente controllato. Sino ad allora il servizio postale viaggiava senza scorta. Ora, quel giorno, e precisamente nel momento in cui la compagnia di Lord Glenarvan traversava la strada da Kilmore a Heathcote, la vettura passava a tutta velocità in mezzo ad una nuvola di polvere; ciò non impedì a Lord Glenarvan di vedere che il personale era armato di carabine. Sembrava di essere ritornati ai tempi in cui i primi deportati erano stati mandati in catene in Australia.

Un miglio dopo aver traversato la strada di Kilmore, il carro si inoltrò in una foresta di alberi giganteschi; per la prima volta dopo Capo Bernouilli i viaggiatori penetravano in una di quelle foreste che coprono enormi territori del continente centrale. Un grido di ammirazione si alzò alla vista di eucaliptus alti fino a settanta metri. I tronchi larghi sino a sette metri, stillanti una resina profumata, non avevano un ramo né un nodo che alterasse il profilo del tronco. Solo a notevole altezza cresceva il fogliame con rari fiori rovesciati verso il basso. Sotto questo ombrello di verde l'aria poteva circolare liberamente impedendo così il formarsi dell'umidità ai piedi dei grandi eucaliptus. Cavalli, buoi e carri potevano passare tranquillamente tra un albero e l'altro. Non vi erano tratti in cui gli alberi fossero troppo vicini gli uni agli altri, né zone di foreste vergini, in cui il passaggio è reso difficile a causa della vegetazione troppo fitta e per via degli alberi caduti. La foresta del continente oceanico non ricorda in alcun modo le foreste del Nuovo Mondo, e l'eucaliptus è l'albero per eccellenza della flora australiana. Se l'ombra non è intensa, ciò dipende dalla disposizione delle foglie, che si offrono al sole di taglio. I naturalisti hanno preso dunque un granchio chiamando quegli alberi eucaliptus, che in greco significa «copro bene». Invece gli eucaliptus non coprono affatto bene. Per tutta la giornata si attraversa una foresta di eucaliptus. Non s'incontrò né un animale, né un indigeno. Venuta la sera, il campo fu posto sotto un gruppo di eucaliptus che dovevano aver sofferto per il fuoco molto di recente. Olbinett preparò il pranzo e quindi furono prese le precauzioni notturne, con una sentinella a turno, sino al momento dell'alba.

Il giorno 3, fin verso sera, la marcia continuò nella foresta, poi gli alberi si fecero più radi ed in una piccola pianura, a qualche miglio di distanza, apparve un agglomerato di case.

- Questo è Seymour! - esclamò Paganel - ed è l'ultima città che incontreremo prima di lasciare la provincia di Victoria.

- Ebbene, entriamoci, - propose Lord Glenarvan - e se ci sarà un albergo conveniente credo che le nostre signore non lo disprezzeranno.

- Mary ed io accettiamo di buon grado, - gli rispose lady Elena - ma a patto che non ne derivi alcun ritardo.

- No, poiché ripartiremo domattina all'alba; del resto anche le bestie sono affaticate ed hanno bisogno di riposo.

Erano le nove di sera e, seguendo Paganel che pareva di casa dappertutto, la comitiva raggiunse attraverso le larghe vie di Seymour, il Campell's North British Hotel, dove si trovarono una scuderia per gli animali, delle camere abbastanza confortevoli per le persone ed un pranzo che non sollevò critiche neppure da parte di Olbinett.

Paganel e Robert erano andati frattanto a visitare la città ed erano tornati senza essersi accorti che nelle strade regnava una cena agitazione, e che davanti alle porte di casa la gente commentavano ad alta voce le notizie dei giornali. Il maggiore invece, senza uscire dall'albergo, ne aveva interrogato il loquace direttore ed era quindi informatissimo, ma non ne fece parola, e soltanto quando le signore e Robert, finita la cena, ebbero raggiunto le loro camere, convocò i compagni ed annunciò loro:

- Sapete? Sono stati identificati gli autori del delitto commesso sulla ferrovia di Sandhurst.

- E sono stati arrestati? - domandò Ayrton con una certa apprensione nella voce.

- Purtroppo no, - rispose Mac Nabbs, che non parve dare peso al tono con cui la domanda era stata rivolta, porgendo a Lord Glenarvan un numero della «Australian and New-Zealand Gazette»: -

Ecco leggete e vedrete che quell'ufficiale di polizia non si ingannava.

Lord Glenarvan prese il giornale e lesse ad alta voce:

Sydney, 2 gennaio 1865. - I nostri lettori rammentano certamente che nella notte del 30 dicembre ultimo, una catastrofe ha avuto luogo a Camden-Bridge, cinque miglia oltre la stazione di Castlemaine, sulla ferrovia che porta da Melbourne a Sandhurst: l'espresso notturno delle 11.45, lanciato a tutta velocità, fu inghiottito dal fiume Lutton, perché il ponte di Camden era rimasto aperto.

Numerosi furti perpetrati dopo l'incidente e l'assassinio del guardiano dimostrarono che la catastrofe era dovuta ad un attentato; ed in realtà l'inchiesta del commissario si è conclusa con l'attribuzione del delitto ad una banda di forzati fuggiti circa sei mesi fa dal penitenziario di Perth, mentre stavano per essere trasferiti nell'isola di Norfolk.

I banditi sono in numero di ventinove e sono capeggiati da un certo Ben Joyce, un malfattore della peggiore specie, sul quale la giustizia non ha mai potuto mettere le mani.

Gli abitanti delle città, i coloni e gli allevatori delle stazioni sono invitati a stare in guardia ed a far pervenire all'ispettore Generale della Polizia tutte le informazioni atte a favorire le sue ricerche.

- Ci sono dunque dei banditi in Australia, - concluse Lord Glenarvan a lettura finita - ma per parte mia suppongo che la loro presenza non modificherà il nostro programma né ritarderà il nostro viaggio. Che cosa ne pensi tu, John?

- Se non avessimo con noi delle donne, - rispose John Mangles, palesemente combattuto tra opposti sentimenti - non mi preoccuperei affatto di quella banda di miserabili, ma...

- Naturalmente non si tratterebbe di rinunciare alle nostre ricerche, - spiegò Lord Glenarvan - ma di raggiungere piuttosto il *Duncan* a Melbourne e di andare per mare a riprendere da est le ricerche di Harry Grant. E voi, Mac Nabbs, che ne dite?

- Prima di pronunciarmi - rispose sempre metodico il maggiore

- vorrei conoscere l'opinione di Ayrton.

Il quartiermastro, chiamato direttamente in causa, guardò Lord Glenarvan e disse:

- Ecco, da qui a Melbourne ci sono duecento miglia e il pericolo, se esiste, è altrettanto grave sulla strada verso sud che su quella verso est; sono entrambe poco frequentate e l'una vale l'altra. D'altronde io non credo che una trentina di malfattori possano far paura ad otto uomini bene armati e risoluti come siamo noi. Quindi, salvo migliore avviso, io andrei avanti.

- Ben detto, Ayrton! - esclamò Paganel. - Continuando possiamo trovare le tracce del capitano Grant, mentre andando a sud ce ne allontaneremmo. Del resto questi evasi di Perth non mi preoccupano troppo.

- Un'osservazione sola, se permettete, milord, - disse Ayrton mentre stavano per separarsi. - Non sarebbe il caso di mandare al *Duncan* l'ordine di procedere seguendo la costa?

- A che scopo! - rispose John Mangles. - L'ordine lo potremo mandare alla baia di Twofold; se un avvenimento imprevisto ci obbligasse a raggiungere Melbourne potremmo rimpiangere di non trovarvi più il *Duncan*; e del resto le riparazioni non possono essere ancora finite. Credo dunque che sia meglio attendere.

L'indomani mattina la comitiva, armata e pronta a tutto, abbandonava Seymour ritrovando ben presto la foresta di eucalipti; Lord Glenarvan avrebbe preferito la campagna rasa, ma non c'era da scegliere ed il viaggio si svolse monotono durante tutta la giornata.

Il 5 gennaio, i viaggiatori calpestavano il suolo del distretto del Murray, regione disabitata e poco nota, piena di foreste, che si stende sino alle falde delle alte montagne chiamate Alpi Australiane.

La carovana fece sosta in una bella zona, vicino ad un cimitero. I viaggiatori notarono un ragazzo indigeno disteso per terra e addormentato. Portava sulla schiena un cartello, col suo nome e la sua destinazione. Era effettivamente uno dei superstiti del treno.

Quando il ragazzo si svegliò gli furono poste delle domande:

quale lingua parlava; se fosse inglese e quale il suo nome. Disse di chiamarsi Toliné; tornava alla sua tribù, nel Lachlan, dai suoi parenti, aveva un fratello. Successivamente sarebbe tornato a Melbourne. Il suo più vivo desiderio era quello di togliere i suoi parenti dalla miseria e dalla ignoranza. Studiava alla «Scuola normale» di Melbourne: Bibbia, matematica e geografia. La notizia entusiasmò Paganel, a cui fu anche comunicato che il ragazzo aveva vinto un premio di geografia; il premio consisteva in una splendida Bibbia. Naturalmente, dal quel momento il ragazzo fu sottoposto ad una infinità di domande da parte di Paganel sulla geografia di tutto il mondo. Il ragazzo era convinto che la maggior parte del mondo fosse di proprietà degli inglesi; ciò naturalmente fece andare Paganel fuori dei gangheri. Lord Glenarvan regalò al ragazzo il libro «Précis de geographie» di Samuel Richardson. Tutti andarono a dormire, e quando la mattina si alzarono, non trovarono più il giovane australiano, che se ne era andato per suo conto, non senza aver lasciato sul petto di Lady Elena un bouquet di fiori, ed aver deposto accanto a Paganel il libro di Richardson.

Capitolo X

Le Alpi Australiane

Tre giorni dopo, all'alba, i viaggiatori furono al cospetto della immensa barriera delle Alpi Australiane, gigantesca fortificazione naturale che si estende per millecinquecento miglia ed arresta le nuvole a oltre mille metri di altezza.

Il percorso cominciava a farsi difficile: dalle prime gibbosità del terreno si passò ben presto ai primi terrazzamenti della grande catena; la salita era continua, i buoi sbuffavano per lo sforzo e le giunture del carro scricchiolavano. Così ora di sera era stata percorsa poca strada e l'accampamento dovette essere piantato ai piedi della catena principale, vicino a un torrente che scorreva ai margini di una radura cosparsa di alberetti nani dalle foglie di un color rosso chiaro.

- Superare qucstc montagne sarà un guaio, - brontolava Lord Glenarvan. - Già, si chiamano Alpi per qualche cosa...

- No, no, bisogna fare la tara, - gli rispose Paganel. - Sono Alpi tascabili e il loro nome dimostra soltanto la scarsa fantasia dei geografi. Passeremo senza accorgercene.

- Eh, sì! Ci vuole un distrattone come voi, per passare le montagne senza accorgersene! - commentò il maggiore.

- Distratto io? - gridò Paganel. - Chiamo a testimoni le signore. Dacché ho messo piede su questo continente quale distrazione mi si può rimproverare? Ora sono un uomo perfetto!

L'indomani, 9 gennaio, nonostante le assicurazioni del geografo, la scalata si fece sempre più difficile: si procedeva alla ventura, imbattendosi in angusti passaggi e dopo un'ora di marcia anche Ayrton cominciava ad accusare la fatica, quando un alberghetto, un miserabile luogo di sosta sul fianco della montagna, si presentò agli occhi dei viaggiatori.

- Diamine! - esclamò Paganel - il padrone di questa bettola non farà fortuna in questo luogo. A chi può servire?

- Servirà per fornire a noi qualche indicazione sulla strada da percorrere, - gli rispose Lord Glenarvan.

Lord Glenarvan varcò infatti quella soglia seguito da Ayrton, ed il padrone, un uomo rozzo che doveva essere il principale consumatore dei propri liquori, rispose di mala voglia, ma in modo sufficiente per rimettere Ayrton sulla buona via. Lord Glenarvan stava per uscire quando lo sguardo cadde su un avviso incollato al muro: era della polizia, segnalava l'evasione dei deportati di Perth e prometteva cento sterline a chi avesse consegnato la testa di Ben Joyce.

- Decisamente, è un miserabile buono da appendere! - commentò Lord Glenarvan.

- E soprattutto da prendere, - aggiunse Ayrton. - Cento sterline! È una bella somma!

I due raggiunsero il resto della comitiva la quale trovò più in là un passaggio stretto e tortuoso che affrontava diagonalmente la salita. L'ascensione era penosa e più di una volta tutti dovettero mettere piede a terra, spingere il pesante veicolo, trattenerlo su di un pendio pericoloso, oppure staccare i buoi o infine aggiungere al traino anche i cavalli, pure essi sfiniti.

Fosse eccesso di fatica od altro, quel giorno uno dei cavalli stramazzò a terra senza più rialzarsi; era il cavallo di Mulrady e Lord Glenarvan gli cedette il proprio salendo con Lady Elena sul carro.

La catena delle Alpi Australiane è relativamente larga, raggiungendo la sua base le 8 miglia circa di ampiezza. Perciò, se il passaggio scelto da Ayrton portava sul versante orientale, si poteva presumere che dopo 48 ore di viaggio, la barriera delle Alpi sarebbe stata superata e in breve raggiunto il mare.

Durante la giornata del 18, i viaggiatori giunsero al passo più alto, circa 700 metri. Essi si trovavano su un ripiano che permetteva di avere una visione molto ampia. Verso nord si potevano ammirare le calme acque del lago Omeo, luogo di sosta per uccelli acquatici, e, al di là, le vaste pianure del Murray. Al sud si stendevano le distese del Gippsland, le sue terre ricche d'oro, le sue grandi foreste, il suo aspetto ancora primitivo, non ancora aggredite dall'uomo. La catena alpina pareva proprio dividesse i territori colonizzati da quelli in attesa di esserlo. Il sole, che stava tramontando, ravvivava coi suoi raggi il distretto di Murray. Al contrario, il Gippsland, riparato dalle montagne, si perdeva nell'oscurità, quasi anticipando il sopraggiungere della notte.

Questo contrasto fu notato e commentato da tutti. L'accampamento fu collocato sul pianoro. La mattina dopo ebbe inizio la discesa. Essa fu molto rapida. Una grandinata di estrema violenza assalì i viaggiatori, e li obbligò a cercarsi un riparo sotto le rocce. Dal cielo non piovevano chicchi di grandine, ma dei veri e propri pezzi di ghiaccio, grossi più di un pugno. Il carro fu forato in diversi punti. Il ghiaccio fendente andava perfino ad incastrarsi nella corteccia degli alberi. La tempesta durò circa un'ora, poi la comitiva riprese la discesa, facendo attenzione a non scivolare sui tratti coperti di ghiaccio. Verso sera il carro, malgrado non fosse molto in buone condizioni, superò gli ultimi contrafforti delle Alpi e raggiunse la pianura di Gippsland, dove si alzò l'accampamento.

La cima fu raggiunta il giorno 10 a circa seicento metri d'altitudine.

Il 12, all'alba, il viaggio fu ripreso con rinnovato ardore, per arrivare al più presto su quelle rive del Pacifico dove il *Britannia* si era fracassato. Solamente là potevano essere cercate le tracce dei naufraghi e non nelle distese desolate del Gippsland. Ayrton insisteva anzi perché Lord Glenarvan mandasse al *Duncan* l'ordine di recarsi all'appuntamento, ma Lord Glenarvan era indeciso mentre Paganel dava pienamente ragione al quartiermastro, contrariando il maggiore che non era assolutamente d'accordo. Anche John Mangles era d'opinione che un avviso al *Duncan* si potesse mandare meglio da Twofold Bay che non attraverso duecento miglia di paese selvaggio. E così fu deciso.

Le pianure che si stendevano ai piedi delle Alpi Australiane avevano una leggera pendenza verso est. La vegetazione era molto varia, interrompendo così la monotonia del viaggio. Spesso il percorso era interrotto da piccoli torrenti che la carovana guada senza difficoltà. Si incontrarono anche dei canguri che, intimiditi, fuggivano via saltando.

Il caldo si faceva sentire e di conseguenza tutti procedevano in silenzio, rotto soltanto dalle grida di Ayrton che incitava il suo cavallo.

Da mezzogiorno alle due la carovana traversò una foresta di felci, la cui ombra generava una piacevole frescura. Paganel, all'improvviso cadde da cavallo. Poteva essere un momento di stordimento, o un colpo di calore? Tutti gli si fecero intorno. Lord Glenarvan gli chiese come si sentisse. Egli rispose che il suo cavallo era morto, folgorato come quello di Mulrady. Glenarvan, Mangles, Wilson esaminarono l'animale. Il cavallo era rimasto come fulminato. Il capitano trovò la cosa molto strana, ed il maggiore fu dello stesso parere. Tutti gli uomini guardavano impressionati e preoccupati la povera bestia che non dava più segno di vita. Si trattava certamente di un'epidemia perché prima di sera stramazzò un terzo cavallo, quello di Wilson e, cosa più grave ancora, uno dei buoi subì la stessa sorte. Non rimanevano così che tre buoi e quattro cavalli. Senza cavalcature gli uomini potevano anche proseguire a piedi, ma se fosse stato necessario abbandonare il carro, come avrebbero potuto le due donne percorrere le centoventi miglia che ancora separavano la comitiva dalla baia Twofold?

Gli altri animali esaminati sembrarono in perfette condizioni e non restava quindi che sperare in bene; neppure Ayrton comprendeva la causa di quelle morti improvvise, sicché il carro servì a turno per coloro che si sentivano stanchi. Dopo dieci miglia fu piantato l'accampamento sotto un ampio cespuglio di felci.

La notte e la giornata seguente passarono senza incidenti e, ciò che più importava, senza che venissero a mancare altri animali. Tutto faceva sperare che la sera la comitiva avrebbe potuto attardarsi in riva al fiume Snowy, dal quale la separava solo una foresta di alberi giganteschi. Ma giunti ad appena mezzo miglio dal fiume improvvisamente il carro affondò fino ai mozzi delle ruote in un terreno fangoso e tenace nel quale anche i buoi erano invischiati fino a mezza gamba, e nessun incitamento né sforzo valse a smuovere le bestie e tanto meno spostare il carro.

- Accampiamoci qui, - consigliò Ayrton - è quanto di meglio possiamo fare. Domani, alla luce del giorno, vedremo il da farsi.

I bagliori di un temporale lontano illuminavano i preparativi per la notte; Ayrton riuscì a staccare i buoi ed a sistemarli insieme ai quattro cavalli e Lord Glenarvan vide con piacere che egli dedicava al loro foraggio una cura ancora più minuziosa del solito, cosa della quale gli fu grato per la sempre maggiore importanza che gli animali avevano assunto. Dopo un pasto sommario i viaggiatori si addormentarono, chi sotto la tenda, chi sull'erba folta ai piedi degli alberi.

Verso le undici di notte il maggiore Mac Nabbs fu svegliato da una vaga luce che si muoveva sotto gli alberi, forse da attribuirsi al primo svilupparsi di un incendio. Il maggiore si alzò, camminò verso la luce e rimase non poco stupito quando vide davanti a sé un immenso campo di funghi che emettevano quella strana fosforescenza. Stava per svegliare Paganel allo scopo di farlo partecipe della sua scoperta, quando in quella mezza luce gli parve di vedere qualcuno attraversare la radura. Allora si gettò a terra e scorse distintamente parecchi uomini che si abbassavano e si rialzavano come se cercassero nel terreno delle impronte recenti.

Era necessario sapere che cosa cercavano quegli uomini ed il maggiore non esitò: senza svegliare nessuno, strisciò per terra e sparì tra le alte erbe che lo circondavano.

Quella notte fu particolarmente penosa, poiché verso le due si scatenò un uragano con pioggia torrenziale che obbligò i viaggiatori a rifugiarsi nel carro, non certo per dormire, ma per scambiare qualche parola in attesa dell'alba. Solo il maggiore taceva. Lord Glenarvan temeva che il temporale ingrossasse il fiume, rendendone impossibile il guado e mandò tre volte a verificare il livello delle acque. Larghe pozze giallastre e fangose ostacolavano il cammino e disincagliare il carro si faceva sempre più difficile.

Sorta l'alba, fu possibile la ricognizione: il pesante veicolo era sprofondato nel mezzo di una larga depressione ed il treno posteriore era immerso fino agli assali mentre l'anteriore spariva quasi per intero; certo l'operazione sarebbe stata difficile e le forze riunite dei buoi, dei cavalli e degli uomini non erano di troppo.

- E bisogna far presto, - osservò John Mangles - perché se lasciamo che il fango si secchi sarà ancora peggio.

Tutti gli uomini si inoltrarono quindi nella foresta in cerca dei buoi e dei cavalli che erano stati lasciati liberi ma impastoiati e, non trovandoli, si diedero a cercarli ed a chiamarli sparpagliandosi tra gli alberi. Nessun segno di vita. Passò così una buona ora in vane ricerche prima che un nitrito ed un muggito si facessero sentire.

- Oh, finalmente! - esclamò John Mangles slanciandosi avanti coi compagni, ma quale non fu la loro costernazione quando si trovarono davanti, a terra e già cadaveri, due buoi e tre cavalli, fulminati nello stesso modo inesplicabile degli altri! Non restavano più che un bue ed un cavallo, che avrebbero anche potuto bastare per il traino se il carro non si fosse trovato così gravemente incagliato.

- Che fare? - disse Lord Glenarvan. - Tenteremo con ogni mezzo di liberare il veicolo. Ma torniamo al più presto all'accampamento, dove sicuramente saranno in ansia.

Mezz'ora dopo, tutti erano riuniti attorno al carro e le signore furono informate della nuova situazione.

- Che peccato che al passaggio della Wimerra non abbiamo fatto ferrare da qual maniscalco tutti i nostri cavalli! - esclamò il maggiore, rivolto specialmente ad Ayrton.

- E perché, signore? - disse il quartiermastro.

- Eh diamine, non vedete che il cavallo che è stato ferrato è il solo che si sia salvato dall'epidemia?

- È vero! - ammise John Mangles. - Questo è proprio strano.

- Un caso e nulla più, - rispose freddamente Ayrton. Mac Nabbs parve voler aggiungere altro, ma si trattenne e si avviò verso il carro insieme al quartiermastro, mentre Lord Glenarvan domandava a John Mangles:

- Che cosa ha voluto dire il maggiore?

- Ma, non saprei. Certo egli non è uomo da parlare a vanvera.

- John, - interloquì Lady Elena - secondo me Mac Nabbs deve avere dei sospetti a carico di Ayrton...

- Ma quali sospetti? - ribatté Lord Glenarvan. - Che egli abbia ucciso i nostri cavalli e i nostri buoi? Ma con quale fine se il suo interesse è identico al nostro?

- Mio caro Edward, avete perfettamente ragione, - disse Lady Elena, - ed aggiungerei che il quartiermastro ci ha dato, sin dall'inizio del viaggio, prove incontestabili di dedizione.

Il capitano era d'accordo; ma come spiegare l'osservazione del maggiore? Bisognava chiarire il fatto. Paganel fece una osservazione assolutamente inopportuna: - Il maggiore per caso sta pensando che Ayrton sia d'accordo coi banditi?

Miss Grant lasciò cadere l'argomento e volle sapere di quali banditi si trattava. Il capitano intervenne precisando che Paganel si era sbagliato, in quanto, banditi, non esistono nello Stato di Victoria. Il povero geografo cercò di rimediare alla gaffe, chiamando in causa anche il clima australiano che era particolarmente adatto a demoralizzare i malviventi. Lady Elena lo fissava, e questo servì solo a togliergli il poco sangue freddo di cui era ancora dotato. Non volendolo imbarazzare ulteriormente, prese con sé miss Grant e la portò nella tenda, dove Olbinett stava preparando il pasto secondo le migliori regole dell'arte. Il commento di Paganel fu che era lui che avrebbe dovuto essere trasportato lontano dal luogo del misfatto. - Ne sono proprio convinto -; aggiunse Lord Glenarvan. E con questa risposta, pronunziata in un tono che fece trasecolare il povero geografo, Lord Glenarvan e Mangles andarono verso il carro.

Ayrton, Wilson e Mulrady si affaccendavano attorno al carro al quale erano stati attaccati il bue ed il cavallo; animali e uomini facevano sforzi disperati per strappare il veicolo alla tenace presa, ma invano; il fango già secco lo teneva in una morsa. Si sarebbe dovuto smontare pezzo per pezzo il carro, ma gli attrezzi mancavano. Tentare nuovi sforzi? Ayrton lo voleva, ma Lord Glenarvan vi si oppose:

- Basta Ayrton, - disse. - È necessario che noi risparmiamo quelle due povere bestie che ci restano. Se dovremo continuare la strada a piedi, sul cavallo monteranno le signore e sul bue caricheremo le provviste. Ed ora, amici miei, esaminiamo la situazione, valutiamo il pro e il contro e prendiamo una decisione.

Risollevate le forze con una buona colazione e fatto il punto, risultò che la comitiva si trovava sul 37° parallelo a 147° 53 di longitudine e precisamente in riva al fiume Snowy. La baia di Twofold si trovava esattamente a 150° e quindi la distanza da superare era di 75 miglia. Melbourne era invece distante almeno duecento miglia e non c'era quindi dubbio che conveniva puntare risolutamente su Twofold. Tutti furono d'accordo.

- E il *Duncan*, milord, - domandò ancora una volta Ayrton - non vi pare il caso di farlo venire alla baia?

- Che ve ne pare, John? - domandò Lord Glenarvan.

- Io credo che Vostro Onore non debba avere alcuna fretta al riguardo, - rispose il capitano dopo un momento di riflessione. - Ci sarà sempre tanto tempo per chiamare la nave a Eden, dove saremo del resto tra quattro o cinque giorni.

- Quattro o cinque? - ribatté Ayrton. - Calcolatene almeno quindici o venti, capitano. Vi attende la zona più difficile di Victoria, che manca di tutto, a quel che dicono gli allevatori, una boscaglia senza sentieri dove nessuno ha mai potuto stabilirsi. Si tratterà di marciare con l'ascia e la torcia in mano e, credete a me, non farete molta strada.

- Ebbene, vada per quindici giorni, - rispose John Mangles. - Tra quindici giorni Vostro Onore spedirà i suoi ordini al *Duncan*.

- Tenete ancora conto, - incalzò Ayrton - che le difficoltà principali non vi verranno dal terreno. Bisognerà prima attraversare lo Snowy attendendo la magra.

- Come, attendere la magra?! Non c'è un guado?

- Non credo; stamane l'ho cercato ma inutilmente. Lo Snowy in questa stagione ha una corrente impetuosa, è largo un buon miglio e neppure un ottimo nuotatore lo attraverserebbe senza pericolo. Mi sbaglierò, ma temo che tra un mese, se non arrivano soccorsi, saremo ancora qui ad attendere.

- E allora che cosa suggerite? - domandò Lord Glenarvan.

- Propongo che il *Duncan* lasci Melbourne e venga a Twofold rasentando la costa.

- Evvia, sempre il *Duncan*! Forse che la sua presenza nella baia ci renderà più facile arrivarci?!

Ayrton parve rimanere per un momento interdetto e poi disse incrociando le braccia:

- Non pretendo di imporvi la mia opinione. Parlo nell'interesse di tutti e per parte mia sono pronto a ripartire quando Vostro Onore ne darà il segnale.

- Questo non significa spiegarsi, Ayrton, - ribatté Lord Glenarvan. - Esponeteci il vostro piano: noi siamo qui per esaminarlo. Che cosa ci proponete?

- Ecco: nelle condizioni in cui ci troviamo io sconsiglio di avventurarci al di là dello Snowy. Meglio attendere i soccorsi qui, e i soccorsi non possono venirci che dal *Duncan*. Accampiamoci qui dove i viveri non fanno difetto e intanto qualcuno di noi porti a Tom Austin l'ordine di salpare seguendo la costa. Frattanto le acque dello Snowy scemeranno ed allora potremo trovare un guado; oppure, se occorrerà un canotto, avremmo il tempo di costruirlo. Ecco, milord, la linea di condotta che sottopongo alla vostra approvazione.

I viaggiatori si guardavano perplessi e piuttosto sorpresi per quella proposta inattesa che suscitava la particolare antipatia di John Mangles, ma Lord Glenarvan dichiarò:

- Bene, Ayrton. Le vostre idee meritano senza dubbio di essere prese in considerazione... hanno il difetto di farci perdere molto tempo, ma offrono tuttavia il vantaggio di farci risparmiare gravi fatiche e forse, anche reali pericoli. Che cosa ne pensate voi, amici miei, siete d'accordo?

- In mancanza di meglio, non ci resta altra soluzione, - rispose Mac Nabbs anche per gli altri.

- Bene, - concluse Lord Glenarvan - allora in generale siamo d'accordo. E voi, John, pensate che sia prudente accamparci qui in attesa dei mezzi di trasporto?

- Sì, purché il nostro messaggero riesca ad attraversare il fiume.

- Non occorre, - spiegò il quartiermastro. - Il messaggero andrà semplicemente a raggiungere la strada di Lucknow che lo porterà dritto a Melbourne.

- Bravo! Duecentocinquanta miglia da fare a piedi! - esclamò il capitano.

- Non a piedi, a cavallo, dal momento che abbiamo ancora un cavallo in perfette condizioni. Sarà questione di quattro giorni: aggiungetene due per il viaggio del *Duncan* da Melbourne alla baia e ventiquattro ore per giungere dalla baia all'accampamento, e in una settimana il messaggero potrà essere di ritorno con gli uomini dell'equipaggio.

Il maggiore approvava con la testa e, nonostante che John Mangles non ne fosse persuaso, il progetto finì per raccogliere i suffragi generali.

- Ora, amici miei, - disse Lord Glenarvan - si tratta di scegliere il messaggero. Non è il caso di farne mistero: la missione è faticosa e pericolosa; chi vuol sacrificarsi per i compagni portando il messaggio a Melbourne?

Wilson, Mulrady, John Mangles, Paganel, Robert stesso si fecero avanti. John Mangles insisteva in modo particolare, ma Ayrton, che non si era ancora pronunciato, intervenne dicendo:

- Se non spiace a Vostro Onore partirò io che già conosco il paese e sono abituato a cavarmela anche nelle situazioni più difficili. Una vostra parola mi accrediterà presso il comandante in seconda e tra sei giorni sono sicuro che il *Duncan* sarà nella baia.

- Ben detto, Ayrton; siete un uomo intelligente e coraggioso, - gli rispose Lord Glenarvan. - Partite dunque; fate presto e appena raggiunto Eden venite a cercarci qui nell'accampamento.

John Mangles fece ancora qualche obiezione osservando che la presenza di Ayrton poteva essere necessaria per ritrovare le tracce dei *Britannia* oppure del capitano Grant, ma il maggiore fece notare che nessuna ricerca poteva essere intrapresa finché la spedizione era ferma in quel posto; il quartiermastro fece quindi, con l'aiuto dei due marinai, i preparativi per la partenza. Un lampo di trionfo era brillato nei suoi occhi e per quanto egli si fosse affrettato a volgere altrove la testa, John Mangles, che diffidava di lui per istinto, se ne era accorto.

Intanto Lord Glenarvan si accingeva a scrivere l'ordine che doveva essere recato a Tom Austin; in esso egli disponeva che il *Duncan* raggiungesse senza ritardo la baia di Twofold e accreditava il quartiermastro come persona degna di fiducia. Arrivato a destinazione, Tom Austin doveva distaccare un drappello di marinai e metterlo a disposizione di Lord Ayrton. Glenarvan era a tale punto della sua lettera quando Mac Nabbs, che seguiva con gli occhi la scrittura, gli domandò come avrebbe scritto il nome di Ayrton.

- Diamine, come si pronuncia! - rispose il lord.

- No, siete in errore, - gli rispose con la consueta placidità il maggiore; - si pronuncia Ayrton, ma dovete scrivere Ben Joyce!

Capitolo XI

...Aland! Zealand

Quel nome: Ben Joyce, pronunciato così a bruciapelo, fu come un colpo di fulmine a ciel sereno. Ayrton si era raddrizzato di colpo impugnando una rivoltella: una detonazione, e Lord Glenarvan cadeva al suolo colpito da un proiettile. Colpi di fucile venivano anche dalla foresta; John Mangles ed i due marinai, superata la prima sorpresa, non ebbero neppure il tempo di gettarsi sul bandito: questo era sparito per raggiungere la sua banda disseminata in agguato nei paraggi.

Lord Glenarvan, ferito solo leggermente, stava già alzandosi, ma occorreva mettersi al coperto e John Mangles si affrettò a trascinare le due donne nel carro, dove gli uomini, impugnate le carabine, si appostarono in difesa.

La scena si era svolta in un lampo e il capitano scrutava ora invano i bordi della foresta; le detonazioni erano subito cessate ed il silenzio più profondo dominava tra gli alberi dai quali saliva qualche spira di fumo biancastro. John Mangles e il maggiore si spinsero tuttavia in ricognizione fin nell'interno, ma il luogo era stato abbandonato e la presenza dei banditi era rivelata dalle loro orme e da alcune micce semiaccese che stavano consumandosi al suolo.

- Sono spariti, - concluse John - ma la loro fuga mi inquieta. Avrei preferito averli faccia a faccia: piuttosto una tigre in piena vista che un serpente tra l'erba. Sarà meglio esplorare attentamente i cespugli attorno al carro.

Ma i banditi si erano dileguati e dai limiti del bosco fino alla riva del fiume non ce n'era più traccia; l'improvvisa sparizione non significava tuttavia una assoluta sicurezza e da quel momento il carro, divenuto fortezza, fu il centro dell'accampamento attorno al quale due uomini furono costantemente di guardia.

Prima cura di Lady Elena, che al momento dell'aggressione si era gettata animosamente sul marito, fu quella di curarne la ferita; messa a nudo la spalla, si constatò che il proiettile aveva solo colpito di striscio senza ledere né ossa né organi interni; l'emorragia era forte, ma fortunatamente non era stato leso alcun nervo, per cui Lord Glenarvan, ricevuta un'appropriata medicazione, volle che nessuno più si occupasse di lui e che si pensasse invece alla situazione di tutti. Salvo i due marinai che vigilavano all'esterno tutti si rifugiarono dunque alla meglio nel carro, dove Mac Nabbs fu invitato a raccontare ciò che sapeva.

Egli dovette quindi informare anzitutto Lady Elena di ciò che essa non sapeva, e poi spiegare come aveva fatto a riconoscere nel quartiermastro Ayrton il delinquente Ben Joyce. Raccontò di aver diffidato fin dal principio della nuova recluta; due o tre segni appena percettibili, uno sguardo che aveva scambiato col maniscalco, la sua riluttanza ad attraversare i centri abitati, l'insistenza a voler far trasferire il *Duncan* alla costa, la strana morte degli animali affidati alle sue cure, infine la poca franchezza del suo contegno in genere, tutti quei particolari riuniti avevano finito per rafforzare i sospetti di Mac Nabbs. Non erano tuttavia che sospetti, ma la notte precedente, strisciando tra i cespugli, il maggiore aveva visto alla luce fosforescente dei funghi tre uomini che esaminavano le impronte del suolo e tra essi aveva riconosciuto il maniscalco di Black Point. «Sono loro», diceva uno dei tre. «Sì, ecco il marchio del trifoglio», rispose l'altro. «I cavalli sono tutti morti. Che veleno quel gastrolobio! E non c'è bisogno d'andare a cercare lontano. Ce n'è da appiedare un intero reggimento di cavalleria!» Poi tacquero, e si allontanarono. Mac Nabbs ne sapeva abbastanza, ma cercò di seguirli. «Un uomo in gamba, Ben Joyce», disse ancora il maniscalco, «un famoso quartiermastro con la sua invenzione del naufragio! Diabolico Ayrton, che colpo se il suo progetto riuscirà! Ma possiamo ormai chiamarlo Ben Joyce, se lo merita». In quel momento i tre malandrini uscirono dal bosco ed al maggiore non occorreva altro; tornò quindi all'accampamento.

- E così, - concluse Lord Glenarvan pallido per la collera - Ayrton ci avrebbe trascinati fin qui per spogliarci ed assassinarci? E dalla Wimerra in poi la banda ci segue e ci spia in attesa dell'occasione favorevole?

- Precisamente, - rispose il maggiore tra il silenzio meditabondo di tutti.

- Ma allora quel miserabile non è affatto un marinaio del *Britannia* e insieme al nome di Ayrton ha rubato anche il contratto di ingaggio a bordo?!

- Ecco - rispose Mac Nabbs sul quale tutti gli sguardi si appuntavano - le certezze che si possono ricavare da una situazione così oscura. Secondo me Ayrton si chiama realmente Ayrton e Ben Joyce è il suo nome di battaglia. Nessun dubbio che conosca il capitano Grant e che sia stato quartiermastro a bordo del *Britannia*; troppi particolari da lui forniti lo comprovano. Ma è certo che Ayrton e Ben Joyce sono una persona sola, una persona che, dopo essere stata marinaio a bordo del *Britannia* è diventata capo di banditi.

- D'accordo, - disse Lord Glenarvan - ma sarebbe assai importante sapere come e per quali eventi il quartiermastro di Harry Grant si trova in Australia.

- Questo non si può ancora sapere, ma l'avvenire ce lo spiegherà. Ayrton era certamente alla fattoria di Paddy O'Moore con intenzioni criminali; gli si è presentata un'occasione e dopo avere ascoltato il racconto di Lord Glenarvan ne ha approfittato. Alla Wimerra ha potuto abboccarsi con un complice, il maniscalco di Black Point e di là ha lasciato tracce facilmente riconoscibili del nostro passaggio. La banda ci ha pedinato, una pianta velenosa ha permesso ad Ayrton di privarci di cavalli e di buoi, poi, giunto il momento buono, ci ha impantanati nel fango dello Snowy ed abbandonati ai banditi suoi complici.

Mangles vide che miss Mary era impallidita e dava segni di disperazione. Egli capì cosa passava per la mente della ragazza: piangeva; pensava a suo padre. La scoperta del tradimento di Ayrton aveva distrutto le sue speranze. Il bandito, per accaparrarsi Lord Glenarvan, aveva finto un naufragio. Nelle conversazioni captate dal maggiore, i banditi l'avevano chiaramente detto. Il *Britannia* non era mai andato a finire sugli scogli della baia di Twofold. Suo padre non aveva mai posato il piede in territorio australiano. Per la seconda volta l'interpretazione errata del documento aveva gettato su una falsa pista i ricercatori dei superstiti del *Britannia*.

Tutti, davanti ad una simile situazione, davanti al dolore di due ragazzi, stettero in completo silenzio. Chi avrebbe potuto trovare qualche parola di speranza? Robert piangeva tra le braccia della sorella. Paganel era fuori di sé per aver sbagliato l'interpretazione del documento due volte. Lord Glenarvan nel frattempo si intratteneva con Mulrady e Wilson, che stavano di guardia fuori del campo. Un profondo silenzio regnava sulla pianura, e grandi nuvole incombevano sotto la volta celeste.

In una atmosfera del genere, il minimo rumore sarebbe stato percepito; ma attorno regnava un profondo silenzio. Chiaramente Ben Joice e soci dovevano ormai essere ad una distanza considerevole, tanto più che gli animali non davano segni di pericolo con le grida e con la fuga.

- Forse non si sentono abbastanza in forze per attaccarci, - osservò Mulrady scrutando la foresta circostante.

- Sarà così, Mulrady. Sono in fondo dei vigliacchi; siamo bene armati e aspetteranno di attaccarci di notte. Ah, se potessimo abbandonare questo luogo maledetto e continuare il nostro viaggio! Pagherei a peso d'oro una zattera che ci portasse sull'altra riva!

- Perché, - domandò Wilson - Vostro Onore non ci dà ordine di costruirla, la zattera? C'è tanto legname qui.

- No, mio caro; lo Snowy non è un fiume, è un torrente in piena!

Proprio in quel momento John Mangles, il maggiore e Paganel tornavano da un'ispezione lungo la riva.

- Le acque sono ancora salite, - dichiarò il capitano - e il passaggio non è assolutamente consigliabile, ma qualche cosa bisogna pur fare e ciò che era buono prima della scoperta del tradimento lo è ancora adesso. Urgono soccorsi e se non si può andare alla baia di Twofold, bisogna andare a Melbourne. Ci resta un cavallo; Vostro Onore me lo dia ed a Melbourne andrò io.

- Ma il tentativo è doppiamente pericoloso, John; ci sono duecento miglia da percorrere in un paese sconosciuto, e Ben Joyce coi suoi complici sorveglia senza dubbio i passaggi obbligati.

- Lo so, milord, ma bisogna ben arrischiare. Del resto Ayrton domandava otto giorni di tempo per essere qui coi marinai del *Duncan*, ed io mi accontento di sei. Ebbene, Vostro Onore, posso andare?

Si rinnovò allora la gara di generosità ed a Lord Glenarvan non rimase che far decidere alla sorte; nonostante le proteste generali volle anzi che tra i nomi figurasse anche il suo e fu, questa volta, irremovibile. Ma la sorte favorì Mulrady ed il bravo marinaio gettò un *hurrah* di soddisfazione, dichiarandosi pronto a partire senz'altro.

Lord Glenarvan doveva preparare intanto una nuova lettera destinata a Tom Austin, ma la ferita alla spalla glielo impediva ed incaricò Paganel di fargli da segretario. Lo scienziato era tormentato dall'idea fissa di strappare al famoso documento il suo segreto ed era quindi più distratto del solito. L'invito del lord lo scosse dai suoi pensieri e, strappato un foglietto dal suo taccuino, attese con la matita alla mano di scrivere quel che Lord Glenarvan gli avrebbe dettato.

- Ordine a Tom Austin, - cominciò il lord, - di prendere immediatamente il mare e di portare il *Duncan*...

Paganel ascoltava e scriveva e intanto i suoi occhi cadevano per caso sul numero della «Australian and New-Zealand Gazette» che era rimasto abbandonato a terra. Del titolo non si leggevano nel giornale ripiegato che le ultime due sillabe e Paganel, assorto nel suo pensiero, dimenticava Lord Glenarvan, la lettera, la dettatura.

- Ebbene, Paganel, - esclamò Lord Glenarvan - che cosa succede?

- Ah, scusatemi, milord, - rispose il geografo riscuotendosi mentre a voce bassa ripeteva: «*...aland! ...aland!*». Si era alzato e scuoteva il giornale come in preda a subitanea follia, mentre Lady Elena, Mary, Robert e Lord Glenarvan lo guardavano meravigliati. Finalmente si calmò, la luce che sembrava brillare nel suo sguardo si spense ed egli riprese il suo posto, dichiarando:

- Quando vorrete, milord, eccomi ai vostri ordini.

Lord Glenarvan riprese la dettatura e la lettera risultò così composta:

- Ordine a Tom Austin di prendere immediatamente il mare e di portare il *Duncan* sulla costa est dell'Australia a 37° di latitudine.

- «Dell'Australia»? - domandò Paganel come trasognato. - Ah sì, dell'Australia -. Finì la lettera, la presentò per la firma a Lord

Glenarvan che, in difficoltà per la ferita, se la cavò come meglio poté, chiuse e suggellò, e con mano che l'emozione faceva ancora tremare scrisse l'indirizzo:

«A Tom Austin - Secondo a bordo del panfilo *Duncan* - Melbourne».

Poi si allontanò dal carro gesticolando e ripetendo le parole per tutti incomprensibili: « *...aland*, *...aland*, *...Zealand*».

Il resto della giornata passò senza incidenti. Paganel aveva ritrovato il suo sangue freddo, ma nel suo sguardo c'era ancora qualche cosa di nuovo; egli pareva lottare con se stesso, come chi dica: «No, no, non mi crederebbero! E d'altra parte ormai è troppo tardi e non serve più». Con la carta alla mano diede tuttavia a Mulrady tutte le istruzioni che potevano giovargli e gli tracciò l'itinerario; tutti i sentieri della prateria guidavano verso la strada Lucknow-Melbourne e una volta raggiuntala si era al sicuro dagli agguati di Ben Joyce e dei suo complici.

Alle otto, nel buio più assoluto, il marinaio montò in sella e Lord Glenarvan gli consegnò una rivoltella a sei colpi e la lettera per Tom Austin, aggiungendo:

- Dirai che non perda un minuto e venga senz'altro alla baia di Twofold. Se non saremo là vorrà dire che non abbiamo ancora potuto traversare lo Snowy ed allora ci venga incontro senza indugio. Ed ora va, mio bravo, e che Dio ti guidi!

- Addio, milord, - rispose Mulrady con voce calma, e disparve per un sentiero che costeggiava l'orlo della foresta. Il temporale raddoppiava di violenza ed i viaggiatori si rifugiarono alla meglio nel carro, mentre John Mangles ed il maggiore vigilavano all'esterno.

Le due vigili sentinelle si sforzavano di resistere all'uragano e di aguzzare occhi ed orecchi in quelle tenebre propizie alle imboscate, quando in un momento di relativa calma un fischio giunse al loro orecchio. Ascoltarono, il fischio si ripeté e subito dopo una detonazione sorda, soffocata dal fragore della tempesta, gli rispose. Le tende di cuoio del carro si sollevarono ed apparve Lord Glenarvan, che aveva egli pure udito il fischio e lo sparo.

- Avete udito? - domandò. - Da dove viene?

- Da là, - rispose John Mangles indicando la direzione presa da Mulrady. - Forse da tre miglia di distanza.

- Andiamo! - dichiarò Lord Glenarvan, gettandosi la carabina sulla spalla.

- No, per carità! - esclamò il maggiore. - Questo è un tranello per allontanarci dal carro.

- E se Mulrady è stato raggiunto dai colpi di quei miserabili?

- Lo sapremo domani, - gli rispose il maggiore calmo come sempre, ma risoluto.

- Voi non dovete muovervi, milord; andrò io, - dichiarò John Mangles.

- Neppure voi! - ribatté Mac Nabbs con grande energia. - Vogliamo dunque farci uccidere alla spicciolata e metterci alla mercé di quei malfattori? Se Mulrady è caduto, non è una ragione perché le vittime si moltiplichino.

Il maggiore aveva ragione, ma Lord Glenarvan non si arrendeva; girava convulso attorno al carro tormentando la carabina ed il pensiero che uno dei suoi era abbandonato senza soccorso dopo essersi così generosamente offerto non gli dava pace. Nessuno sarebbe forse riuscito a trattenerlo se in quel momento un grido di aiuto non avesse raggiunto l'orecchio dei tre uomini. Veniva da meno di un quarto di miglio di distanza e dalla stessa direzione nella quale era esplosa la fucilata e Lord Glenarvan già si slanciava lungo il sentiero respingendo il maggiore, quando una voce dolente e disperata gridò a trecento passi dal carro: «Aiuto! Aiuto!» Allora anche John Mangles e il maggiore accorsero e pochi momenti dopo si imbatterono tra i cespugli in una forma umana che si trascinava gemendo. Mulrady era lì, ferito, morente, ed i compagni che lo sollevarono si sentirono le mani intrise di sangue. La pioggia raddoppiava di furia, il vento squassava rabbiosamente i rami degli eucalipti e fu in mezzo a tanto furore che Lord Glenarvan, il maggiore e John Mangles trasportarono il corpo di Mulrady.

Al loro arrivo tutti abbandonarono il carro ed il marinaio vi fu ricoverato. Il maggiore spogliò Mulrady dei suoi abiti zuppi di pioggia e di sangue e scoperse una ferita di pugnale al fianco destro. Penetrava essa fino a raggiungere organi vitali? Questo non si poteva dire, ma il sangue che usciva a getti intermittenti ed il pallore e la debolezza del ferito confermavano che le sue condizioni erano gravi. Mac Nabbs medicò tuttavia abilmente la ferita, dopo averla lavata con cura e riuscì a fermare l'emorragia.

Un quarto d'ora più tardi Mulrady aprì gli occhi, fece un lieve movimento e le sue labbra pronunciarono parole sconnesse, tra le quali «Milord... la lettera... Ben Joyce...»

Lord Glenarvan frugò nelle tasche del marinaio, ma la lettera per Tom Austin non c'era più~

Con l'alba la pioggia cessò e John Mangles con Paganel e Lord Glenarvan approfittarono della bonaccia per effettuare una ricognizione nei paraggi; giunsero fino al punto dove era stata consumata l'aggressione e vi trovarono due cadaveri, colpiti dai proiettili di Mulrady, uno dei quali era quello del maniscalco di Black Point. I tre uomini, ritenendo imprudente spingersi più oltre, tornarono all'accampamento consapevoli della gravità della situazione, che sconsigliava l'invio di un secondo messaggero a Melbourne.

- Eppure è necessario, milord, - disse John Mangles; - ritenterò io, se permettete.

- Ma no, John; non abbiamo più cavalli e ci sono duecento miglia di strada! - gli rispose Lord Glenarvan. - No, non ci separeremo più. Attenderemo otto giorni, quindici giorni che lo Snowy torni al livello normale; raggiungeremo la baia a piccole tappe e di là per una strada molto più sicura, manderemo al *Duncan* l'ordine di raggiungerci.

- È il solo partito ragionevole, - annuì Paganel.

- Quindi, amici, - concluse il lord - nessuna separazione. Il rischio di avventurarci nella boscaglia infestata dai briganti è troppo grave. E intanto che Iddio salvi il nostro povero marinaio e ci protegga tutti quanti.

Lord Glenarvan aveva due volte ragione: prima di tutto di impedire ogni tentativo isolato, e poi di attendere con pazienza sui bordi dello Snowy un passaggio praticabile. 35 miglia solamente li separavano da Delgate, la prima città di frontiera della Nuova Galles del Sud, dove si sarebbero potuti trovare mezzi di trasporto per arrivare alla baia di Twofold. Da lì si poteva inviare istruzioni per telegrafo a Melbourne.

Queste misure erano giuste, ma erano state adottate troppo tardi. Se Lord Glenarvan non avesse inviato Mulrady sulla strada di Lucknow, quanti dolori sarebbero stati risparmiati, per non parlare dell'imboscata al marinaio.

Tornando all'accampamento, egli trovò i suoi compagni molto eccitati. Sembrava che avessero riacquistato un po' di speranza. Infatti Mulrady cominciava a migliorare, al punto tale che chiamò presso di sé il maggiore, al fine di metterlo al corrente delle notizie apprese durante il suo breve viaggio.

Mac Nabbs raggiunse gli amici profondamente preoccupato. Ecco in sostanza quello che aveva saputo:

Mulrady aveva seguito, quanto più rapidamente poteva, il sentiero indicatogli, quando, percorse forse due miglia, alcuni uomini, forse cinque, si erano gettati davanti al suo cavallo. L'animale si era impennato ed il marinaio aveva fatto fuoco, gli era parso con successo perché aveva visto cadere due degli aggressori. Al lampo degli spari aveva riconosciuto Ben Joyce, ma non aveva avuto modo di rendersi conto di altro, perché aveva sentito un violento colpo al fianco destro ed era caduto riverso. Non aveva tuttavia perduto la conoscenza, ma doveva sembrare morto perché aveva sentito che lo stavano frugando nelle tasche ed una voce aveva esclamato: «Ecco la lettera!» «Dà qui», aveva risposto Ben Joyce, «ora il *Duncan* è nostro!».

Lord Glenarvan a quelle parole non poté trattenere un grido di disperazione. E Mac Nabbs continuò:

- «Ora voi altri», aveva continuato Ben Joyce, «riprendete il cavallo; tra due giorni sarò a Melbourne e tra sei alla baia di Twofold. Il luogo dell'appuntamento è là, e intanto milord e compagnia continueranno ad essere impantanati negli acquitrini dello

Snowy. Voi passate il fiume al ponte di Kemple-Pier, guadagnate la costa ed attendetemi; troverò il modo di farvi salire a bordo e quando saremo in mare con una nave come il *Duncan* l'Oceano Indiano sarà nostro» -. «*Hurrah* per Ben Joyce! » avevano gridato i banditi; il cavallo di Mulrady era stato rintracciato e ricondotto, e Ben Joyce era sparito al galoppo sulla strada di Lucknow mentre i banditi si allontanavano verso il fiume. Mulrady, per quanto gravemente ferito, aveva avuto la forza di trascinarsi fin dove i compagni lo avevano trovato ferito.

- Ebbene, è necessario che arriviamo alla costa prima di loro, - suggerì Paganel - passando lo Snowy al ponte di Kemple-Pier.

L'idea di passare il ponte non era assurda, bensì pericolosa, poiché i banditi potevano averlo presidiato in una trentina contro sette quanti erano loro, ma ad estremi mali ci vogliono estremi rimedi.

- Milord, - propose John Mangles - prima di accingerci ad attraversare il ponte ed a giocare la nostra ultima carta è meglio che io vi arrivi prima in ricognizione. Lasciate che vada.

- Vi accompagnerò, - aggiunse Paganel, ed i due partirono senz'altro, armati e muniti di viveri. Ricomparvero verso le undici molto stanchi per la marcia compiuta nella foresta.

- E così, avete trovato il ponte? - domandò Lord Glenarvan lanciandosi loro incontro.

- Sì, un ponte di liane, - rispose John Mangles. - I banditi devono essere passati, ma...

- Ebbene?... - insisté Lord Glenarvan che presentiva una nuova sciagura.

- Lo hanno bruciato dopo il loro passaggio, - disse Paganel.

Non era il momento di abbandonarsi alla disperazione, ma quello di agire. Il ponte era distrutto ma bisognava passare lo stesso e subito l'indomani mattina. John Mangles e Lord Glenarvan scesero a studiare il fiume allo scopo di organizzarne il passaggio.

Le acque ingrossate dalle piogge turbinavano con furore indescrivibile ed affrontarle era come votarsi a sicura morte.

Durante le lunghe ore perdute, Lady Elena, consigliata dal

maggiore, prestava a Mulrady delle cure più attente. Il marinaio si riprendeva, Mac Nabbs affermava che nessun organo vitale era stato leso. La debolezza del malato dipendeva esclusivamente dalla grande perdita di sangue. Così, bloccata la ferita chiusa, l'emorragia era solo questione di tempo e di riposo per arrivare ad una piena guarigione. Lady Elena aveva assegnato il primo scompartimento del carro al ferito. Mulrady si vergognava, per il posto da lui occupato sul carro era quello del milord, il quale dormiva in tenda. Disgraziatamente il passaggio dello Snowy fu impossibile il giorno successivo, 17 gennaio. Vedersi così bloccati esasperava Lord Glenarvan. Sua moglie ed il maggiore cercavano di calmarlo, ma tutti pensavano con terrore che in qualsiasi momento Ben Joyce avrebbe potuto impadronirsi della nave. Così, volendo vincere l'ostacolo del fiume, si costruì un canotto con grandi pezzi di corteccia dell'albero della gomma. Queste placche, molto leggere, erano tenute insieme da pezzi di legno rendendo l'imbarcazione un po' fragile. Il capitano e un marinaio tentarono la traversata del fiume, con quella specie di «canotto», nella giornata del 18. Ma, una volta in acqua, la corrente travolse l'imbarcazione e per poco i due non annegarono. Le giornate del 19 e 20 gennaio andarono perdute come le precedenti. Il maggiore e Lord Glenarvan risalirono il fiume per 5 miglia senza trovare un passaggio guadabile. Tutto il versante meridionale delle Alpi Australiane rovesciava torrenti d'acqua in quell'unico letto di fiume. Si dovette rinunziare a salvare il *Duncan*. Cinque giorni erano trascorsi dalla data di partenza di Ben Joyce. La nave doveva ormai essere alla costa e nelle mani dei banditi. Tuttavia non era possibile che questo stato di cose si prolungasse. Le crisi temporanee si esauriscono alla svelta, ed in ragione della loro violenza.

- Bene, ma che importa ormai?! Tanto è troppo tardi!

- Che Vostro Onore mi ascolti, - insisté il capitano.

Effettivamente Paganel, la mattina del 21, rilevò una diminuzione nel livello delle acque. L'informazione fu trasmessa al lord, il quale disse che ormai era troppo tardi. Il capitano ribatté che questa non era una buona ragione per stare immobili, tanto più che al *Duncan* potevano non ancora aver terminato le riparazioni. Uno o due giorni di ritardo sarebbero bastati per riprendere il mare.

- Avete ragione, John: non siamo che a trentacinque miglia da Delegate dove troveremo dei mezzi di trasporto e bisogna che arriviamo al più presto al mare. Partiamo!

La prima cosa da fare era costruire una barca di grandi dimensioni. John abbatté dei tronchi di alberi della gomma, coi quali mise insieme una zattera solida. Il lavoro fu lungo e la giornata finì senza che il lavoro fosse completato. Esso fu terminato il giorno seguente. Le acque dello Snowy si erano sensibilmente abbassate. Il torrente era tornato ad essere un fiume, ma la corrente era sempre forte. Tuttavia il capitano sperava, se fosse riuscito a dominare la zattera entro un certo limite, di raggiungere la riva opposta. Dopo pranzo fu imbarcato il quantitativo di viveri necessario per due giorni. Il resto fu abbandonato, insieme col carro e la tenda.

Mulrady si era ripreso abbastanza bene, e pertanto poteva farcela da solo. All'una, ciascuno aveva preso posto sulla zattera. Il capitano aveva installato a tribordo ed affidato a Wilson una specie di remo col compito di lottare contro la corrente cercando di limitare la deriva all'imbarcazione. John Mangles stava in piedi dietro, e contava di dirigere la zattera per mezzo di un remo da bratto. Lady Elena e miss Grant occupavano il centro della zattera, vicino a Mulrady; gli altri le circondavano, pronti ad intervenire in caso di bisogno. Il capitano spinse in acqua la zattera. Tutto pareva andasse per il meglio. Wilson resisteva alla deriva. Ma molto presto la zattera fu afferrata dai vortici, e cominciò a girare su se stessa.

Non vi era modo di controllare il moto circolare della zattera, che girava su se stessa vorticosamente; tuttavia tendeva a stare in mezzo al fiume. In quel momento si trovava a circa mezzo miglio distante dal punto di partenza. La corrente aveva un forza terribile. Superati i vortici, la zattera riprese a navigare più stabilmente e poco dopo si accostava alla sponda sinistra del fiume. Erano a non più di una cinquantina di tese, quando il remo di Wilson si ruppe. La zattera, non più controllabile, fu trascinata via dalla corrente.

John volle resistere, col rischio di spaccare il suo remo. Wilson, con le mani insanguinate, univa i suoi sforzi a quelli del suo capitano. Finalmente riuscirono a indirizzare la zattera sulla riva opposta del fiume. L'urto contro la riva fu tremendo. I tronchi si disunirono, le corde cedettero, e l'acqua invase la zattera. I viaggiatori fecero appena in tempo ad aggrapparsi ai cespugli della sponda. Tutti si salvarono, ma la maggior parte delle provviste e le armi, ad eccezione della carabina del maggiore, andarono perdute. Il fiume era stato finalmente attraversato, ma i viaggiatori ora erano praticamente senza viveri, a 35 miglia da Delegate, in mezzo ai deserti sconosciuti della frontiera dello Stato di Victoria. Si decise comunque di partire senza indugio. Mulrady sentiva che l'impresa era non senza rischi e chiese di restare sul posto, da solo, attendendo i soccorsi da Delegate.

Lord Glenarvan non ne volle sapere. Avrebbe impiegato tre giorni per arrivare a Delegate e cinque giorni per raggiungere la costa, cioè in gennaio. Ora, dopo il 16, il *Duncan* aveva lasciato Melbourne. Cosa importava qualche ora di ritardo? Il lord non volle saperne di abbandonare Mulrady in quel posto inospitale. - Faremo una barella e la porteremo a turno -. La barella fu costruita con rami di eucaliptus, coperti di fronde, e più o meno volentieri Mulrady dovette prendervi posto. Lord Glenarvan, insieme a Wilson, fu tra i primi a portare la barella. La situazione era veramente grave; non si andava più alla ricerca del capitano Grant. Il continente australiano, su cui egli non era mai stato, rischiava di trasformarsi in una tomba per coloro che avevano cercato di ritrovarlo. E quand'anche i suoi arditi compatrioti avessero raggiunto la costa australiana, essi non vi avrebbero trovato il *Duncan* ad esportarli per riportarli in Inghilterra. La prima giornata di marcia fu assai faticosa. Ogni 10 minuti veniva dato il cambio ai portatori della barella. La sera, dopo aver percorso 5 miglia, si accamparono sotto gli alberi della gomma. Le poche provviste salvate dal naufragio permisero di preparare un pasto frugale. Piovve per tutta la notte. Fattosi giorno, la marcia riprese. Il maggiore non ebbe occasione di sparare un solo colpo di fucile, poiché nel deserto non v'era ombra di selvaggina. Fortunatamente Robert scoprì un nido di otarde, con una dozzina di grosse uova che Olbinett fece cuocere sotto la cenere. La prima colazione del giorno 23 offrì come menù uova e piante di portulaca che crescevano in fondo ad un burrone. La strada divenne sempre più difficile. Erbe spinose crescevano tra la sabbia, strappando gli abiti e facendo sanguinare le gambe. Le due signore, molto coraggiose, non si lamentavano; andavano avanti ed incoraggiavano gli altri viaggiatori. La notte passò ai piedi del monte Bulla-Bulla, sui bordi del Creek di Jugalla. La cena sarebbe stata molto magra se il maggiore non avesse ucciso un grosso topo, chiamato «mus conditor», che gode di una ottima reputazione dal punto di vista alimentare. Olbinett lo fece arrostire ed il piatto fece bella figura. Bisognava accontentarsi. Il 24 i viaggiatori, stanchi ma senza perdersi d'animo, si rimisero in marcia. Dopo aver aggirato la base della montagna, essi traversarono delle grandi pianure in cui l'erba sembrava simile ai fanoni delle balene: per passarvi traverso occorreva abbatterla con l'ascia. Quella mattina non si parlò di mangiare. Sia la fame che la sete si fecero ben presto sentire; il tutto accentuato da una atmosfera bruciante. Lord Glenarvan e i suoi amici arrivavano a percorrere in un'ora soltanto mezzo miglio. Se la mancanza di acqua e di cibo si fosse prolungata sino a sera, nessuno di loro avrebbe potuto sopravvivere. Fortunatamente si trovò dell'acqua dentro «cefalotes», che sono specie di ciotole, piene di liquido, pendenti dai rami di arbusti coralliformi.

E l'acqua ridiede vita ai corpi stanchi e disidratati. Paganel pensò al cibo; egli aveva scoperto, nel letto asciutto di un torrente, una pianta le cui eccellenti proprietà gli erano state descritte da uno dei suoi colleghi della Società di Geografia. Questa pianta era il «nardou», una crittogama della famiglia delle marsileacee. Sotto le sue foglie, vi erano delle capsule disseccate. Pestate fra due pietre, davano una farina commestibile. Fu così che si poté gustare del pane rustico, Olbinett raccolse molte di queste piante, e così almeno il pane fu assicurato per alcuni giorni.

Il 25, Mulrady fece, per la prima volta, un pezzo di strada a piedi: la sua ferita era definitivamente cicatrizzata. La città di Delegate era distante ormai solo 10 miglia. Scesa la sera, la comitiva alzò l'accampamento alla frontiera dello Stato del Nuovo Galles del Sud. Una pioggia fine e penetrante cadeva da qualche ora. Non vi era nessuna possibilità di ripararsi; il capitano però aveva scoperto una capanna di taglialegna, abbandonata. Wilson volle accendere il fuoco onde preparare il pane, ma quando si trattò di dar fuoco a dei pezzi di legno morto, nessuno vi riuscì. Questo era uno di quei legnami che Paganel aveva elencato come non infiammabili. I viaggiatori dovettero rassegnarsi a stare all'umido. Anche se le meta era vicina, le forze cominciavano ad abbandonare la comitiva. Il giorno dopo si partì all'alba. Alle undici furono in vista della città di Delegate nella contea di Wellesley, a 50 miglia dalla baia di Twofold. A mezzogiorno, dopo un buon pasto, tutti i viaggiatori, trovato finalmente un passaggio da una carrozza postale, lasciarono Delegate. I postiglioni, stimolati dalla promessa di una buona mancia, portarono la vettura su una strada ben tenuta. I cambi dei cavalli, che avvenivano ogni 10 miglia, venivano effettuati molto in fretta. Essi viaggiarono tutto il giorno ed anche tutta la notte, alla velocità di 6 miglia all'ora. Il giorno successivo, un sordo rumore annunziò la vicinanza dell'oceano. Fu necessario contornare la baia per raggiungere la riva al 37° parallelo, e cioè il punto stabilito per l'appuntamento ad Austin ed al *Duncan*. Non si vide alcun veliero. Restava una speranza ancora. Forse Austin aveva creduto di dover evitare di gettare l'ancora in un baia come la Twofold col mare cattivo, ed avesse deciso di recarsi ad Eden.

- Andiamo a Eden! - gridò Lord Glenarvan ai postiglioni, e la carrozza proseguì lungo la baia in direzione della cittadina di Eden, distante appena cinque miglia, arrestandosi vicino al faro che segnava l'entrata nel porto; ivi qualche nave era all'ancora, ma nessuna che recasse la bandiera di Malcolm. Allora Lord Glenarvan, John Mangles e Paganel raggiunsero la dogana dove interrogarono gli impiegati e consultarono la tabella degli ultimi arrivi. Da una settimana nessuna nave aveva gettato le ancore nella baia.

- Allora non è partito! - esultò Lord Glenarvan, che ora si aggrappava tenacemente alla speranza. - Allora siamo giunti in tempo!

Ma John Mangles scrollò melanconicamente la testa: egli conosceva troppo bene Tom Austin e non poteva credere che differisse di dieci giorni l'esecuzione di un ordine ricevuto.

- Dobbiamo assolutamente sapere che cosa è successo! - disse Lord Glenarvan. - Meglio la più dolorosa certezza che il dubbio - . E un quarto d'ora dopo un messaggio telegrafico correva sui fili in direzione del Sindacato degli agenti marittimi di Melbourne.

I viaggiatori si fecero frattanto condurre all'albergo Victoria dove neppure due ore dopo furono raggiunti da un telegramma che diceva: «*Duncan* partito 18 corrente destinazione ignota».

Il foglio cadde dalle mani di Lord Glenarvan. Nessun dubbio era più possibile. Il panfilo scozzese, caduto in mano di Ben Joyce, era ora una nave pirata!

Capitolo XII

Il «Macquarie»

Lord Glenarvan era disperato. Che si poteva fare ora che anche l'ultima speranza, legata al *Duncan*, era svanita come dissolta al sole, l'oceano davanti a loro, il deserto alle spalle?

Mary Grant accennò per la prima di abbandonare l'impresa e tornare in Scozia. John Mangles, invece, non si dava per vinto.

- No, signor John, ora dobbiamo pensare alle persone sacrificate per causa nostra. Bisogna che Lord Glenarvan torni subito in Europa.

- Avete ragione, miss Mary, occorre che le autorità inglesi siano subito informate, ma rinunciare ad ogni speranza no; riprenderò le ricerche da solo. Se sarà necessario, e ritroverò il capitano Grant oppure perirò nel mio tentativo.

L'impegno era solenne e Mary tese la mano al giovane con un gesto che significava riconoscenza senza limiti da parte sua per la nobile intenzione di ritrovarle il padre.

Fu deciso di guadagnare al più presto possibile la vicina Melbourne ma nessuna nave in quel periodo era in partenza per quella destinazione ed i servizi per la madre patria non partivano che da Melbourne oppure da Sydney o da Punta di Galles. Non restava che raggiungere Sydney per la strada costiera, ma Paganel ispezionando la baia aveva scoperto che una nave stava per partire con destinazione Auckland, la capitale dell'Isola del Nord nella Nuova Zelanda, da dove era possibile tornare in Europa coi servizi regolari della Compagnia Peninsulare.

La proposta meritava considerazione e John Mangles la appoggiò, pur giudicando prudente di prendere prima conoscenza della nave in questione, ancorata a due gomene dalla riva. Era un brigantino di 250 tonnellate, chiamato *Macquarie*, che faceva il cabotaggio tra i diversi porti dell'Australia e della Nuova Zelanda. Il comandante era un uomo grossolano e dai modi non meno rozzi di quelli dei suoi cinque marinai.

- Che cosa volete? - domandò ai viaggiatori che mettevano piede sulla sua tolda.

- Il *Macquarie* è in rotta per Auckland? - gli domandò Mangles.

- Sì, e poi?

- Che cosa trasporta?

- Tutto ciò che si compra e tutto ciò che si vende. E poi?

- Quando parte?

- Domani alla marea di mezzogiorno. E poi?

- Prendereste dei passeggeri? Porteranno le loro provviste. Sono dieci, tra cui due signore e si accontenteranno dello spazio che lascerete a loro disposizione. Accettate?

Will Halley fece un giro sul ponte battendolo coi suoi scarponi ferrati e poi si fermò di colpo davanti a John Mangles ed annunciò:

- Cinquanta sterline, ma per il semplice passaggio, senza vitto.

- Va bene, cinquanta sterline, - confermò John Mangles dopo aver dato un'occhiata interrogativa a Lord Glenarvan e stendendo la mano al comandante. Ma questi non se ne accontentò e volle una caparra concludendo:

- Domani a bordo prima di mezzogiorno. Ci siate o non ci siate, io parto.

Lord Glenarvan fece notare che il *Macquarie* non valeva il *Duncan* dal punto di vista dei comfort. Ma dopo quello che avevano passato, anche il *Macquarie* sembrava una reggia. Olbinett fu incaricato di provvedere agli approvvigionamenti. Il povero uomo era molto preoccupato per la sorte di sua moglie, che era rimasta sul *Duncan*. Tuttavia si dedicò al suo lavoro con il suo solito zelo.

Paganel acquistò una bellissima carta geografica della Nuova Zelanda. Mulrady stava ormai bene. Qualche giorno di mare avrebbe completato la sua guarigione. Wilson fu incaricato di disporre a bordo del *Macquarie* l'alloggiamento dei passeggieri. I locali cambiarono aspetto. Il capitano Halley non si curò affatto dei suoi passeggeri, di cui non conosceva neppure il nome.

Durante le ultime ore di quella giornata, il lord volle tornare sul punto della riva tagliato dal 37° parallelo. Due motivi lo spingevano. Egli desiderava visitare ancora una volta il luogo del presunto naufragio. Effettivamente Ayrton era stato il quartiermastro del *Britannia* e questa nave poteva essersi effettivamente perduta su questa parte della costa australiana, e precisamente su quella est. In mancanza del *Britannia*, era il caso di interessarsi al *Duncan*, che era caduto nelle mani dei pirati. Poteva anche esserci stata una colluttazione. Perché non cercare eventuali tracce di lotta. Se l'equipaggio fosse perito nel mare, le onde avrebbero dovuto gettare a riva qualche cadavere. L'esplorazione fu compiuta dal lord e dal capitano; e fu una cosa molto triste. Il capitano si dedicò con zelo ed intelligenza ad esaminare ogni tratto di riva, senza però trovare alcuna traccia che permettesse di iniziare a ragion veduta nuove indagini. Nessuna traccia del *Duncan* fu trovata. Tuttavia fu notato che sulla riva vi erano segni evidenti di un accampamento, resti di fuochi accesi.

Nessuna tribù nomade era passata in quei giorni da quella città, e pertanto si poteva dedurre che i briganti avevano frequentato quella parte della costa. Essi trovarono anche un camiciotto che portava il numero del penitenziario di Perth. I due uomini erano veramente preoccupati per la sorte dell'equipaggio, temendo per la loro vita. Lord Glenarvan era furente. Rimaneva da compiere una formalità, e cioè dichiarare al connestabile quanto era successo alla sua nave. La denuncia fu fatta la sera stessa al magistrato Thomas Banks che riuscì a stento a nascondere la sua soddisfazione per il fatto che Ben Joyce ed i suoi accoliti se ne erano andati lasciando l'Australia.

Questa notizia fu subito trasmessa per telegrafo alle autorità di Melbourne e di Sydney. Il capitano notò che Paganel era in preda ad una agitazione febbrile. Allora John, che già in precedenza aveva cercato di farlo parlare senza riuscirvi, lo portò nella sua camera e gli chiese la ragione per la quale egli era così nervoso. Paganel era contemporaneamente contento e scontento per il viaggio che stava per essere intrapreso verso la Nuova Zelanda.

Il giorno successivo, 29 gennaio, i passeggeri si erano installati sul *Macquarie*. Alle 12.30 la nave iniziò le operazioni di partenza. Il capitano Mangles osservava la goffaggine di certe manovre. Il battello comunque procedeva a velocità ridotta. Per quanto lentamente andasse, si poteva far conto di arrivare ad Auckland dopo 5 giorni.

Alle sette di sera, la costa australiana era scomparsa dall'orizzonte. Pioveva a dirotto, e quindi i passeggeri erano costretti a stare negli alloggi a loro assegnati. Paganel aveva approfittato di questo supplemento di viaggio per ripassare tutta la storia della scoperta della Nuova Zelanda e della sua conquista. Egli era poi impegnato nella traduzione della parola «contin», che non poteva far parte della parola «continente», in quanto le isole della Nuova Zelanda non potevano essere considerate un continente. Egli non riusciva a trovare la giusta interpretazione del messaggio di Grant, e la cosa lo tormentava.

Quattro giorni dopo la partenza il *Macquarie* non era neppure a due terzi della traversata; il comandante passava il tempo nella sua cabina ubriacandosi ogni giorno, i suoi marinai facevano lo stesso e la nave andava per grazia di Dio, obbligando talvolta John Mangles, Mulrady e Wilson ad intervenire per evitare un disastro. Mangles ne era preoccupato e ne parlò al maggiore ed a Paganel, il primo dei quali gli diede lo stesso consiglio che gli avevano dato Mulrady e Wilson:

- Quando ne crederete il caso, John, non dovrete esitare a prendere il comando del brigantino; arriviamo solo a Auckland e poi questo ubriacone vada a rovesciarsi dove vorrà!

- D'accordo, signor Mac Nabbs, - rispose John. - Fin che siamo in mare aperto basta un po' di sorveglianza, ma quando ci avvicineremo alla costa, se questo Will Halley non mette giudizio, confesso che sarà un bell'imbarazzo. Gli approdi sono estremamente pericolosi, trattandosi di una serie di piccoli *fjord* irregolari e capricciosi simili a quelli della Norvegia; gli scogli a fior d'acqua sono numerosi ed investirli significa perdere la nave per robusta che essa sia.

- E se questo avvenisse l'equipaggio non avrebbe altro scampo che quello di rifugiarsi sulla costa.

- Dura alternativa, - osservò Paganel - perché le coste della Nuova Zelanda non sono punto ospitali...

- Che cosa volete dire, signor Paganel? Alludete forse alle tribù selvagge dei Maori?

- Proprio! Non si tratta di australiani paurosi od abbrutiti, ma di una razza intelligente e sanguinaria, di cannibali ghiotti di carne umana ed incapaci di pietà.

- E così, se il capitano Grant avesse fatto naufragio sulle coste della Nuova Zelanda, voi non consigliereste di metterci a cercarlo?

La risposta di Paganel alla domanda del maggiore fu questa: - Se si tratta delle coste, sì, perché si potrebbero trovare tracce del *Britannia*, ma all'interno no, perché sarebbe inutile. Ogni prigioniero che finisce tra le mani dei Maori è portato nell'interno del paese e regolarmente ucciso. Non consiglierei ai miei amici una ricerca del capitano Grant per i sentieri della Nuova Zelanda.

La paura di Paganel era pienamente giustificata. Egli si dedicò a raccontare gli episodi più sanguinosi e più celebri della storia della conquista della Nuova Zelanda, a partire dal primo viaggio di Cook nel 1772.

Malgrado tutto, il viaggio verso Auckland continuava; il 2 febbraio, sei giorni dopo la partenza, la nave non era ancora giunta a destinazione. Il vento era favorevole, ma non le correnti marine. Sfortunatamente il capitano Halley non era un uomo frettoloso e quindi non aveva alzato tutta la velatura. Il capitano Mangles era molto seccato per la lunghezza del viaggio, in quanto i suoi passeggieri non erano certo sistemati in modo decoroso. Comunque le due donne non si lamentavano. I loro amici cercavano di distrarle; Paganel raccontava storie di mare e in parte riuscì a far passare il tempo senza noia. Lord Glenarvan era il più triste di tutti, in quanto non poteva certo dimenticare la sorte toccata alla sua nave e agli uomini del suo equipaggio. Il capitano Mangles non lo lasciava mai solo.

Lord Glenarvan passava quasi tutto il suo tempo in coperta, a spiare l'orizzonte.

- Se Vostro Onore cerca la terra - gli disse John Mangles che non lo perdeva mai d'occhio - guardi piuttosto verso la dritta.

- John, - rispose Lord Glenarvan - non è la terra che cerco, ma il mio panfilo, il *Duncan*! Dovrebbe essere in questi paraggi ad insidiare la rotta delle navi che vanno dall'Australia alla Nuova Zelanda. John, ho il presentimento che lo rivedremo!

- Che Dio ce ne guardi, milord! Che cosa faremmo su questo brigantino se i pirati gli dessero la caccia? Saremmo alla mercé di quei miserabili; e Ben Joyce ha dimostrato di non rifuggire dal delitto. Ci difenderemmo fino alla morte, ma dopo? Pensate, milord, a Lady Glenarvan ed a miss Mary!

- Povere donne! Ho il cuore spezzato e talvolta sento la disperazione che mi invade.

- Se Vostro Onore scorgesse il *Duncan*, che questo sia per fuggirlo!

John Mangles aveva ragione, ma per fortuna il sesto giorno dalla partenza trascorse senza che il *Duncan* apparisse. Invece la sesta notte fu terribile, perché alle sette di sera l'oscurità più fonda avvolse improvvisamente la nave ed il cielo si fece minaccioso. Allora l'istinto del marinaio prese il sopravvento sulla ubriachezza e Will Halley comparve stropicciandosi gli occhi e scuotendo la testa enorme; aspirò l'aria ed osservò l'alberatura; il vento rinfrescava e portava direttamente verso la costa zelandese.

John Mangles era sempre più inquieto: ogni altra nave avrebbe retto benissimo, ma quel pesante brigantino poteva affondare in qualunque momento, perché l'acqua imbarcata non trovava sfogo: a fronteggiare il pericolo sarebbe bastato demolire a colpi di ascia una parte del parapetto, ma Halley non volle sentirne parlare; d'altra parte il *Macquarie* era minacciato da un guaio assai più grave per il quale non c'era più modo di provvedere.

Verso le undici e mezzo John Mangles e Wilson, che stavano sottovento vicino alla murata, furono colpiti da un nuovo rumore che il loro istinto marinaro non tardò ad identificare.

- La risacca, - esclamò Mangles prendendo la mano del marinaio.

- Sì, l'onda incontra un ostacolo ad un paio di gomene di distanza.

John Mangles si sporse, guardò i flutti oscuri e gridò: - Lo scandaglio, Wilson! Lo scandaglio!

Il comandante era a prua come se non dubitasse di nulla, ma non si oppose, e Wilson lasciò scorrere la corda dello scandaglio, la quale si fermò al terzo nodo.

- Tre braccia! - gridò il marinaio.

- Capitano, - disse John precipitandosi verso Halley - siamo sugli scogli!

Halley alzò la spalle, ma John non gli badò e corse al timone spingendo da un lato il timoniere, mentre Wilson manovrava la vela di gabbia per mettere la nave al vento. Il fianco di dritta della nave sfiorò gli scogli e John, nonostante l'oscurità, percepì la linea della risacca che biancheggiava a quattro braccia di distanza. Ma di lì a poco il rumore della risacca raddoppiò a dritta e fu necessario virare ancora contro il vento per riprendere il largo. Sarebbe riuscita la manovra con una nave male equilibrata e con la velatura ridotta? Era dubbio, eppure occorreva tentare.

Poco dopo il *Macquarie* si trovava vicino ad una nuova linea di scogli, nella schiuma prodotta dall'uno delle onde contro le rocce. Il momento era critico; l'acqua riluceva come per un fenomeno di fosforescenza, il mare mugghiava sotto lo spesso del vento, Wilson e Mulrady premevano con tutto il loro peso sulla ruota del timone.

D'un tratto si sentì un urto sinistro: il *Macquarie* aveva investito una roccia; gli stragli spezzati del bompresso compromettevano la stabilità dell'albero di trinchetto e il vento, cadendo improvvisamente, impedì di colpo ogni manovra; una ondata enorme sollevò la chiglia e spinse la nave oltre gli scogli dove essa ricadde con estrema violenza; l'albero di trinchetto si schiantò con tutta la sua attrezzatura; il brigantino ebbe due scosse e poi restò immobile sbandando a dritta di trenta gradi.

I passeggeri si precipitarono all'esterno, ma le onde spazzavano il ponte da un'estremità all'altra e John Mangles, sapendo che la nave era solidamente incastrata nella sabbia, li pregò di rientrare.

- La verità, John? - domandò Lord Glenarvan.

- La verità, milord, è che per ora non andremo a picco. La nave potrà essere demolita dal mare, ma non ci mancherà il tempo di provvedere. È mezzanotte e converrà attendere il giorno.

- Si potrà mettere in acqua il canotto?

- Con questo mare e con questo buio no di certo. E d'altra parte dove approdare?

- Avete ragione, John; restiamo a bordo fino a giorno.

Will Halley correva su e giù per il ponte come un pazzo e i suoi uomini, riavutisi dal loro stupore, avevano sventrato un barile di acquavite e si erano messi a bere. Era facile prevedere che l'ubriachezza avrebbe dato luogo a scene terribili e che il loro comandante non sarebbe più stato in grado di dominare l'equipaggio; il miserabile si strappava i capelli e si torceva le mani pensando al suo carico che egli non aveva avuto l'accortezza di assicurare.

- Sono rovinato! Sono perduto! - urlava correndo da un bordo all'altro. John Mangles fece armare i compagni e tutti si tennero pronti a un'eventuale difesa.

Il mare si andava lentamente calmando e la nave poteva quindi resistere alcune ore. Mentre John Mangles rifletteva insonne sui pericoli della situazione, gli altri passeggeri riposavano fiduciosi, non più disturbati dalle urla degli ubriachi che si erano addormentati sotto l'effetto dell'alcool, e un'ora dopo la mezzanotte sul brigantino incagliato regnava il più profondo silenzio. Alle quattro John Mangles risalì sul ponte mentre le prime luci dell'alba apparivano ad oriente; il mare era calmo, le rocce nerastre spuntavano dall'acqua e infine una linea oscura si disegnò sopra la fascia di schiuma a meno di nove miglia di distanza.

- La terra, - gridò John Mangles e i suoi compagni si lanciarono sul ponte guardando in silenzio la costa che si adagiava all'orizzonte: ospitale o no, essa sarebbe stata il loro rifugio.

- E Will Halley dove sarà? - domandò Lord Glenarvan.

- Non c'è nessuno, né lui né i suoi marinai, - gli rispose John.

- Bisogna cercarli, - comandò Lord Glenarvan. - Non possiamo abbandonarli quassù.

Mulrady e Wilson scesero dal castello di prua e visitarono tutto il brigantino fino al fondo della stiva, ma non trovarono traccia né di Halley né dei suoi marinai.

- Caduti in mare?! - suppose Paganel.
- Pensiamo a noi. Al canotto! - rispose John Mangles, tuttavia preoccupato.

Mulrady e Wilson lo seguirono a poppa, ma il canotto era scomparso!

Will Halley ed i suoi uomini, approfittando della notte e del sonno dei passeggeri, erano fuggiti servendosi del solo canotto rimasto.

Capitolo XIII

Prigionieri dei Maori

Fu stabilito di scendere a terra, anche se il tentativo non era scevro di pericoli, ma la nave era votata ad una sicura e non lontana distruzione e non lasciava probabilità di salvezza, tanto più che l'incidente era avvenuto fuori dalle rotte frequentate ed anzi in un punto della costa che le navi evitavano come pericoloso.

La partenza fu fissata per l'indomani mattina, 5 febbraio, all'ora della marea montante; una zattera era stata approntata: era solida, facile da dirigere e capace di superare col suo carico di passeggeri e di viveri le nove miglia che la dividevano dalla terra. La nave era stata smantellata a colpi di ascia di tutte le sue attrezzature le quali, legate solidamente e sorrette da una mezza dozzina di barili vuoti, formavano una robusta piattaforma col pennone del piccolo parrocchetto piantato a guisa di albero e munito di una vela di fortuna; un grande remo fissato a poppa avrebbe servito da timone. il vento era favorevole.

Questa zattera, costruita nelle migliori condizioni, poteva resistere alle scosse del mare. Ma avrebbe potuto essere governata ed indirizzata verso la costa, anche nel caso in cui il vento avesse cambiato direzione? Alle nove cominciarono le operazioni. In primo luogo furono caricati i viveri in una quantità tale da poter durare sino all'arrivo ad Auckland. Le riserve di Olbinett fornirono della carne conservata, che era quanto avanzato dalle provviste acquistate dal *Macquarie* per la traversata sino ad Auckland. Poca cosa, insomma. Anche il resto delle provviste di bordo, di qualità notevolmente mediocre, fu messo in casse chiuse ermeticamente, impermeabili all'acqua di mare, poi furono piazzate sulla zattera, vicino all'albero di fortuna. Anche le armi e le munizioni furono messe in luogo sicuro ed asciutto. Anche un'ancora fu imbarcata nel caso in cui John, non potendo raggiungere la terra a bordo della zattera, fosse stato obbligato a fermare la zattera al largo. Alle dieci l'onda cominciò a farsi sentire. Il vento soffiava debolmente da nord-ovest. Il capitano dette a questo punto l'ordine d'imbarco per i passeggeri. La vela fu spiegata e la zattera cominciò a dirigersi verso terra sotto la doppia azione della marea e del vento. La costa era a 9 miglia, distanza che un canotto dotato di buoni remi avrebbe potuto coprire in tre ore. Ma con la zattera, era un'altra cosa. Se il vento avesse tenuto, si poteva arrivare a terra durante una sola marea. Ma se il vento fosse calato, il riflusso avrebbe prevalso, e sarebbe stato necessario mollare l'ancora, onde attendere la marea successiva. Il tutto non mancava di preoccupare il capitano.

Il vento rinfrescava. L'inizio della traversata fu felice. A poco a poco gli speroni rocciosi e il tappeto giallo dei banchi sparirono sotto le onde. Attenzione e abilità erano necessarie per evitare le rocce sommerse, e dirigere una zattera poco manovrabile e sempre soggetta ad assecondare la marea. Alle dodici si era ancora a 5 miglia dalla costa. Un cielo molto limpido permetteva di distinguere i principali movimenti del terreno. Al nord-est vi era un monte alto 800 metri. Si disegnava sull'orizzonte in modo strano: pareva il profilo di una testa di scimmia, con la nuca rovesciata. Alle 12,30 Paganel fece notare che tutti gli scogli erano spariti sotto la marea montante. Salvo uno, osservò Lady Elena. Non si trattava di uno scoglio, ma di un oggetto che saliva o scendeva a seconda del moto ondoso. Il capitano comprese che si trattava del canotto della nave, con la chiglia rovesciata. - I disgraziati! Sono morti tutti. D'altronde non poteva capitare loro altro che questo, navigando di notte in mezzo agli scogli, su un mare in tempesta -. Mary Grant chiese al Cielo di aver pietà delle loro anime. Glenarvan fece osservare che quel canotto poteva essere utile. Mulrady fece notare che il canotto era vuoto ed il suo fasciame scollato; era quindi inutilizzabile. Il giovane capitano dette allora l'ordine di puntare sulla costa. La marea doveva ancora salire per circa un'ora. Furono percorse ancora 2 miglia. Ma a quel punto il vento calò quasi completamente, e in più sembrava che avesse la tendenza a spirare da terra. La zattera rimase immobile; molto presto essa andò alla deriva verso il mare aperto. Mulrady lasciò cadere l'ancora in un fondo di 5 braccia. La zattera arretrò per due tese sul gherlino molto teso. La vela di fortuna era imbrigliata. Furono prese le disposizioni necessarie per una lunga sosta. Effettivamente il mare non doveva invertire il suo moto prima delle nove di sera, e dato che a Mangles non piaceva navigare di notte, egli sarebbe stato bloccato sino alle cinque del mattino. La terra era in vista a non più di tre miglia. Lord Glenarvan, quando venne a sapere che si sarebbe passata la notte a bordo, chiese al capitano la ragione per la quale non approfittava del moto ondoso per accostarsi alla riva. Il capitano rispose che erano sotto l'effetto di un'illusione ottica. Quantunque sembrasse che il mare portasse a riva, in realtà non si faceva che ondeggiare rimanendo fermi sul posto. Olbinett poté offrire un modesto pasto, costituito da pezzi di carne secca e da qualche biscotto. Il tutto fu accettato volentieri da parte dei viaggiatori.

La notte si avvicinava; il sole stava per scomparire dalla linea dell'orizzonte. Il rapido crepuscolo si tramutò nella scura notte. Nessuno riuscì a prendere sonno e al levar del sole tutti accusavano una stanchezza insopportabile. Con la marea montante, il vento riprese a soffiare dal largo. Erano le sei del mattino. Il capitano dette tutte le disposizioni per riprendere la navigazione: ordinò di levare su l'ancora; questa però si era incastrata sul fondale e non fu possibile issarla a bordo. Il capitano dette disposizione di tagliare il gherlino. Fu issata la vela, e la zattera si diresse lentamente verso terra. Alle nove, la terra distava un miglio. Essa era riparata dagli scogli; bisognava cercare un passaggio non pericoloso. Il vento diminuì poco a poco, sino a quando cessò completamente. La vela inerte batteva sull'albero. John la fece arrotolare. Solo le onde trasportavano la zattera verso la costa. Enormi alghe ne ritardavano l'avanzata. Alle dieci, John si constatò che erano praticamente immobili, distanti tre gomene dalla riva, Dato che non avevano più l'ancora, c'era il rischio che la zattera riprendesse il largo. Finalmente la zattera arenò, bloccata su un fondo di sabbia, 225 braccia dalla costa. Quattro uomini si gettarono in acqua. La zattera fu saldamente legata agli scogli; le signore furono portate a riva in braccio, e scaricati armi e viveri.

Lord Glenarvan avrebbe voluto iniziare la marcia verso Auckland senza perdere neppure un istante, ma dal mattino il cielo era ingombro di nubi minacciose e l'arrivo a terra fu salutato da una violenta pioggia. Si cercò rifugio in una grotta scavata dal mare nelle rocce basaltiche e poiché le onde vi avevano accumulato delle alghe secche e dei rottami di legno, la comitiva poté riposarsi e riscaldarsi al calore di un allegro fuoco.

Le ore passavano, la pioggia non diminuiva di violenza e non c'era che d'attendere pazientemente; del resto Auckland non era che a qualche giorno di marcia e dodici ore di più o di meno non pregiudicavano nulla, purché non si fossero verificati cattivi incontri.

Approfittando della sosta imposta dalla pioggia torrenziale che impediva ai viaggiatori di proseguire verso Auckland, la Nuova Zelanda fu l'argomento di una lunga conversazione, durante la quale furono ricordate le spedizioni condotte alla scoperta di quelle isole, le guerre condotte contro gli abitanti indigeni, che, contrariamente a quelli Australiani, erano feroci e cannibali. Praticamente i Maori erano perennemente in lotta con gli Europei; e bisognava badare a non cadere prigionieri, perché si rischiava regolarmente la vita. Per quanto concerneva il capitano Grant, Paganel fece presente che, se un prigioniero dei Maori non riusciva a fuggire entro un anno dalla cattura, si poteva arguire senza dubbi che era stato massacrato.

La pioggia cessò nella notte e la mattina dopo, 7 febbraio, Lord Glenarvan diede l'ordine di partenza. Paganel aveva calcolato sulla carta una distanza di ottanta miglia, cioè un viaggio di otto giorni in ragione di dieci miglia al giorno; ma se, invece di seguire le sinuosità della costa, si fosse puntato sulla confluenza del Waikato col Waipa, si sarebbe raggiunta la strada carrozzabile che attraversa parte dell'isola dalla baia di Hawkes fino a Auckland e che passa per Drury dove c'era la possibilità di riposare in un eccellente albergo.

Ogni viaggiatore trasportava il suo carico di viveri e la comitiva cominciò a costeggiare il mare con le carabine in pugno, tenendosi prudentemente compatta ed esplorando con lo sguardo le ondulazioni che si stendevano ad oriente.

Durante una parte della giornata la compagnia camminò su della sabbia composta di residui di conchiglie bivalve, di ossidi seppia, e di un misto di perossido e di protossido di ferro. Sulla spiaggia carezzata dalla marea montante c'erano animali marini, poco inclini a fuggire: foche ed elefanti marini. Robert sosteneva che le foche mangiassero sassi. La spiegazione, come al solito, fu fornita da Paganel. Egli spiegò a Robert che i sassi ingoiati dalle foche servivano ad aumentare il loro peso specifico per scendere più facilmente sul fondo marino. Una volta tornate sulla spiaggia, le pietre venivano regolarmente vomitate. Il lord però aveva fretta e pertanto ordinò di riprendere la marcia, che li portò, verso le dieci, ai piedi di grandi rocce basaltiche, simili ai dolmen celtici. Un banco di ostriche fornì una grande quantità di molluschi. Queste ostriche erano piccole e di ottimo sapore. Seguendo il consiglio di Olbinett, i molluschi furono posti sui carboni ardenti, ed apprezzati da tutti i componenti della comitiva. Finita la sosta, si continuò la strada, seguendo le coste della baia. Alle quattro del pomeriggio erano state percorse 10 miglia senza molta fatica. I viaggiatori chiesero di continuare la loro marcia sino a notte. A quel punto la direzione venne modificata: bisognava iniziare la scalata alla vallata del Waipa.

Da lontano il suolo aveva l'aspetto di una immensa pianura, che prometteva una facile passeggiata. Ma appena vi giunsero, furono disillusi. Il territorio era cosparso di cespugli di piccoli fiori bianchi, mescolati ad alte felci. Fu necessario aprirsi faticosamente una strada attraverso questa boscaglia. Tuttavia, alle otto di sera le prime colline degli Hakarihoata-Ranges furono aggirate, e dopo 14 miglia, fu organizzato come al solito l'accampamento. Scrupolose precauzioni furono prese per la notte: gli uomini vegliarono bene armati a due a due fino al sorgere del giorno, e non furono accesi fuochi per non attirare l'attenzione di eventuali banditi.

L'indomani, 8 febbraio, Paganel si svegliò di ottimo umore e quasi riconciliato col paese e coi Maori, che non lo avevano disturbato neppure nei sogni.

- Comincio a sperare, - disse a Lord Glenarvan - che questa nostra passeggiata possa aver termine senza complicazioni. Stasera saremo alla confluenza del Waipa col Waikato e allora, sulla strada di Auckland, un incontro con gli indigeni sarà assai meno da temere.

Lord Glenarvan chiese quale fosse la distanza da percorrere per arrivare alla confluenza del Waipa col Waikato; la risposta fu: - Circa 15 miglia, la stessa distanza percorsa ieri -.

Lord Glenarvan dette l'ordine di partire. Un po' prima di mezzogiorno la compagnia arrivò sulle rive del Waipa e risalì facilmente verso nord, lungo i sentieri del fiume. Era una bella vallata con acque fresche e pure. Tutti ammiravano la rigogliosa vegetazione della Nuova Zelanda, che comprende ben due mila specie di vegetali. Qua e là vi erano alberi tra le cui fronde svolazzavano pappagalli chiamati kakatoa e un'infinità di altri uccelli. Il maggiore e Robert, senza allontanarsi troppo dai compagni, uccisero dei beccaccini e delle pernici, che furono subito consegnati a Olbinett, per essere spennati e preparati per il pasto di tutta la compagnia.

Paganel avrebbe voluto catturare qualche uccello vivo, raro, presente solo in Nuova Zelanda, come il «tui», ma non riuscì nell'impresa. Ebbe maggior fortuna nella cattura di un animale bizzarro, scoperto da Robert: questi trovò in un nido un paio di polli senza ali né coda, con quattro artigli ai piedi, un becco lungo come quello dì una beccaccia e piume bianche sparse su tutto il corpo. Questo animale era chiamato dagli indigeni «kiwi». Paganel dovette contentarsi di riportare in Francia i due esemplari di «kiwì», che aveva tutte le intenzioni di donare all'Orto Botanico di Parigi.

Verso sera la comitiva discendeva senza difficoltà lungo la sponda del Waipa; il paese era deserto e nessun indizio tradiva la presenza dell'uomo; le acque scorrevano tra alti cespugli o lambivano rive sabbiose; gli sguardi si stendevano fino alle colline vulcaniche che chiudevano la valle verso oriente. Secondo la carta geografica di Paganel la confluenza era a meno di cinque miglia e l'accampamento per la notte sarebbe stato posto là dove passava la strada per Auckland. Sarebbero rimaste da percorrere cinquanta miglia: e questo poteva essere faccenda di tre giorni, oppure di otto ore, se la fortuna avesse voluto che la comitiva si imbattesse nella corriera che faceva servizio bimensile tra Auckland e la baia di Hawkes.

- In sostanza saremo costretti ad accamparci ancora una volta?! - domandò Lord Glenarvan.

- Sì, ma spero che sia l'ultima.

- Tanto meglio, dato che le due signore sono state sottoposte a dure prove, - disse Lord Glenarvan; - ed il capitano sopporta tutto senza lamentarsi. Ma se non mi sbaglio, Paganel parlava di un villaggio situato alla confluenza di due fiumi -. Il geografo rispose confermando: si chiamava Ngarnavahia, situato a due miglia circa sotto la confluenza. La possibilità di dormire sotto un tetto faceva sì che le due signore coprissero senza fatica le due miglia supplementari, pur di trovare un albergo. Paganel le disilluse, dicendo che non sarebbe stato possibile trovare in un villaggio maori un albergo; e comunque era meglio evitare le zone battute da quei feroci indigeni. Non si sapeva se la guerra tra inglesi e Maori fosse terminata o continuasse ancora. Solo dopo la località di Drury la situazione sarebbe stata differente, e le due signore avrebbero potuto godere del ben meritato riposo. L'opinione del geografo fu accettata. Lady Elena preferì trascorrere la sua ultima notte sotto le stelle, al fine di non esporre il resto della comitiva al pericolo di cadere nelle mani dei Maori.

Le prime ombre della sera cominciavano a scendere dalle montagne ed i nostri viaggiatori affrettavano il passo per non essere colti dalla notte; ma una spessa nebbia si levò da terra e soltanto l'udito li avvertì che le acque fruscianti del Waipa si incontravano con quelle del Waikato. Erano le otto di sera e Paganel esclamò:

- Il Waikato è là e la strada di Auckland risale la sua riva di destra.

- Bene, la raggiungeremo domani, - rispose il maggiore. - Accampiamoci in questo boschetto. Mangiamo e dormiamo senza perdere tempo.

- E sia, ma sarà prudente mangiare asciutto per non accendere fuochi. Siamo arrivati in incognito e cerchiamo di andarcene allo stesso modo.

Poco tempo dopo caddero tutti in un profondo sonno, stanchi d'una marcia di quindici miglia.

L'indomani i primi raggi del sole dissiparono la nebbia ed il corso del Waikato apparve in tutta la sua bellezza.

Un canotto lungo una ventina di metri, scavato in un unico tronco di abete e con la prua alta come quella delle gondole veneziane risaliva la corrente del Waikato; verso prua otto remi lo facevano scivolare sull'acqua mentre un uomo seduto a poppa ne dirigeva il corso per mezzo di una pagaia mobile. Era un indigeno di alta statura e di forse quarantacinque anni, dal largo petto, dalle membra muscolose, dai piedi e dalle mani potenti.

Che fosse un capo Maori di alto rango si capiva dal tatuaggio fitto ed elaborato che copriva il suo corpo ed il suo viso; la sua bocca dai denti bianchissimi ed il suo mento sparivano tra le eleganti e regolari volute che li circondavano fino al petto. Il tatuaggio è una forma di distinzione. Chi si è comportato da valoroso in combattimenti, ha diritto di farsi tatuare. Gli schiavi e la gente di basso rango non possono pretenderlo. I capi celebri vengono riconosciuti per la bellezza dei loro tatuaggi, per l'esattezza dei relativi disegni. Alcuni arrivano a farsi tatuare sino a cinque volte. In Nuova Zelanda, più si era illustrati, più si era illustri. Un francese, Durmont d'Urville fece una considerazione circa la differenza tra i tatuaggi neozelandesi, e gli armadi di certe famiglie europee. Questi ultimi attestavano solo il merito individuale di colui che, per primo, è riuscito ad ottenerlo senza che niente provasse circa i meriti dei suoi eredi; mentre gli armadi dei neozelandesi, costituiti dai tatuaggi, testimoniano in modo indiscutibile che, per avere il diritto di portarli, dovevano avere compiuto imprese personali straordinarie. D'altronde il tatuaggio maori possiede una indiscutibile utilità. Fornisce al sistema cutaneo un rinforzo di spessore, che permette alla pelle di resistere alle intemperie stagionali ed alle punture delle zanzare.

Per quanto concerneva il capo che dirigeva l'imbarcazione, non era possibile alcun dubbio sulla sua illustrazione. Il suo volto era stato tatuato ben cinque volte. Egli era alla quinta edizione, e questo si poteva constatare dal suo comportamento altero. Il suo corpo era cinto da un perizoma insanguinato e drappeggiato in una vasta stuoia guarnita di pelli di cane.

Vicino a lui nove guerrieri di rango minore, armati, e tutti di aspetto feroce, qualcuno sofferente di ferite recenti, avvolti nei loro mantelli di stuoia, conservavano un'immobilità assoluta. Gli otto rematori sembravano degli schiavi e poiché remavano con vigore, l'imbarcazione risaliva benissimo controcorrente.

Al centro del lungo canotto, coi piedi legati ma con le mani libere, dieci europei stavano stretti in gruppo: erano Lord Glenarvan, Lady Elena, Mary Grant, Robert, Paganel, il maggiore John Mangles, Olbinett ed i due marinai. La sera prima la piccola comitiva, ingannata dalla nebbia folta, si era accampata proprio in mezzo agli indigeni e nella notte era stata sorpresa nel sonno, fatta prigioniera e trasportata sull'imbarcazione. I viaggiatori non erano stati maltrattati, ma nessuna resistenza era stata possibile, perché fucili e munizioni erano cadute per le prime nelle mani degli aggressori e chi avesse reagito sarebbe stato subito abbattuto dalle sue stesse armi.

I nostri viaggiatori non tardarono a capire, grazie a qualche parola inglese della quale era infarcita la lingua degli indigeni, che questi si rifugiavano sconfitti nei territori dell'alto Waikato. Il capo Maori, perduti i suoi migliori guerrieri, tornava tra i suoi per un nuovo reclutamento: era bravo, audace, crudele, si chiamava Kai-Koumou, cioè «colui che mangia le membra del suo nemico», e poiché sulla sua testa era stata messa una taglia dagli inglesi, non c'era da attendersi da lui alcuna pietà.

Questo colpo terribile aveva sorpreso Lord Glenarvan nel momento in cui stava per giungere al porto di Auckland, da dove sarebbe rientrato in Europa. Nelle circostanze gravi, tuttavia, egli si mostrava all'altezza della situazione. Doveva dare l'esempio alle due donne e ai suoi compagni. Doveva essere pronto a morire per primo per salvare gli altri, nel caso le circostanze lo avessero richiesto.

Profondamente religioso, non voleva disperare della giustizia di Dio nei confronti della santità della sua impresa, e in mezzo ai pericoli che aveva trovato lungo la sua strada, non rimpianse lo slancio generoso che lo aveva portato sino a quel selvaggio paese.

I suoi compagni erano degni di lui; condividevano i suoi pensieri, e vedendoli con una espressione tranquilla e fiera, non si sarebbe creduto che fossero quasi certamente alla fine. Su consiglio del lord, e di comune accordo, avevano assunto indifferenza nei confronti degli indigeni. Era il solo modo per imporsi di fronte a nature così feroci. I selvaggi, ed in particolare i Maori, hanno un certo sentimento di dignità che non perdono mai. Essi stimano coloro che dimostrano sangue freddo e coraggio. Lord Glenarvan sapeva che, comportandosi così, egli risparmiava ai suoi compagni ed a lui stesso degli inutili e feroci maltrattamenti.

Gli indigeni non erano loquaci, ma il poco che avevano detto era bastato per rivelare che la lingua inglese era loro familiare, sicché Lord Glenarvan decise di interrogare Kai-Koumou.

- Dove ci conduci, capo? - gli domandò; e poiché questi lo guardò freddamente senza rispondergli, incalzò: - Che cosa vuoi fare di noi?

Gli occhi di Kai-Koumou ebbero un lampo e finalmente rispose con voce grave:

- Scambiarti, se i tuoi ti vogliono; ucciderti se ti rifiutano.

Lord Glenarvan non insistette, ma un filo di speranza gli affiorò dal cuore. Senza dubbio qualche capo importante dell'esercito maori era caduto nelle mani degli inglesi e gli indigeni pensavano di riscattarlo per mezzo di uno scambio; dunque una speranza di salvezza c'era e la situazione non era ancora volta al peggio.

Frattanto il canotto risaliva rapidamente la corrente e Paganel, che con la mobilità del suo temperamento francese stava quasi per rallegrarsi della prospettiva di essere trasportato per lo scambio verso gli avamposti inglesi, consultava attentamente la sua carta e seguiva i meandri del fiume attraverso pianure e vallate.

Il Waikato è il fiume nazionale della Nuova Zelanda. I Maori ne sono gelosi come i tedeschi del Reno e gli slavi del Danubio. Nel suo percorso di 200 miglia, esso bagna le più belle contrade dell'isola del Nord, dalla provincia di Wellington a quella di Auckland. Esso ha dato il suo nome a tutte le tribù rivierasche, che, indomabili, si sono rivoltate contro gli invasori bianchi. Solo qualche audace turista ha potuto avventurarsi fra le rive sacre del fiume; ai profanatori europei è vietato tassativamente l'accesso alla parte alta del corso del fiume.

Paganel sapeva tutto ciò. Egli non poteva immaginare quale fosse la decisione del capo maori nei confronti dei suoi prigionieri; però aveva sentito fare spesso il nome del lago Taupo. Egli consultò la sua carta, e vide che questo nome corrispondeva a quello di un celebre lago, nella parte più montagnosa dell'isola, all'estremità meridionale della provincia di Auckland. Il Waikato esce da questo lago. Ora, dalla confluenza al lago il fiume percorre circa 120 miglia. Rivolgendosi in francese a Mangles, al fine di non farsi capire dai Maori, lo pregò di stimare la velocità del canotto. John rispose che lo stesso percorreva circa 3 miglia all'ora. - Allora, - rispose il geografo, - se noi facciamo sosta durante la notte, il nostro viaggio sino al lago durerà circa 4 giorni -. Il lord si chiese dove fossero le postazioni inglesi. Paganel ripose che era difficile da sapere. La guerra si era spostata nella provincia di Taranaki e, secondo ogni probabilità, le truppe erano ammassate presso il lago. Lady Elena volse uno sguardo malinconico verso il marito, il quale però non volle far intendere al capo maori che la donna era sua moglie e perciò continuava a guardare con noncuranza le sponde del fiume.

L'imbarcazione, a mezzo miglio al di sopra della confluenza, era passata senza fermarsi di fronte all'antica reggia del re Potatau. Nessun altro canotto solcava le acque del fiume. Diverse capanne, sistemate lungo le rive a grande distanza, testimoniavano gli orrori di una recente guerra, a causa dei danni chiaramente visibili. Le campagne erano abbandonate, i bordi del fiume deserti. Diverse specie di uccelli acquatici animavano un po' la triste solitudine. Nella parte bassa del suo corso, il fiume scorreva tra vaste pianure. Successivamente una serie di colline costringeva il fiume a restringersi. A dieci miglia dalla confluenza dei due fiumi veniva indicava sulla carta la spiaggia Kirikiriroa. Ma Kai-Koumou non si fermò. Fece dare ai prigionieri i viveri che aveva sequestrato loro al momento della cattura. I suoi guerrieri e i suoi schiavi si accontentarono del vitto indigeno. Non un animale figurava tra il loro menù; la carne secca dei prigionieri non fu per niente presa in considerazione. Nel pomeriggio si incontrarono alcune colline sulla riva destra del fiume.

Il sole a poco a poco spariva all'orizzonte quando l'imbarcazione urtò contro una riva ingombra ghiaiosa; allora Kai-Koumou fece sbarcare i prigionieri.

L'indomani l'imbarcazione continuò a risalire il fiume con aumentata velocità ed alle dieci del mattino fu raggiunta da un canotto con parecchi indigeni che sembravano reduci da un sanguinoso combattimento; esso si affiancò al primo senza che agli europei fosse dedicata alcuna attenzione.

I nuovi venuti avevano combattuto di recente contro le truppe inglesi. Lo si vedeva dai vestiti e brandelli, dalle armi insanguinate, dalle ferite.

A mezzogiorno le cime del Maungatotari si disegnarono all'ovest. La vallata di Waikato cominciava a stringersi. Là, il fiume profondamente incassato, si scatenava con la violenza delle rapide. Ma il vigore degli indigeni, raddoppiato e regolato da un canto ritmato secondo il batter dei remi, tolse l'imbarcazione dalle acque spumeggianti. Le rapide furono lasciate indietro ed il fiume riprese il suo corso lento. Verso sera Kai-Koumou accostò ai piedi delle montagne i cui primi contrafforti cadevano a picco sugli stretti argini. Una ventina di indigeni, sbarcati dai loro canotti, prendevano ordini per la notte. Dei fuochi erano stati accesi sotto gli alberi.

Un capo, dello stesso valore di Kai-Koumou, avanzò e strusciando il suo naso contro quello di Kai-Koumou, gli dette il saluto cordiale di «chongui».

I prigionieri furono posti al centro dell'accampamento e sorvegliati a vista. La mattina successiva si riprese a risalire il fiume. Arrivarono altre imbarcazioni dagli affluenti laterali. Una sessantina di guerrieri, evidentemente i fuggiaschi dell'ultima insurrezione, erano riuniti, e più o meno dissanguati dalle pallottole inglesi, riguadagnavano i distretti di: montagna.

Un indigeno intonò il canto del misterioso «Pihe». La voce imponente echeggiava tra le montagne, e dopo ogni strofa, gli indigeni, picchiandosi il petto, che risuonava come un tamburo, riprendevano in coro la strofa bellicosa. Poi, con un nuovo sforzo sui remi, i canotti lottavano contro la corrente e volavano sulla superficie delle acque.

Durante la giornata un fenomeno curioso venne a caratterizzare la navigazione sul fiume, Verso le quattro, l'imbarcazione, senza rallentare la sua corsa, guidata dalla mano ferma del capo, si infilò in una stretta vallata. L'acqua vorticosa batteva contro le rive scoscese, mentre l'aria, carica di vapori di zolfo, rendeva il respiro faticoso. Gli indigeni non ci facevano caso, ma i prigionieri furono infastiditi da questi miasmi. Le imbarcazioni si avventurarono in mezzo a una nuvola di vapori bianchi. Verso est, dalla parte del lago Rotorua, ruggivano le terme e le cascate fumanti del Rotomahana e del Tatarata. La regione era piena di geyser, di crateri e di sorgenti solforose.

Per due miglia i canotti navigarono sotto questa cappa di vapori, poi la fumata solfurea si dissipò, e si poté respirare un'aria pura, rinfrescante. Prima della fine della giornata due rapide furono ancora rimontate: quella di Hipapatua e quella di Tamatea. La sera Kai-Koumou si accampò a 100 miglia dalla confluenza del Waipa e del Waikato. Il fiume, girando verso est, ritornava allora a sud del lago Taupo. Il giorno successivo Paganel, consultando la carta, riconobbe sulla riva destra il monte Taubara, alto circa 1000 metri.

A mezzogiorno il corteo delle piroghe entrava nel lago Taupo e gli indigeni salutavano gioiosi la bandiera che la brezza faceva sventolare sulla cima di una capanna.

Capitolo XIV

La morte di un capo Maori

Il lago Taupo è un abisso insondabile lungo venticinque miglia e largo venti, dominato da una cerchia di montagne e da rocce a picco; sovrastano a tutte i vulcani attivi Tongariro e Raupahù. Ad oriente il monte Manga viene a morire nel lago con le sue dolci ondulazioni, e là Kai-Koumou sbarcò i prigionieri con piedi e mani liberi, ma sorvegliati dai guerrieri. Ad un quarto di miglio di distanza, sul pendio della montagna, ma in posizione inespugnabile, appariva un *pah* o trinceramento fortificato e verso di esso furono guidati Lord Glenarvan ed i suoi; la fortezza era difesa da una prima solida palizzata alta quindici piedi, quindi da una seconda linea di pali e infine da una chiusura di vimini interotta da feritoie, la quale circondava una piattaforma occupata da costruzioni maori e da una quarantina di capanne disposte simmetricamente. Delle teste umane ornavano i pali della seconda cinta, testa di capi maori nemici vinti in combattimento. Paganel le riconobbe infatti per tali dalle loro orbite vuote, perché l'uso maori vuole che l'occhio dei capi uccisi in battaglia sia divorato e la testa, privata del cervello e dell'epidermide e con la bocca e le palpebre cucite, sia sottoposta ad una fumigazione di trenta ore e poi conservata come trofeo di vittoria.

- La capanna di Kai-Koumou sorgeva in fondo al *pah* ed aveva sul davanti un largo spiazzo: era formata di pali riuniti con rami intrecciati e rivestiti internamente di stuoie di formio ed era lunga una ventina di piedi; un'unica apertura serviva da porta ed era riparata da una spessa tenda vegetale.

Una sola apertura dava accesso alla capanna; un battente a bussola serviva da porta. Al di sopra il tetto si prolungava, in modo da fare da impluvium. La casa era ornata da figure scolpite. All'interno il pavimento era in terra battuta, e di un venti centimetri più in alto del piano del suolo. I letti erano fatti di materassi di foglie secche; il focolare consisteva in un buco fatto in una pietra; sul tetto un'apertura fungeva da camino, Accanto alla casa vi erano dei magazzini dove erano raccolte le provviste del capo, formio, patate, felci commestibili; vi erano anche forni dove venivano cotti diversi alimenti. Più lontano, vi erano maiali e capre. Dei cani correvano qua e là, cercando qualcosa da mangiare. Erano piuttosto malnutriti, in considerazione anche del fatto che i cani servivano giornalmente come cibo per Maori.

Lord Glenarvan aveva, con un colpo d'occhio, fatto il punto della situazione. Insieme ai compagni attendeva in una capanna le decisioni del capo, mentre doveva intanto sopportare le angherie di un gruppo di vecchie megere. Ogni tanto qualche parola veniva pronunciata in inglese e da cui i nostri eroi potevano capire che si chiedeva vendetta per i massacri dei bianchi nei confronti degli indigeni.

Lady Elena si comportava con spirito di rassegnazione, ma mostrava anche un coraggio insolito. Mary si sentiva svenire, ma il capitano le stava sempre accanto, pronto a farsi uccidere pur di difenderla. I loro compagni sopportavano le invettive, alcuni indifferenti, altri in preda ad una crescente irritazione. Lord Glenarvan, volendo evitare a sua moglie l'assalto delle vecchie megere, si presentò a Kai-Koumou e gli ingiunse: - Mandale via! - Il capo Maori guardò il suo prigioniero e, con un gesto, fece uscire la banda di donne urlanti. Lord Glenarvan si inchinò in segno di ringraziamento, e poi riprese il suo posto insieme con gli altri suoi compagni.

In quel momento i neozelandesi raccolti nel *pah* erano forse un centinaio, vecchi, uomini adulti, giovani.

Kai-Koumou informò la gente del suo villaggio che i guerrieri Maori erano stati sconfitti nelle pianure del basso Waikato. Dei duecento guerrieri, che erano accorsi al suo richiamo in difesa della loro terra, ben pochi avevano fatto ritorno.

Allora, in segno di lutto e di dolore, le donne cominciarono a infliggersi le punizioni più dure, a ferirsi con oggetti taglienti, bagnando il suolo di sangue come già nella valle avevano fatto i loro possenti guerrieri.

Le ossa dei guerrieri, considerate sacre dai Maori, non sarebbero state raccolte dai campi di battaglia per essere poi sepolte nelle «ondoupa», le case della gloria, ornate di statue di legno con le fattezze dei guerrieri morti.

Le manifestazioni di cordoglio si moltiplicavano: alle minacce delle donne seguivano le imprecazioni degli uomini, i gesti si facevano sempre più violenti e certo alle grida sarebbero presto seguiti verso gli europei prigionieri atti di brutalità.

Allora Kai-Koumou, temendo d'essere trascinato dal fanatismo dei suoi, fece condurre i prigionieri in un luogo sacro, situato su di un terreno scosceso all'estremità opposta del *pah*: si trattava di una capanna appoggiata ad una roccia che la sovrastava di una trentina di metri e che chiudeva con una ripida scarpata quel lato del trinceramento.

In quel luogo sacro («Waréatoua»), nella capanna consacrata, i preti parlavano agli zelandesi di un dio trinitario: il padre, il figlio e l'uccello o lo spirito. La capanna, ampia, ben riparata, conteneva gli alimenti sacri. I prigionieri, si stesero sui materassi di foglie. Lady Elena, che si sentiva completamente spossata e demoralizzata, si abbandonò tra le braccia del marito. Lord Glenarvan la strinse sul suo petto, assicurandole che il Cielo non li avrebbe abbandonati.

Robert si era frattanto issato sulle spalle di Wilson e stava affacciato ad un'apertura praticata tra il tetto e la parete. Il suo sguardo dominava tutto il *pah* fino alla capanna di Kai-Koumou, e dal suo osservatorio informava i compagni:

- Sono riuniti attorno al capo... agitano le braccia... cacciano degli urli..., il capo fa segno di tacere... Ora Kai-Koumou parla ed i selvaggi si calmano...

- È palese, - osservò il maggiore- che questo capo ha qualche interesse a salvarci. Ha in mente di scambiarci con qualche dignitario della tribù, ma i suoi guerrieri consentiranno?

- ...Sì, lo ascoltano, - rispose Robert: - si disperdono... taluni entrano nelle loro capanne... altri abbandonano il trinceramento... Kai-Koumou è rimasto solo con i guerrieri della sua piroga... Ah, ecco, uno di essi viene verso di noi!

- Scendi subito, Robert, - comandò Lord Glenarvan, e in quel momento Lady Elena, che si era alquanto rinfrancata, afferrò il braccio di suo marito e gli disse con voce ferma:

- Edward, ricordati: né io né Mary dobbiamo cadere vive nelle mani di quei bruti, - e così dicendo tese a Lord Glenarvan una rivoltella carica.

- Un'arma! - esclamò questi con un lampo negli occhi.

- Sì, i Maori non mi hanno perquisita; ma quest'arma è per noi, Edward, non per loro.

- Lord Glenarvan, - ammonì Mac Nabbs - fate sparire quella rivoltella, per carità. Il momento non è ancora venuto. La porta si sollevò e un indigeno fece cenno ai prigionieri di seguirlo. Lord Glenarvan ed i suoi uscirono in gruppo serrato e con passo fermo attraversarono il *pah* e si fermarono davanti a Kai-Koumou.

I principali guerrieri della tribù erano riuniti attorno al capo e tra essi v'era quel Maori la cui imbarcazione si era affiancata a quella dei prigionieri lungo il Waikato. Era un uomo sulla quarantina, vigoroso e dall'aspetto feroce; si chiamava Kara-Tété cioè l'«irascibile». Kai-Koumou lo trattava con speciale riguardo ed infatti la finezza dei suoi tatuaggi confermava trattarsi di un notabile. Un osservatore attento avrebbe tuttavia notato che tra i due capi dovevano esistere della rivalità, poiché la bocca di Kai-Koumou sorrideva, ma il suo sguardo rivelava ostilità.

Kai-Koumou interrogò Lord Glenarvan:

- Sei inglese?

- Sì, - rispose senza esitare il lord, poiché a suo giudizio tale nazionalità avrebbe favorito lo scambio.

- E i tuoi compagni?

- Sono inglesi come me. Siamo dei viaggiatori, dei naufraghi, ma, se ti interessa di saperlo, non abbiamo preso parte alla guerra.

- Non importa! - rispose brutalmente Kara-Tété. - Ogni inglese è nostro nemico. I tuoi hanno invaso la nostra isola! Hanno incendiato i nostri villaggi!

- Hanno fatto male! - rispose Lord Glenarvan con voce grave. - Non lo dico perché sono in tuo potere ma perché lo penso.

- Ascolta, - riprese Kai-Koumou - il Tohonga, il grande sacerdote di Noui-Atua, è caduto nelle mani dei tuoi fratelli ed è prigioniero degli europei. Il nostro dio ci comanda di riscattano. Avrei voluto strapparti il cuore, avrei voluto che le vostre teste ornassero per l'eternità la nostra palizzata, ma Noui-Atua ha parlato.

Nel pronunciare tali parole Kai-Koumou, sempre così freddo,

tremava di collera e la sua fisionomia si contraeva in una feroce esaltazione. Poi, dopo pochi istanti, sembrò dominarsi e riprese:

- Credi tu che gli inglesi vorranno scambiare il nostro Toholonga con la tua persona?

Lord Glenarvan ebbe un momento di esitazione durante il quale scrutò attentamente il capo Maori; quindi rispose:

- Lo ignoro. Io tra i miei non sono né un capo né un sacerdote.

Paganel, stupefatto da tale risposta, guardava Lord Glenarvan con aria interrogativa, ed anche Kai-Koumou sembrava sorpreso.

- Allora i tuoi non ti accetteranno in cambio del nostro Toholonga?

- Io solo no, - ripeté Lord Glenarvan. - Forse tutti noi insieme.

- La nostra usanza, - rispose Kai-Koumou - è: testa per testa.

- Offri dapprima queste donne in cambio del tuo sacerdote, - propose Lord Glenarvan indicando Lady Elena e miss Mary. - Queste due signore occupano un alto rango nel loro paese.

Il guerriero guardò il suo prigioniero con un sorriso sarcastico, ma subito tornò impassibile e rispose:

- Credi tu dunque di ingannare Kai-Koumou con parole false, straniero maledetto? Credi tu che gli occhi di Kai-Koumou non sappiano leggere nei cuori? Questa è la tua donna! - disse mostrando Lady Elena.

- Ora è la mia! - gridò Kara-Tété, respingendo gli altri prigionieri e mettendo una mano sulla spalla di Lady Elena che a quel contatto ebbe un brivido.

- Edward! - invocò la povera donna che si sentiva perduta.

Lord Glenarvan, senza pronunciare parola, levò il braccio. Risuonò uno sparo e Kara-Tété cadde morto.

Alla detonazione una folla di indigeni uscì dalle capanne affollando il *pah*; cento braccia si levarono sui disgraziati e la rivoltella fu strappata dalla mano di Lord Glenarvan.

Kai-Koumou gettò su Lord Glenarvan uno sguardo tagliente; poi, allungò un braccio a difesa del Lord e con l'altra mano fece segno alla folla:

- Tabù!

A quella parola la folla arretrò sgomenta. Lord Glenarvan e i suoi compagni, momentaneamente salvati da una potenza sovrannaturale, furono ricondotti alla loro prigione, ma Robert Grant e Giacomo Paganel non erano più con loro.

Kai-Koumou, secondo un'usanza assai frequente nella Nuova Zelanda, univa il titolo di sacerdote a quello di capo della tribù, e come tale poteva estendere su cose e persone la superstiziosa protezione del tabù.

Il tabù ha per effetto immediato di vietare ogni relazione o contatto con l'oggetto o con la persona che ne è investita e secondo la religione dei Maori colui che porta la sua mano sacrilega su ciò che è dichiarato tabù viene da dio punito con la morte; e se poi la divinità tardasse a compiere la sua vendetta, i sacerdoti si incaricherebbero di accelerarla.

Il tabù era dichiarato dai capi con uno scopo politico, a meno che non risultasse da una situazione ordinaria della vita privata. Un indigeno è tabù per qualche giorno, in occasione di molte circostanze: quando si è tagliato i capelli, quando viene tatuato, quando costruisce una piroga, quando costruisce una capanna, quando è colpito da una malattia mortale, quando è morto. Un capo che voglia allontanare delle persone sgradite in casa sua, le dichiara tabù. Dichiara tabù anche le relazioni con una nave straniera, onde monopolizzare i relativi profitti. Questa forma di interdizione somiglia molto ai «veto» dei re di un tempo. Quando un oggetto è dichiarato tabù, nessuno lo può toccare impunemente. Quando un indigeno è sottomesso a questa forma di interdizione, alcuni cibi gli sono proibiti per un certo periodo di tempo. Se è sottoposto ad una dieta severa, egli può essere aiutato da suoi schiavi che gli portano alla bocca i cibi proibiti, senza che lui debba toccarli. Se è povero, dovrà fare come gli animali, e cioè prendere il cibo avvicinando la bocca. Questa singolare usanza dirige e modifica tutte le azioni in Nuova Zelanda. Essa rappresenta lo stesso legame tra religione e vita sociale.

I prigionieri chiusi nella capanna-tempio erano dunque stati sottratti al furore della folla con l'essere stati dichiarati tabù! Lord

Glenarvan non si faceva alcuna illusione sulla sorte che gli era riservata avendo ucciso un capo, ma sperava ancora che la collera di Kai-Koumou non colpisse che lui. Il povero Robert e il bravo Paganel non erano ricomparsi e c'era da temere che fossero stati le prime vittime dell'ira degli indigeni.

Arrivò la mattina del 13 febbraio e passò tutta la giornata senza che nulla portasse un segno di speranza. Senza dubbio l'ora dei funerali del capo morto e l'ora del supplizio sarebbero suonate insieme.

Lord Glenarvan riteneva che dopo la morte di Kara-Tété, Kai-Koumou avesse abbandonato ogni idea di effettuare lo scambio e invece il maggiore conservava ancora al riguardo un barlume di speranza.

- Chissà, - diceva ricordando l'atteggiamento ambiguo tenuto da Kai-Koumou - che in fondo egli non ci sia grato dell'uccisione del suo rivale.

Passò anche il giorno successivo senza che si vedessero preparativi di cerimonie e la ragione dell'indugio stava nel fatto che secondo la credenza degli indigeni l'anima abita il corpo del defunto per tre giorni dopo la morte; per tre giorni egli deve quindi restare insepolto. Salvo le guardie che si davano il cambio alla porta della capanna-tempio, il *pah* restò quindi deserto fino al 15 febbraio, ma quel giorno le capanne si aprirono e uomini, donne e ragazzi, in numero di parecchie centinaia, affollarono il *pah*, muti e calmi.

Kai-Koumou uscì allora dalla sua capanna e, circondato dai notabili della tribù, salì su una prominenza del terreno mentre la massa dei suoi sudditi si disponeva a semicerchio in un assoluto silenzio. Ad un cenno del capo un guerriero si diresse verso la capanna-tempio.

- Ricordati! disse in quel momento Lady Elena a suo marito, e questi non seppe far altro che stringersela al cuore.

A sua volta miss Grant si avvicinò a John Mangles:

- Lord e Lady Glenarvan penseranno che se una donna può morire per mano del proprio marito onde sottrarsi ad una vita infame, anche una fidanzata può per la stessa ragione morire per mano del fidanzato. John, nel segreto del vostro cuore non sono io da molto tempo la vostra fidanzata? Allora, mio caro John, posso io contare su di voi come Lady Elena conta su lord Glenarvan?

- Mary! Oh, mia cara! - esclamò il giovane capitano, e non poté più aggiungere altro, perché la stuoia si sollevò ed i prigionieri furono trascinati davanti a Kai-Koumou. Le due donne apparivano rassegnate e gli uomini dissimulavano la loro angoscia sotto una calma sovrumana.

- Tu hai ucciso Kara-Tété? - domandò il capo a Lord Glenarvan.

- Sì, l'ho ucciso, - rispose il lord.

In quel momento la folla si aprì lasciando passare un guerriero madido di sudore e rotto dalla fatica. E Kai-Koumou appena lo vide lo interpellò in inglese con l'evidente intenzione di essere capito dai prigionieri:

- Vieni dal campo degli europei?

- Sì, - rispose il Maori.

- Hai visto il prigioniero, il nostro Tohonga?

- È morto. Gli inglesi lo hanno fucilato.

La sorte di Lord Glenarvan e dei suoi compagni era segnata:

- Morrete tutti domani all'alba! - gridò Kai-Koumou.

I prigionieri dovevano ora assistere alle sanguinose cerimonie che avrebbero accompagnato le esequie e furono quindi accompagnati sotto un enorme albero, sempre vigilati a vista.

I tre giorni regolamentari erano trascorsi dalla morte di Kara-Tété. L'anima del defunto aveva definitivamente abbandonato le sue spoglie mortali. La cerimonia poteva iniziare. Il corpo fu sistemato su un monticello. Era rivestito con un sontuoso costume ed avvolto in una stuoia di formio. La sua testa, ornata di piume, portava una corona di foglie verdi. La sua figura, le sue braccia e il suo petto, cosparsi di olio, non accusavano ancora la corruzione della morte. I parenti e gli amici arrivarono ai piedi del monticello, poi si levò un canto funebre, interrotto dal pianto e dai gemiti dell'intera tribù.

I più vicini al morto si picchiavano la testa; i suoi parenti si tagliuzzavano il volto con le unghie versando così sangue e lacrime. Ma tutto questo non era sufficiente per calmare l'anima del defunto, il cui sdegno avrebbe colpito sicuramente i sopravvissuti della sua tribù, ed i suoi guerrieri, non potendo riportarlo in vita, volevano che egli non avesse da rimpiangere nell'altro mondo il benessere dell'esistenza terrestre. Era usanza che la moglie seguisse la stessa sorte del marito, accompagnandolo nell'aldilà dopo essersi sacrificata volontariamente. La donna apparve. Essa era ancora giovane. I suoi capelli in disordine le cadevano sulle spalle. I suoi singhiozzi e le sue grida si elevavano al cielo. Ella si distese ai piedi del monticello, picchiando il suolo con la testa. In quel momento Kai-Koumou si avvicinò a lei. Improvvisamente la vittima si alzò in piedi, ma un violento colpo di «méré», una specie di mazza, roteata dalla mano del capo, la fece ricadere a terra esamine.

Si alzarono urla spaventose. Una selva di braccia minacciava i prigionieri, terrorizzati davanti a un simile spettacolo. Ma nessuno si mosse, in quanto la cerimonia funebre non era ancora terminata. La moglie di Kara-Tété aveva raggiunto il suo sposo nella tomba; i due corpi rimasero distesi uno vicino all'altro. Ma per acquistare la vita eterna, ciò non era ancora sufficiente per il defunto: oltre alla morte della moglie, infatti chi li avrebbe serviti presso il Dio Noui-Atoua, se i loro schiavi non li avessero seguiti nell'aldilà? Sei disgraziati furono portati davanti ai cadaveri dei loro padroni. Erano dei servitori che le impietose leggi della guerra avevano ridotto in schiavitù. Durante la vita del capo, essi avevano subito le peggiori privazioni, sofferto mille orribili trattamenti, nutriti appena lo stretto necessario, impiegati sempre in lavori da bestie da soma; in quei momenti, secondo il pensiero Maori, essi dovevano essere sacrificati, onde potessero continuare a servire nell'altro mondo i loro padroni. Essi parevano rassegnati alla loro sorte; non si meravigliavano di essere sacrificati, in quanto ciò era stato da loro previsto da tempo. Le loro mani, libere, attestavano che essi avrebbero ricevuto la morte senza opporsi. La morte fu rapida e vennero loro risparmiate lunghe sofferenze. Queste sarebbero state riservate agli autori di omicidi, che, raggruppati ad una distanza di pochi metri, cercavano di non guardare l'orribile spettacolo. Sei colpi di «méré» inflitti da sei robusti guerrieri stesero al suolo le vittime, in mezzo ad un mare di sangue. Questo fu il segnale di uno spaventoso rito cannibalesco. Il corpo degli schiavi non era tabù; esso apparteneva alla tribù. Una volta compiuto il sacrificio degli schiavi, tutti gli indigeni, invasi da un furore bestiale, si gettarono sui resti inanimati delle vittime. In pochissimo tempo i corpi furono fatti a pezzi. Dei 200 Maori presenti, tutti ebbero la loro parte di carne umana. Furono poi accesi dei fuochi, sui quali la carne fu posta ad arrostire. Orrore e disgusto erano dipinti sui volti dei nostri eroi.

Essi ormai sapevano quale fosse il supplizio che li attendeva l'indomani, al levar del sole. Erano ammutoliti. Poi cominciarono le danze, accompagnate da bevande fortemente alcooliche. Kai-Koumou era impassibile. Egli concesse un'ora a quell'orgia di sangue, affinché potesse raggiungere un notevole grado di intensità, per poi spegnersi, ed avere così la possibilità di celebrare l'ultimo atto dei funerali secondo il tipico cerimoniale. I cadaveri di Kara-Tété e di sua moglie furono prelevati, e posti uno sopra il ventre dell'altro. Si trattava di seppellirli, non definitivamente, ma sino al momento in cui la terra, avendo consumata la carne, avrebbe lasciato solo le ossa. Il luogo della sepoltura era fuori del villaggio, a 2 miglia circa, in cima ad una montagna chiamata Maunganamo, situata sulla riva destra del lago. Era là che i due corpi dovevano essere trasportati. Furono approntate due barelle sulle quali i cadaveri, ripiegati su se stessi, piuttosto che distesi, furono sistemati, tenuti insieme da liane. Quattro guerrieri li sollevarono, e tutta la tribù, ricominciando l'inno funebre, li seguì in processione sino al luogo dell'inumazione. I prigionieri, sempre sotto sorveglianza, videro il corteo abbandonare il campo; poi i canti e le urla si affievolivano a poco a poco. Durante una mezz'ora circa il convoglio funebre rimase fuori della loro vista. Poi lo rividero mentre saliva i sentieri della montagna. La tribù si fermò ad una altezza di circa 30 metri, e cioè in cima al Maunganamo. Un semplice Maori non avrebbe potuto avere come tomba che un buco ed un mucchio di pietre. Ma ad un capo importante, destinato senza dubbio ad una prossima deificazione, la tribù riservava una tomba degna delle imprese da lui compiute. L'oudoupa era stato circondato da palizzate, e delle pietre ornate di figure rese rosse dall'ocra circondavano la fossa dove i due cadaveri dovevano riposare. I parenti non avevano dimenticato che il «Waidoua», lo spirito dei morti, si nutre di sostanze materiali, come fa il corpo durante la vita. Dei viveri quindi erano stati deposti nel recinto, insieme alle armi e ai vestiti del defunto. I due sposi furono sepolti uno accanto all'altro, e poi ricoperti di terra e di erbe, mentre la tribù continuava la nenia funebre. Terminata la cerimonia, il corteo discese silenziosamente la montagna, e nessuno poteva più salire sul monte Maunganamo, sotto pena di morte, in quanto tabù, come il Tongariro, dove riposano i resti di un capo che nel 1846 fu vittima di un terremoto.

Capitolo XV

Le ultime ore

Quando il sole stava per tramontare al di là del lago Taupo, i prigionieri furono ricondotti nella capanna-tempio che avrebbero lasciato la mattina seguente alle prime luci dell'alba. Avevano quindi tutta una notte per prepararsi alla morte imminente. Lady Elena recitò ad alta voce la preghiera della sera seguita da tutti i suoi compagni a testa nuda. Compiuto quel dovere tutti si abbracciarono e poi le donne si distesero su di una stuoia in un angolo dove, vinte dalle fatiche e dalle emozioni, si addormentarono l'una nelle braccia dell'altra. Allora Lord Glenarvan prese a parte i suoi compagni e disse loro:

- Compagni cari, la nostra vita e quella delle nostre povere donne appartiene a Dio, e se è nei suoi decreti che dobbiamo morire domani, moriremo da coraggiosi e da cristiani. Il nostro scopo era nobile, ma tuttavia accetteremo i decreti del Cielo senza lamentarvene; senonché non solo della morte si tratta, ma del supplizio infame, ed abbiamo con noi due donne...

La voce di Lord Glenarvan si ruppe allora in un accorato singhiozzo, ma il lord presto si riprese e continuò dicendo;

- John, hai promesso a Mary ciò che io ho promesso a mia moglie. Che cosa hai deciso?

- Davanti a Dio, - rispose John Mangles - credo di avere il diritto di mantenere ciò che ho promesso.

- D'accordo John, ma non dimenticare che non abbiamo più armi.

- Eccone una, - rispose John mostrando un pugnale. - L'ho strappato dalla mano di Kara-Tété quando è stramazzato ai vostri piedi. Milord, quello di noi due che sopravviverà all'altro adempirà alla promessa fatta da voi e da me a Lady Elena ed a miss Mary.

Nessuno più parlò, finché il maggiore ruppe il silenzio osservando;

- Amici cari, tenete questo espediente estremo per l'ultimo minuto. Non sono partigiano degli atti irrevocabili.

- Non ho parlato per noi, - ribatté Lord Glenarvan. - Qualunque sia la morte che ci attende, sapremo affrontarla. Ah, se fossimo soli vi avrei già gridato venti volte: «Amici, tentiamo una sortita! Attacchiamo questi miserabili!» Ma ci sono loro, loro...

John in quel momento sollevò la stuoia e contò venticinque indigeni che vegliavano alla porta del Waré-Atoua. Era stato acceso un grande fuoco, che gettava dei bagliori sinistri sulla capanna. Di questi selvaggi, alcuni erano distesi vicino al falò, altri stavano in piedi, immobili, e le loro sagome si stagliavano nere nel bagliore delle fiamme.

I prigionieri meditavano la fuga, come sempre avviene in simili circostanze, e guardavano in silenzio la Waré-Atoua. Questa capanna era raggiungibile solo da una stretta lingua di terra che la collegava alla pianura del *pah*. Gli altri due lati davano a picco su uno strapiombo di quaranta metri. Di lì la discesa era impossibile. Ogni evasione era impossibile, e Lord Glenarvan, dopo avere per l'ennesima volta constatato la solidità dei muri della prigione, si convinse che non c'era altro da fare che rinunciarvi.

Le ore di quella notte d'angoscia scorrevano lentamente; potevano essere le quattro del mattino quando al maggiore parve di percepire un leggero rumore proveniente dalla parete di fondo, quella che era addossata alla roccia. Ascoltò, poi, messo in curiosità, appoggiò l'orecchio al suolo e gli sembrò che all'esterno qualcuno grattasse o stesse scavando. Chiamò con sé Lord Glenarvan e John Mangles facendo loro segno di avvicinarsi in silenzio: il rumore si faceva sempre più distinto e si sentiva smuovere dei sassi che rotolavano poi via.

- Bisogna vederci chiaro! - concluse il maggiore, e tutti si misero a scavare nella parete, John col suo pugnale, gli altri con delle pietre aguzze o con le unghie, mentre Mulrady, disteso a terra, sorvegliava attraverso la fessura della stuoia le mosse dei guardiani.

Il pavimento della capanna era di terra molle e friabile e nonostante la mancanza di ogni strumento si lasciava incidere facilmente, sicché ben presto si ebbe la certezza che qualcuno aggrappato al fianco del *pah* stesse scavando un tunnel.

I prigionieri con le dita insanguinate raddoppiarono i loro sforzi e dopo una mezz'ora il buco aveva raggiunto la profondità di un metro. Passò ancora qualche minuto e d'un tratto il maggiore ritirò dal buco la mano ferita dalla lama di un coltello. John oppose a quella lama quella del suo pugnale, ma incontrò invece un'altra mano che si sporgeva e l'afferrò: poteva essere la mano di una donna o dì un fanciullo!

Tutto si svolse in assoluto silenzio, finché Lord Glenarvan sussurrò:

- Robert?!

- Sì, sono io; sono qui per salvarvi tutti, ma silenzio!

- Che bravo ragazzo! - esclamò Lord Glenarvan.

- Sorvegliate i selvaggi che sono fuori, - commentò Robert. E Mulrady, che gli eventi avevano per un momento distratto, riprese il suo posto di osservazione.

- Tutto va bene, - disse. - Non sono desti che in quattro; gli altri dormono.

- In pochi minuti il buco fu allargato e Robert passò dalle braccia di sua sorella a quelle di Lady Elena.

- Ragazzo mio, ragazzo mio, - mormorava la donna - i selvaggi ti hanno dunque risparmiato?

- No, signora, - rispose Robert che aveva una lunga corda di formio arrotolata attorno al corpo. - Durante il tumulto, non so neppure io come, ho potuto sfuggire alla loro sorveglianza e raggiungere l'esterno; sono stato due giorni nascosto tra i cespugli, ma di notte andavo in giro tentando di vedervi. Durante il funerale sono venuto ad esplorare questo lato del trinceramento e mi sono reso conto che non era impossibile arrivare fino a voi. Ho rubato allora in una capanna disabitata questo coltello e questa corda; ciuffi di erbe ed arbusti mi sono serviti per salire fino ad una cavità scavata nella roccia che sostiene la capanna; lì dentro non c'erano che pochi centimetri di terra molle da scavare ed eccomi qui. Ma ora andiamo via subito, - comandò con aria risoluta.

- E Paganel è lì sotto? - domandò Lord Glenarvan.

- Il signor Paganel? - domandò il ragazzo sorpreso. - Ma Paganel non è qui con voi?

- No, non c'è! Tu non l'hai visto? Non siete fuggiti insieme? - incalzò Lord Glenarvan.

- No, milord, - rispose il ragazzo, costernato della sparizione del suo amico.

- Andiamo, andiamo, - disse il maggiore - non c'è un minuto da perdere. Dovunque sia Paganel, non può star peggio di quel che stiamo noi se restiamo qui. Via, andiamo!

Infatti i minuti erano preziosi, ma l'evasione non presentava difficoltà, perché, raggiunta la grotta, non c'era che da discendere una parete verticale di pochi metri e da percorrere quindi un pendio dolce fino ai piedi della montagna. Da lì i fuggiaschi potevano raggiungere rapidamente le vallate sottostanti mentre i Maori, quando si fossero accorti della loro fuga, sarebbero stati costretti a fare un lungo giro.

I prigionieri si calarono quindi l'uno dopo l'altro nell'apertura fino alla grotta; John Mangles scese per ultimo ed ebbe cura di far prima sparire tutte le tracce della fuga e di occultare l'apertura con una stuoia. La corda di Robert fu fissata ad uno spuntone di roccia. Il capitano impartì gli ordini: - Lord e Lady Glenarvan si lascino scivolare; quando saranno giunti al terrapieno, dovranno segnalare a mezzo di tre strappi che la discesa può continuare.

- Io scenderò per primo - disse Robert -. Ho scoperto nella parte bassa del pianoro una cavità dove possiamo nasconderci non appena terminata la discesa.

Robert scese per primo ed un minuto dopo tre strappi avvertirono che il ragazzo aveva completato la discesa. Lord Glenarvan prima e poi Lady Elena si lasciarono scivolare lungo la corda sino al punto in cui la parete perpendicolare incontrava la fine del pianoro. Poi il lord, precedendo sua moglie e sostenendola, cominciò a scendere a ritroso. Egli cercava punti di appiglio per potersi aggrappare; poi faceva segno alla moglie di seguire le sue orme. Avevano raggiunto la metà del pianoro, quando udirono Mangles: - Fermatevi!

- Lord Glenarvan si arrestò tenendo la moglie per mano. Wilson aveva sentito dei rumori provenienti dall'esterno del Waré-Atoua; così era rientrato nella capanna e, sollevando la stuoia, aveva osservato i Maori. Effettivamente, uno dei guerrieri, colpito forse da qualche rumore insolito, si era avvicinato alla prigione. L'uomo stette ad ascoltare per circa un minuto, poi, scuotendo la testa, tornò dai suoi compagni, prese del legno da ardere e lo gettò sul braciere mezzo spento. Dopo aver osservato le prime luci dell'alba, si stese vicino al fuoco per scaldare le sue membra infreddolite.

Wilson disse che tutto andava bene. John fece cenno a Lord Glenarvan di riprendere la discesa; il lord si lasciò scivolare dolcemente lungo il pianoro, e ben presto sua moglie e lui arrivarono allo stretto sentiero dove trovarono Robert. La corda fu strattonata tre volte, e la discesa fu intrapresa dal capitano, seguito da Mary Grant.

I coniugi Glenarvan furono raggiunti nella grotta scoperta da Robert. Cinque minuti più tardi tutti i fuggitivi lasciavano il loro rifugio provvisorio, ed evitando le rive abitate del lago, si inoltrarono, attraverso stretti sentieri, nella foresta. Essi camminavano rapidamente, cercando di evitare tutti i punti da cui potevano essere individuati. Non parlavano, e scivolavano come ombre attraverso i cespugli. Non sapevano dove andare, ma erano liberi. Verso le cinque del mattino il sole fece la sua apparizione all'orizzonte. Delle nuvole con riflessi bluastri si delineavano in cielo. Le cime brumose si stavano liberando della nebbia mattutina. Era l'ora del supplizio, ma i condannati si trovavano ben lontani dal luogo destinato alla loro morte.

Lady Elena faticava a salire, sostenuta, per non dire trasportata, da suo marito; Mary Grant si appoggiava al braccio del capitano; Robert e gli altri cercavano di mettercela tutta per aumentare la distanza tra loro e i guerrieri Maori. L'assenza di Paganel si faceva sentire, se non altro per le sue cognizioni geografiche che in quel frangente potevano tornare assai preziose nella scelta del percorso da seguire. Ben presto raggiunsero un'altezza di 200 metri sopra il lago Taupo, ed il freddo del mattino, specie a quell'altezza, si faceva sentire. Si udì improvviso un urlo che risuonò nella valle.

I fuggitivi capirono che la loro fuga era stata scoperta. Quasi subito la nebbia bassa si alzò, e li avvolse momentaneamente in una umida nuvola; la massa frenetica degli indigeni fu rilevata all'altezza di novanta metri sotto di loro. Erano stati avvistati. Altri urli furono lanciati, e la tribù, dopo aver cercato invano di scalare la rupe del Waré-Atoua, si precipitò fuori dai recinti, e cercando i sentieri più brevi si lanciò all'inseguimento dei prigionieri che cercavano di sfuggire la loro vendetta.

La montagna sulla quale i fuggitivi si trovavano si elevava ancora di una quarantina di metri e conveniva raggiungerne la sommità per potersi nascondere sul versante opposto. L'ascensione fu dunque affrettata dalle urla che si avvicinavano sempre più perché la folla inferocita aveva ormai raggiunto la base della montagna.

- Coraggio! Coraggio amici miei, - incitava Lord Glenarvan. Infatti in meno di cinque minuti la cima fu raggiunta, e da essa i fuggiaschi si volsero indietro per giudicare la situazione e scegliere una direzione che potesse sviare i Maori. La bruma si era dissolta, sicché i movimenti degli inseguitori potevano essere facilmente controllati; i guerrieri erano a meno di 200 metri. Ma nel momento in cui Lady Elena e miss Mary si accingevano ad uno sforzo supremo, Mac Nabbs le trattenne dicendo:

- Non è più il caso, Lord Glenarvan. Guardate!

L'inseguimento si era arrestato di colpo. Gli indigeni, benché assetati di sangue, urlavano, gesticolavano, agitavano fucili ed asce, ma non avanzavano di un passo. Che avveniva dunque? Quale potenza misteriosa tratteneva l'orda selvaggia? John Mangles additò ai compagni una piccola fortezza che dominava la cima vicina.

- È la tomba del capo Kara-Tété, - spiegò Robert, e non si ingannava. Venti metri più sopra, sull'estremo cucuzzolo della montagna, si vedeva una palizzata formata da pioli dipinti di fresco, la tomba del capo zelandese sepolto da poco. Nella loro fuga il caso li aveva condotti sulla cima stessa del monte Maunganamo!

La comitiva superò le ultime asperità e giunse ai piedi della tomba stessa, alla quale si accedeva per una larga apertura coperta da una stuoia. Lord Glenarvan stava per entrare quando si fermò sorpreso esclamando;

- Un selvaggio!

Infatti un Maori era là, ricoperto del grande mantello di formio; la penombra non permetteva di riconoscere i lineamenti, ma sembrava tranquillo e faceva colazione con perfetta indifferenza. Glenarvan stava per rivolgergli la parola, ma fu prevenuto dall'indigeno che gli disse amabilmente ed in perfetta lingua inglese:

- Sedete dunque, mio caro lord; la colazione vi attende.

Era Paganel ed a sentire la sua voce tutti si precipitarono nella tomba. Paganel, ritrovato sano e salvo, era la salvezza per tutti! Fu assediato di domande, ma Lord Glenarvan credette opportuno di mettere freno alla generale curiosità con una sola parola:

- I selvaggi?

- I selvaggi? - rispose lo scienziato alzando le spalle. - Io li copro col mio sovrano disprezzo. Venite a vederli, quegli imbecilli.

Gli zelandesi erano sempre fermi ai piedi della montagna e si sfogavano gettando urla disumane.

- Gridate, urlate, spolmonatevi, stupidi! - gridò Paganel. - Io vi sfido a salire!

- Ma... come mai?! - osservò Lord Glenarvan.

- È semplice: qui è sepolto il capo, quindi la sua tomba ci protegge e tutta la montagna è tabù! Ed ecco, amici cari, perché io mi sono rifugiato qui, dove sono al sicuro come quei disgraziati che nel Medioevo fruivano del diritto di asilo.

- Dio ci protegge! - esclamò Lady Elena alzando gli occhi e le mani al cielo.

Non era ancora la salvezza, ma era intanto il riposo del quale tutti avevano bisogno. Lord Glenarvan, profondamente commosso, non proferiva parola ed il maggiore scuoteva la testa con aria soddisfatta.

- Ed ora, amici miei, - concluse Paganel - se quei bruti contano di prenderci per fame si sbagliano, perché prima che passino due giorni saremo al sicuro. Come fuggiremo non so ancora, ma fuggiremo.

La sua storia era semplice: lui pure, come Robert, aveva approfittato del tumulto per lanciarsi fuori del trinceramento, ma meno fortunato era andato a cadere in un altro accampamento di Maori comandato da un capo intelligente che parlava correntemente l'inglese e che gli aveva dato il benvenuto strofinando il proprio naso contro il suo. Paganel non sapeva neppure se considerarsi prigioniero oppure ospite, ma vedendo che il capo lo seguiva gentilmente ad ogni passo, seppe ben presto quale conto fare di quella ospitalità.

Quello stato di cose era durato tre giorni, poi fortunatamente una notte Paganel era riuscito a fuggire; aveva visto da lontano il funerale di Kara-Tété, sapeva che era stato inumato sulla cima del Maunganamo e che per tale fatto la montagna era divenuta tabù, e fu dunque là che stabilì di rifugiarsi non volendo abbandonare il paese dove i suoi compagni erano prigionieri. Era arrivato la notte precedente, sempre sperando nella salvezza degli amici, ed attendeva intanto a rimettersi in forze.

Questo fu il racconto di Paganel. Egli omise forse certe circostanze di quanto avvenuto durante il suo soggiorno presso gli indigeni. Comunque fosse, egli ricevette unanimi felicitazioni, e, dopo aver udito del passato, si passò a discorrere del presente. La situazione era sempre grave. Gli indigeni, anche se non si azzardavano a violare la montagna, contavano sulla fame e sulla sete per riprendere i loro prigionieri. Era solo questione di tempo. Lord Glenarvan non si nascondeva le difficoltà della loro posizione, ma risolse di attendere circostanze più favorevoli, e, nel caso, di provocarle. Innanzi tutto volle esaminare con cura la montagna, nella speranza di trovare una via di fuga. Tutti si cimentarono in questa indagine, osservando le direzioni dei sentieri, la loro pendenza. La cresta, che, lunga un miglio, congiungeva il Maunganamo alla catena del Wahiti, tendeva ad abbassarsi verso la pianura. Stretta e capricciosamente profilata, era l'unica strada praticabile, nel caso in cui una evasione fosse possibile. Se i fuggitivi avessero potuto passare senza essere visti, col favore della notte, forse sarebbero riusciti a percorrere le profonde vallate dei Ranges, e a depistare i guerrieri maori. Ma quella strada presentava più di un pericolo. Nella sua parte bassa, passava a tiro di fucile. Le pallottole degli indigeni appostati sulle pendici inferiori potevano incrociarsi e costituire una cinta di ferro che nessuno avrebbe potuto superare impunemente.

Lord Glenarvan ed i suoi amici, essendosi avventurati sulla parte pericolosa della cresta, furono salutati da una grandine di pallottole, che fortunatamente non colpì nessuno. Poi alcuni fogli di carta stampata, sospinti dal vento, giunsero fino a loro. Si trattava dei fogli di una Bibbia; il lord volle sapere quale passo dei libri santi era volato verso di loro. John lesse il versetto: «Dato che egli ha sperato in me, io lo consegnerò». Lord Glenarvan desiderò che a tutti gli altri membri della spedizione fosse comunicato il testo del versetto inviato dagli indigeni. La comitiva rimontò gli scabrosi sentieri della montagna, al fine di raggiungere la tomba e di esaminarla. Strada facendo essi furono sorpresi nel sentire una certa vibrazione del suolo. Violenti vapori, causati dal calore delle viscere della terra, erano evidentemente compressi all'interno della montagna. I nostri eroi sapevano che alcune regioni della parte centrale dell'Ikana-Moui erano essenzialmente vulcaniche. Un vero setaccio naturale la cui superficie lasciava traspirare i vapori della terra attraverso brecce e zolfatare. Paganel, che aveva già osservato il fenomeno, richiamò l'attenzione sulla natura vulcanica della montagna. Il Maunganamo era uno dei vulcani che costituiscono la parte centrale dell'isola Nord, e cioè un vulcano in divenire. La minima azione meccanica poteva determinare la nascita improvvisa di un cratere. Paganel disse che non aveva alcuna intenzione di stare ancora per molto su quella montagna. Lady Elena gli chiese se era riuscito a stabilire quale fosse la loro posizione, e se era il caso disperare in una via di scampo. La risposta di suo marito fu che i Maori non avrebbero mai sorpassato il limite della montagna, e che non sarebbe quindi mancato il tempo per studiare un piano di fuga. Il capitano consegnò alla lady il foglietto della Bibbia; tutti sentirono nelle parole del libro santo un infallibile presagio di salvezza. Paganel decise di andare alla tomba, che, secondo lui, era il posto più sicuro. - Nessuno verrà a disturbarci. Signore, permettete di farvi gli onori di casa.

Tutti seguirono l'amabile Paganel nella tomba e quella nuova profanazione strappò ai selvaggi urla bestiali e numerose vane fucilate. La tomba era una palizzata di pioli dipinti in rosso con figure simboliche e collane di amuleti; un leggero rialzo del terreno rivelava nel centro il luogo della sepoltura. C'erano i fucili del capo carichi, la sua lancia, la sua superba ascia di giada verde e una provvista di polvere e di proiettili sufficiente per le cacce nell'aldilà.

- Ecco tutto un arsenale del quale faremo miglior uso noi, - osservò Paganel. - Discreta l'idea di questi selvaggi di portare le loro armi nell'altro mondo, ma migliore ancora l'uso di lasciare cibi ed acqua.

Effettivamente i parenti e gli amici del morto avevano rifornito Kara-Tété di cibo sufficiente per nutrire 10 persone per 15 giorni. I fuggitivi quindi erano abbondantemente provvisti di armi, cibo e acqua. Olbinett ebbe qualcosa da dire sul menù che poteva preparare, trovandolo un po' magro. Aveva anche delle felci da cuocere, ma Paganel gli risolse il problema, invitandolo a mettere sotto terra sia le verdure che le patate dolci. Effettivamente, la temperatura del suolo, negli strati superiori, era molto elevata. Mentre Olbinett preparava il buco nel terreno per la cottura delle sue verdure, si levò una colonna di vapore d'acqua. Lo steward fu rovesciato indietro, il maggiore dette l'ordine di chiudere l'imboccatura, riempiendo il buco con blocchi di pomice. Poco dopo Olbinett annunziò che il pranzo era servito. Finalmente i fuggitivi, seduti vicino alla palizzata della tomba, riuscirono a mangiare un pasto come la divina Provvidenza stava loro negando da molto tempo. Nessuno fu schizzinoso sulla scelta degli alimenti. Alla proposta di Lord Glenarvan di iniziare a discutere un piano di evasione, Paganel si meravigliò molto, trovando che era assolutamente inopportuno parlare subito di una evasione dalla montagna, ma poi accettò di discutere tale argomento. Lord Glenarvan cominciò dicendo che l'evasione doveva essere tentata prima che i viveri fossero terminati. La notte prossima tenteremo di guadagnare le vallate dell'est traversando il cerchio di assedio degli indigeni, col favore delle tenebre -. Non restava che attendere la notte per cercare di valicare la linea di assedio degli indigeni. Questi non avevano abbandonato le loro posizioni. Quando scesero le tenebre, il Maunganamo si illuminò alla base per i fuochi accesi dagli indigeni; si udivano le loro urla furiose 200 metri più sotto della vetta dove erano rifugiati i nostri eroi. Alle 9, in una notte particolarmente buia, Lord Glenarvan e John risolsero di fare una ricognizione, prima di portare fuori dell'assedio i compagni. Essi scesero senza far rumore ed imboccarono uno stretto sentiero. I Maori, distesi vicino ai loro bracieri, non sembravano si fossero accorti dei due fuggitivi, che si stavano avvicinando al campo. Ma improvvisamente sia da destra che da sinistra furono sparati due colpi di fucile. Lord Glenarvan dette l'ordine di ritirarsi. Il capitano ed il lord risalirono il sentiero in precedenza percorso ed arrivarono a rassicurare i loro amici spaventati dagli spari. Il cappello di Lord Glenarvan era stato attraversato da due pallottole. Era dunque impossibile avventurarsi su quella cresta tra due file di tiratori. - A domani, - disse Paganel. - Dato che non siamo in grado di superare la vigilanza degli indigeni, mi permetterete di offrire loro un piatto fatto alla mia maniera. L'aria era particolarmente fredda; fortunatamente Kara-Tété aveva portato nella tomba i suoi migliori capi di vestiario, e pertanto i fuggitivi si addormentarono tranquillamente al riparo delle palizzate, sul suolo tiepido per il calore che si sprigionava nel cuore della montagna.

Capitolo XVI

I grandi rimedi di Paganel

L’indomani, 17 febbraio, i primi raggi del sole svegliarono i fuggiaschi del Maunganamo, quando gli assedianti già da tempo andavano e venivano con grande frastuono. Tutti si affollarono attorno a Paganel per conoscere i suoi misteriosi progetti.

- Amici miei, - egli disse - la mia idea ha questo di buono che, se anche fallisse, non per questo la nostra situazione ne sarebbe compromessa. Io dico che la superstizione degli indigeni ha fatto di questa montagna il nostro rifugio e che la superstizione ci aiuterà ad uscirne. Se noi riusciremo a persuadere Kai-Koumou che la collera celeste ci ha colpiti e che siamo tutti morti di una morte terribile, credete voi che egli abbandonerà l'assedio e rientrerà al suo villaggio?

- Senza dubbio, - rispose Lord Glenarvan per tutti.

- E di quale morte orribile ci minacciate, Paganel? - domandò Lady Elena.

- Della morte dei sacrileghi, amici miei! Le fiamme vendicatrici scorrono implacabilmente sotto i nostri piedi; ebbene apriamo loro uno sbocco e lasciamole uscire liberamente!

- Volete dunque creare un vulcano? - gridò John Mangles.

- Il vulcano c'è già: è sotto i nostri piedi. Non ci rimane che riattivarlo. Organizzeremo un'eruzione e saremo divorati dalle fiamme dell'inferno... tenendoci nascosti nella tomba di Kara-Tété per tre, quattro, cinque giorni, fino a che i selvaggi saranno persuasi della nostra morte ed abbandoneranno la partita.

- E se avessero l'idea divenire ad accertarsi della nostra morte? - domandò miss Mary.

- Questo è da escludere, perché la montagna è tabù e sarà ancora di più quando avrà divorato i suoi profanatori.

- Il progetto è simpatico e ben concepito, - disse Lord Glenarvan; - e quando avrà luogo la rappresentazione?

- Questa sera, - rispose Paganel - quando le tenebre saranno più spesse.

- Signor Paganel, - concluse Mac Nabbs, - siete un uomo di genio ed io, che raramente mi entusiasmo per qualche cosa, garantisco il successo.

Il progetto di Paganel era stato adottato, ed in verità, date le idee superstiziose dei Maori, aveva molte possibilità di una felice riuscita. L'idea era buona, ma difficile da realizzare. C'era il rischio che si aprisse un cratere e divorasse tutti i fuggitivi. Si trattava anche di padroneggiare questa eruzione, quando le fiamme e la lava sarebbero uscite. Tutto questo significava scatenare volontariamente le forze della natura, col rischio di non poterle poi controllare. Paganel aveva previsto queste difficoltà, ma contava di agire in modo prudente e senza spingere la situazione alle estreme conseguenze. Sarebbe stata sufficiente una piccola eruzione per ingannare i Maori.

Il giorno pareva non volgesse più al tramonto, ma servì ai necessari preparativi. I viveri furono divisi in pacchi maneggevoli, qualche stuoia e le armi da fuoco completarono il leggero bagaglio ed è inutile aggiungere che tutto fu fatto nell'interno della palizzata per non destare i sospetti dei selvaggi.

Sull'imbrunire il sole disparve tra nubi minacciose, qualche lampo illuminò il cielo mentre il tuono brontolava in lontananza e tutto pareva favorire la messa in scena desiderata dal geografo; alle otto la cima del Maunganamo era avvolta dalle tenebre ed i fuggiaschi erano totalmente nascosti alla vista dei loro persecutori. Era quindi giunto il momento di agire e tutti gli uomini si misero all'opera con grande impegno.

Il cratere doveva aprirsi a una decina di metri dalla tomba affinché questa, che rendeva la montagna tabù, fosse risparmiata. Là Paganel aveva notato un enorme blocco di pietra attorno al quale i vapori sfuggivano con maggiore intensità ed era quindi evidente che essa faceva da tappo ad un piccolo cratere naturale: se si fosse riusciti a rimuovere il blocco dal suo alveo, i vapori e la lava si sarebbero senz'altro riversati dall'apertura.

Gli uomini fecero delle leve coi pioli strappati alla tomba e smossero il macigno, dopo aver scavato nel pendio un solco lungo sul quale esso sarebbe potuto rotolare a valle. Le vibrazioni del suolo si facevano sempre più violente; sordi ruggiti e sibili attraversavano la crosta assottigliata e ben presto qualche nuova crepa e dei getti di vapore ardente annunciarono che il luogo si faceva pericoloso. Uno sforzo supremo sollevò il blocco dalla sua sede facendolo rotolare a valle. La crosta sottostante cedette ed una colonna incandescente si proiettò verso il cielo con formidabili detonazioni mentre ruscelli di acqua bollente e di lava scorrevano verso gli accampamenti indigeni ed il fondo valle.

Tutta la vetta si scuoteva e pareva lì lì per saltare in aria. Fango, lava, detriti vulcanici si confondevano in un unico fuoco e solcavano i fianchi del Maunganamo; le cime attorno si illuminavano di riverberi e le valli profonde si rischiaravano sinistramente.

I selvaggi in grande agitazione urlarono al sopraggiungere delle lave che invadevano i loro bivacchi e si misero in salvo sulle alture circostanti, poi si volsero atterriti a contemplare la collera del dio che castigava i profanatori della montagna sacra e gridavano: «Tabù! Tabù! Tabù!»

Una enorme quantità di vapore, di pietre roventi e di lava usciva dal cratere del Maunganamo. La montagna sussultava sotto la violenza del mare infuocato che al suo interno spingeva creando uno sfogo verso la superficie. I prigionieri, nascosti dietro le palizzate della tomba, seguivano con ansia l'eruzione. Il furore del vulcano non si placava. Le fiamme erano mescolate a spessi vapori giallastri; torrenti di lava precipitavano da tutte le parti.

I Maori erano tutti raccolti sugli altipiani vicini da dove la vetta fumante con religioso terrore. Kai-Koumou in mezzo ai suoi guerrieri avanzò fino ai piedi del vulcano dal lato non invaso dalle lave. Con le braccia tese parve esorcizzare la montagna e subito dopo gli indigeni si avviarono in fila indiana lungo i sentieri tortuosi che scendevano al *pah*.

- Partono! - gridò Lord Glenarvan. - Abbandonano il campo! Dio sia lodato! Mia cara Elena, miei cari compagni, eccoci morti e sepolti, ma questa notte risusciteremo e fuggiremo dalla nostra tomba.

Tutta la giornata passò in un'attesa spasmodica, ma Paganel aveva fortunatamente conservato la sua preziosa carta geografica e su di essa fu possibile individuare le strade più sicure. Fu quindi deciso di puntare verso oriente per raggiungere la baia di Plenty; si dovevano traversare regioni inesplorate, ma questo non preoccupava quanto cader nelle mani dei Maori.

Alle nove Lord Glenarvan diede l'ordine della partenza. I fuggiaschi si lasciarono scivolare lungo il pendio con occhi ed orecchie tesi e si diressero verso quella pericolosa cresta che gli indigeni avevano occupato così tenacemente; se i Maori non si fossero lasciati ingannare ed avessero finto la ritirata per tentare un'imboscata era certamente lì che li avrebbero attesi, ma la cresta e la depressione che seguiva furono percorse senza incidenti ed i viaggiatori cominciarono a risalire in silenzio il versante opposto verso un boschetto che poteva costituire il primo rifugio; ormai, abbandonato il Maunganamo, essi infatti non erano più protetti dal tabù. Il boschetto fu raggiunto ed i fuggiaschi poterono nascondersi sotto lo spesso fogliame.

La notte aveva favorito l'evasione e conveniva approfittarne, abbandonando al più presto i funesti paraggi del lago Taupo. Paganel prese quindi il comando della comitiva.

Il meraviglioso istinto di viaggiatore di Paganel si rivelò di nuovo durante la loro peregrinazione sulle montagne. Egli era in grado di scegliere, anche nel buio, sentieri quasi invisibili, mantenendo una direzione costante. Egli sfruttava la sua facoltà di vedere al buio, come se fosse un gatto; in tal modo poteva distinguere a distanza e nel buio, qualunque ostacolo. Per tre ore essi marciarono senza arrestarsi, lungo il versante orientale. Paganel piegò un po' verso sud-est, al fine di arrivare ad uno stretto passaggio, scavato tra le Kaimawawa ed i Wahiti-Ranges, dove passava la strada di Auckland verso la baia di Hawkes. Superato questo punto, egli contava di uscire dalle strade, e riparandosi dietro le alte cime, puntare sulla costa attraverso i territori disabitati della provincia.

Alle nove del mattino, essi avevano compiuto 12 miglia in 12 ore. Non si poteva chiedere di più alle due coraggiose donne. D'altra parte il posto sembrava adatto ad un accampamento. I fuggitivi avevano raggiunto il punto di separazione delle due catene. La strada di Oberland restava a destra e si dirigeva verso sud. Paganel, carta alla mano, fece una deviazione verso nord-est, e alle dieci, la compagnia raggiunse un ampio terrapieno. Profittarono della sosta per mangiare qualcosa. Alle 2 del pomeriggio, fu ripresa la strada verso est, ed i viaggiatori sostarono la sera a 8 miglia dalle montagne. Non fecero fatica ad addormentarsi.

Il giorno successivo la strada presentò serie difficoltà. Bisognò traversare una zona di laghi vulcanici, geyser e zolfatare che si stende ad est dei Wahiti-Ranges. Ogni quarto di miglio si doveva cambiare direzione, onde superare i diversi ostacoli che si interponevano sul loro cammino.

Si può facilmente immaginare quali furono le fatiche a cui furono sottoposti i viaggiatori; non era facile trovare una zona dove fosse possibile accamparsi; inoltre non vi era selvaggina che potesse rifornire la tavola della compagnia. Essi dovettero contentarsi di patate dolci e felci. Tutti speravano quindi di uscire al più presto da quella zona arida e desertica. Impiegarono quattro giorni per lasciare quei luoghi inospitali.

Finalmente il 23 febbraio, a cinquanta miglia dal Maunganamo, la comitiva si accampò alle falde di un'altura in vista delle grandi foreste senza aver ancora incontrato alcun essere umano.

La cosa era di buon augurio, a condizione tuttavia che non comparissero i Maori. Quel giorno il maggiore e Robert uccisero dei kiwi, che fecero onore alla tavola dei viaggiatori. Paganel propose di dare il nome di Glenarvan a una montagna che si alzava sino a 1000 metri tra le nuvole; egli indicò sulla carta di quale montagna si trattasse. Il viaggio proseguì abbastanza monotono. Si procedeva attraverso la foresta evitando così la calura. La comitiva camminava a piccoli gruppi.

Lord Glenarvan, solitamente, avanzava da solo. Il suo pensiero fisso era quello del suo *Duncan*, e del suo equipaggio che egli supponeva massacrato. Nessuno parlava del capitano Grant. Questi veniva ricordato solo dal capitano e dalla figlia Mary. Quando il capitano parlava di Grant egli rassicurava la ragazza che il lord avrebbe ripreso le ricerche interrotte per cause di forza maggiore. Il documento parlava chiaro, ormai, e quindi non vi erano dubbi di sorta; Harry Grant esisteva da qualche parte. Perciò egli doveva essere ricercato e ritrovato. Spesso Lady Elena si univa alla loro conversazione; essa però non si illudeva sulla sorte del capitano Grant, pur non facendolo intendere alla ragazza. Gli altri cacciavano senza allontanarsi dal resto della compagnia, e procurando qualche cosa al menù. Paganel, sempre avvolto nel suo mantello di formio, se ne stava per conto suo, muto e pensieroso.

Il 25 febbraio i viaggiatori si trovarono sbarrato il passo da un fiume che la carta di Paganel identificò nel Waikari, ma poterono passarlo a guado. Avevano ormai superato la metà della distanza che separava il lago Taupo dalla costa senza fare cattivi incontri e davanti a loro una immensa foresta di pini colossali stendeva ora i suoi ombrelli di fogliame fino a settanta metri dal suolo. Ne videro la fine solo la sera del 1 marzo, quando si accamparono alle falde del monte Ikirangi, a circa cento miglia dal Maunganamo; la costa era ancora distante trenta miglia e benché tutti fossero esauriti dalla fatica, occorreva accelerare il passo e raddoppiare la vigilanza, perché si entrava in una zona più frequentata dagli indigeni.

La costa venne raggiunta dopo un'estenuante marcia, ma una nuova terribile prova attendeva ora gli sfortunati viaggiatori; essi erravano lungo la spiaggia quando a circa un miglio apparve un gruppo di indigeni che si lanciò verso di loro agitando le armi. La comitiva non aveva via di scampo e radunando le sue ultime forze si preparava a combattere quando John Mangles gridò:

- Un canotto! Un canotto!

A pochi passi, arenata sulla spiaggia, si vedeva infatti una piroga con sei remi; precipitarsi, rimetterla in acqua, spingerla in alto mare fu questione di pochi istanti e in dieci minuti l'imbarcazione fu ad un quarto di miglio dalla spiaggia sul mare calmo. John non voleva veramente allontanarsi troppo dalla riva, ma ad un tratto il remo gli sfuggì dalle mani: tre piroghe comparvero da Punta Lottin con evidenti intenzioni bellicose.

La barca volò quindi sulla superficie liscia e per una mezz'ora poté mantenere la distanza, ma le forze dei rematori cominciavano ad esaurirsi ed i nemici armati di fucili erano ad appena due miglia.

Lord Glenarvan era in piedi a poppa e scrutava l'orizzonte alla ricerca di un ipotetico soccorso. Attendeva? Sperava? Aveva un presentimento? Ad un tratto il suo sguardo si illuminò, la sua mano si stese verso un punto in alto mare ed egli gridò:

- Una nave, amici, una nave! Remate, remate con forza!

I rematori moltiplicarono i loro sforzi mantenendo la distanza dai nemici e la nave era sempre più vicina: aveva due alberi con le vele ammainate ed un pennacchio di fumo nero. Lord Glenarvan, che teneva il timone, lo affidò a Robert ed afferrò il cannocchiale per esaminare il bastimento soccorritore, ma il lord impallidì e lasciò cadere lo strumento in preda alla disperazione. Una parola bastò a spiegare tutto:

- Il *Duncan*! - disse Lord Glenarvan. - È il *Duncan* in possesso dei banditi!

- Il *Duncan*?! - fece eco John Mangles lasciando il remo ed alzandosi in piedi.

- È la morte che sta in agguato da due parti! - mormorò il lord, affranto dall'angoscia.

Era infatti il panfilo, con il suo equipaggio di pirati, non c'era alcun dubbio. Perfino il maggiore si lasciò sfuggire una imprecazione. Veramente il destino era troppo crudele!

Ora, nell'incertezza, la piroga era abbandonata a sé stessa. Dove dirigerla? Dove fuggire? Davanti a loro i banditi, alle spalle i selvaggi.

Un colpo di fucile partì in quel momento dalla più vicina barca degli indigeni ed un proiettile venne a colpire il remo di Wilson, sicché i fuggiaschi preferirono fuggire il pericolo più vicino avvicinandosi al *Duncan*, che navigava a tutto vapore e non era più che ad un mezzo miglio di distanza. I selvaggi facevano fuoco e le pallottole grandinavano attorno alla piroga, ma ad un tratto si udì una fragorosa detonazione ed un proiettile, lanciato dal cannone del panfilo, passò sulla testa dei fuggitivi.

John Mangles, folle di disperazione, stava per prendere la sua ascia e fare a pezzi la piroga per sommergerla con tutti gli occupanti, quando un grido di Robert lo trattenne:

- Tom Austin! Tom Austin! - gridava il ragazzo. - Lo vedo! È lui! Ci ha riconosciuti ed agita il cappello!

Un secondo proiettile di cannone passò sulla testa dei fuggiaschi ed andò a tagliare in due la più vicina delle tre imbarcazioni inseguitrici mettendo in fuga le altre due.

- A noi! A noi, Tom! - gridava John Mangles con voce stentorea, e a bordo del *Duncan* rispondeva un fragoroso *hurrah*.

Pochi istanti dopo i dieci fuggitivi erano sani e salvi a bordo del *Duncan*.

Si può immaginare ciò che passò nell'animo di Lord Glenarvan e dei suoi amici quando udirono cantare gli inni della vecchia Scozia. Nel momento in cui essi mettevano piede sul *Duncan* la cornamusa attaccò a suonare l'inno del clan Malcolm, e vigorosi *hurrah* salutarono il ritorno del lord sul suo yacht. I viaggiatori si abbracciarono tra di loro, piangendo di gioia. Il geografo sembrava impazzito; continuava a puntare coi cannocchiale sulle piroghe che oramai erano in ritirata.

Quando però l'equipaggio, dopo i primi minuti, ebbe occasione di osservare le condizioni in cui si trovavano i viaggiatori da loro salvati, interruppe ogni manifestazione di gioia. A bordo infatti erano salite figure spettrali, stanche, pallide, sconvolte dalla paura, dalla fame, dalle privazioni.

Prima ancora di pensare a ristorarsi, Lord Glenarvan volle che Tom Austin gli spiegasse il motivo della sua presenza in quei paraggi. Come mai il *Duncan* incrociava sulla costa orientale della Nuova Zelanda e non era nelle mani di Ben Joyce?

- Ma il *Duncan* è qui per ordine di Vostro Onore ed io non ho fatto altro che obbedire alle istruzioni che mi avete dato con la vostra lettera.

- Vediamo, - riprese Lord Glenarvan - vediamo di spiegarci, perché a me par di sognare. A Melbourne voi avete ricevuto una mia lettera...

- Sì, Vostro Onore, a Melbourne, proprio quando stavamo terminando i lavori di riparazione; non era di vostro pugno, ma era firmata da voi.

- Fa lo stesso; quella lettera vi è stata recata da un bandito di nome Ben Joyce...

- No, milord; da un marinaio chiamato Ayrton, già quartiermastro del *Britannia*.

- D'accordo, Ayrton e Ben Joyce sono la stessa persona! E che cosa diceva quella lettera?

- Mi dava ordine di lasciare Melbourne e di venir ad incrociare sulla costa orientale dell...

- Dell'Australia! - gridò Lord Glenarvan con una vivacità che sconcertò alquanto il vecchio marinaio, che rimase perplesso.

- Dell'Australia? - esclamò Tom spalancando tanto d'occhi - ma no, della Nuova Zelanda! - ed Austin di fronte alla sicurezza del suo superiore ebbe un momento di smarrimento. Che lui, il fedele e preciso esecutore d'ordini, avesse dunque commesso un errore simile? Arrossì, si turbò e fu necessario l'intervento di Lady Elena, che disse:

- Rinfrancatevi, Tom; vedete che la Provvidenza...

- Ma no, signora, scusatemi, ma non è possibile che mi sia sbagliato. Dopo di me ha letto anche Ayrton e lui voleva proprio che io conducessi la nave sulla costa australiana. Lui stesso! E sosteneva trattarsi di un errore poiché l'appuntamento era nella Baia Twofold.

- Poche parole, Tom, - intervenne il maggiore Mac Nabbs messo sempre più in curiosità. - Avete ancora quella lettera?

- Naturalmente, signor Mac Nabbs, e vado subito a cercarla.

Austin corse alla sua cabina nel castello di prua e nel minuto che durò la sua assenza tutti tacquero, salvo il maggiore che, con le braccia incrociate e con l'occhio fisso su Paganel, disse:

- Via, Paganel, bisogna confessare che questa sarebbe un po' forte!

- Che cosa? - rispose il geografo, che con la schiena piegata e gli occhiali sulla fronte sembrava un enorme punto interrogativo.

Ora ecco Austin che, con in mano la lettera scritta da Paganel e firmata da Lord Glenarvan, disse:

- Vostro Onore si degni di leggere.

La lettera diceva:

«Ordine a Tom Austin di prendere il mare senza ritardo e di portare il *Duncan* a 37° di latitudine sulla costa orientale della Nuova Zelanda».

- La Nuova Zelanda! - esclamò il geografo sussultando. Strappò il foglio dalle mani di Lord Glenarvan, si stropicciò gli occhi, si aggiustò gli occhiali sul naso, lesse a sua volta, e non poté far altro che ripetere con un'espressione intraducibile:

- La Nuova Zelanda! - e la lettera gli cadde dalle mani.

- In quel momento il geografo sentì una mano posarsi sulla sua spalla e la voce di Mac Nabbs che gli diceva:

- Via, mio bravo Paganel, possiamo essere contenti che non abbiate mandato il *Duncan* in Cocincina!

Una risata universale, omerica risuonò da prua a poppa. Lord Glenarvan e John Mangles vollero ancora interrogare Tom Austin e il primo gli domandò:

- Mio vecchio Tom, tutto è andato bene, ma spiegatemi un po': quell'ordine di incrociare sulla costa della Nuova Zelanda non vi è parso un po' strano?...

- Sì, Vostro Onore, vi confesso che mi ha sorpreso, ma io sono abituato ad obbedire ed ho obbedito. Voi, capitano, non avreste fatto lo stesso?

- E sia: ma che cosa ne avete pensato?

- Ho pensato che l'ordine fosse in relazione alla vostra ricerca. Ho tenuto tuttavia il segreto e l'equipaggio non ha saputo dove eravamo diretti che quando siamo stati in alto mare, ma allora un incidente verificatosi a bordo è venuto a rendermi assai perplesso.

- Che cosa volete dire, Tom? Quale incidente?

- Voglio dire che l'indomani, quando Ayrton ha avuto notizia della destinazione del *Duncan*...

- Ayrton?! Ma dunque è a bordo?

- Sì, Vostro Onore.

- Dov'è? - domandò impetuosamente Lord Glenarvan.

- In una cabina del castello di prua e guardato a vista.

- Lo avete dunque imprigionato? E perché?

- Perché quando ha saputo che andavamo verso la Nuova Zelanda si è infuriato e voleva obbligarmi a mutare rotta; mi ha minacciato e infine ha tentato di sobillare i miei uomini. Allora ho compreso che si trattava di un ospite pericoloso e l'ho messo al sicuro.

- Fate venire Ayrton, - ordinò Lord Glenarvan.

Capitolo XVII

Ayrton ovvero Ben Joyce

Ayrton apparve e con passo sicuro salì la scaletta del cassero. Aveva lo sguardo truce, i denti serrati, i pugni convulsamente stretti: non mostrava né spavalderia né umiltà e quando si trovò in presenza di Lord Glenarvan incrociò le braccia ed attese in silenzio di essere interrogato.

- Ayrton, - cominciò Lord Glenarvan - eccoci dunque, noi e voi, su questo *Duncan* che volevate fare impossessare ai deportati di Ben Joyce!

A quelle parole le labbra del quartiermastro ebbero un leggero tremito e le guance un fugace rossore, ma più che rimorso era la vergogna di essere sconfitto.

- Parlate, Ayrton, che cosa avete da dire? - insisté Lord Glenarvan.

- Nulla, - rispose il bandito con la fronte aggrottata - ho fatto la sciocchezza di lasciarmi prendere. Fate come vi piace, - e guardò altrove affettando indifferenza.

Il quartiermastro guardò verso la costa e dimostrò una profonda indifferenza verso tutto quello che accadeva intorno a lui. Ma Lord Glenarvan era deciso a rimanere paziente. Un interesse molto forte lo spingeva ad apprendere certi dettagli sul misterioso Ayrton, specialmente concernenti il capitano Grant e il *Britannia*. Egli ricominciò l'interrogatorio, imponendosi la massima calma. Prima di tutto egli volle sapere quale fosse il suo vero nome, Ayrton o Ben Joyce, e se fosse stato veramente il quartiermastro del *Britannia*. Nessuna risposta. Chiese come aveva lasciato il *Britannia* e perché si trovava in Australia. Nessuna risposta. A questo punto il lord fece presente al bandito che era nel suo interesse di parlare; la sua ultima carta da giocare era proprio questa. Il bandito disse che non aveva nulla da rispondere al lord, ma solo alla giustizia. Chi potrà dire per quali ragioni si era recato in Australia, dato che il capitano Grant non era rintracciabile. La polizia non lo aveva mai avuto tra le sue mani, ed i suoi compagni erano liberi. A suo carico vi era solo una azione deplorevole nei suoi confronti, ma non un crimine.

Chi poteva provare che egli aveva l'intenzione di impadronirsi della nave e di consegnarla ai suoi amici? Nessuno, secondo lui. Sino a prova contraria egli era il quartiermastro del *Britannia* e tanto pareva bastare. Lord Glenarvan gli fece presente che egli non era un giudice incaricato di istruire un processo contro di lui. Voleva sapere soltanto fatti che non potevano affatto comprometterlo. Il bandito sapeva bene la ragione per la quale si trovava in Nuova Zelanda, e Ayrton era la persona che avrebbe potuto fornirgli le preziose informazioni che gli mancavano, circa la sorte toccata al *Britannia* e al suo capitano. Lord Glenarvan chiese dove fosse il capitano Grant e dove aveva naufragato il *Britannia*. Ayrton affermò che non avrebbe parlato e che si sarebbe lasciato impiccare piuttosto. A questo punto il lord gli disse che lo avrebbe consegnato alle autorità inglesi. - È quanto desidero -, fu la risposta del bandito. Quindi tornò nella cabina trasformata in prigione e due marinai furono posti di fronte alla porta.

Cosa rimaneva da fare al lord? Evidentemente, come stabilito ad Eden, rientrare in Europa salvo riprendere successivamente la ricerca del capitano Grant; le tracce del *Britannia* erano andate perdute, il documento non si prestava ad ulteriori interpretazioni; il *Duncan* non poteva fare altro che rientrare in patria. Il lord si mise subito in contatto col capitano, che fece presente la necessità di rifornire la nave delle provviste necessarie alla navigazione. John propose al lord di dirigere la nave verso la baia di Talcahuano, dove avrebbe avuto la possibilità di rifornirsi di quanto fosse necessario. La nave avrebbe poi fatto rotta verso Capo Horn e sarebbe rientrato in patria attraverso l'Atlantico.

Verso le sei pomeridiane le coste della Nuova Zelanda sparirono dall'orizzonte. Non si trattava certo del viaggio di ritorno che si era sperato di poter compiere. Tutti sentivano con amarezza che si rinunciava ad una nobile impresa. Tuttavia a bordo un uomo che avrebbe potuto aiutare a ritrovare i superstiti del *Britannia* vi era: Ayrton, ma questi non voleva parlare. Avrebbe potuto dire qualcosa in merito, ma pensava che, se il capitano Grant fosse stato ritrovato, questi sarebbe stato un testimone a suo carico. Visto l'insuccesso del tentativo del marito, Lady Elena chiese il permesso di tentare di convincere il bandito a parlare. Dove un uomo ha fallito, una donna forse avrebbe potuto riuscire.

Quel giorno, 5 marzo, Ayrton fu portato nell'appartamento di

Lady Elena, alla presenza di Miss Mary. Esse restarono un'ora insieme con Ayrton, ma il risultato fu del tutto negativo. Quando fu riaccompagnato nella sua cabina, i marinai lo minacciarono. Tuttavia Lady Elena non si considerò battuta; essa volle lottare sino alla fine contro quell'anima senza pietà, ed il giorno dopo fu lei stessa che andò nella cabina di Ayrton. Il colloquio durò due ore; questa volta però, quando Lady Elena riapparve sulla porta, l'espressione del suo viso lasciava comprendere che qualche cosa era riuscita ad ottenere. Ella disse che il bandito non aveva parlato, ma che voleva avere un colloquio con suo marito. Una concessione era stata fatta; il lord doveva cercare di addolcire la punizione che gli sarebbe spettata. E questa promessa, di cui aveva parlato la lady, fu confermata da suo marito, Lady Elena si ritirò nel suo appartamento, ed il bandito fu condotto immediatamente alla presenza di Lord Glenarvan.

Ayrton disse che voleva parlare con il lord, alla presenza di Mac Nabbs e di Paganel. Questi si recarono subito sul posto e Ayrton spiegò la ragione per la quale aveva voluto due testimoni. Si trattava di un affare, o di una transazione tra le parti? Era un affare quello che il bandito stava per proporre a Lord Glenarvan.

- Credo, Ayrton, che non vi rifiuterete di rispondere a talune domande che desidero rivolgervi. Ma prima di tutto vi chiamate Ayrton e siete stato veramente quartiermastro a bordo del *Britannia*? E volete spiegarmi in quali circostanze lo avete abbandonato? - e poiché il bandito continuava a restare muto: - Non dimenticate, Ayrton, che la vostra sorte dipende dalla nostra clemenza. Per un'ultima volta: volete rispondere?

- Milord, - disse allora il bandito - vi propongo un affare. Ed eccolo: voi desiderate da me talune notizie che potranno esservi utili ed io desidero ottenere da voi taluni vantaggi che mi riusciranno preziosi. Lo scambio vi conviene o no?

- Quali sono queste notizie? - domandò Paganel.

- No, - corresse Lord Glenarvan - quali sono piuttosto questi vantaggi?

- Eccoli qui, - rispose Ayrton, mostrando di aver afferrato a volo la sfumatura. - Avete l'intenzione di consegnarmi alle autorità inglesi?

- Naturalmente; così vuole la giustizia.

- Non lo contesto; e non consentireste a rendermi la libertà? - La domanda era tentatrice, ma il lord era troppo scrupoloso per lasciarsene sedurre e rispose:

- No, Ayrton, io non posso rimettervi semplicemente in libertà.

- Allora vi propongo una transazione tra la forca che mi attende e la libertà che mi rifiutate. Abbandonatemi in una delle isole deserte del Pacifico con gli oggetti di prima necessità. Mi leverò d'impaccio come potrò e mi pentirò forse, se ne avrò il tempo.

Lord Glenarvan, poco preparato ad una simile proposta, rimaneva perplesso ed interrogava con lo sguardo gli amici, che restavano silenziosi. Infine, dopo qualche minuto di riflessione, domandò:

- Ayrton, se aderisco alla vostra domanda, mi direte tutto ciò che ho interesse a sapere?

- Sì, milord, tutto quel che so circa il capitano Grant e il *Britannia*.

- Tutta la verità? E chi me la garantisce?

- Capisco, milord, la parola di un bandito non vi basta; ma che cosa volete farci? O prendere o lasciare!

- Ebbene, Ayrton, mi fiderò di voi.

- E fate bene. D'altronde se vi avrò ingannato avrete sempre il modo di rifarvi, venendomi a riprendere nell'isola dove mi avrete lasciato. Del resto, signori, io gioco a carte scoperte e sebbene non abbia ancora la vostra parola non esito a dirvi che quel che io so sul conto di Harry Grant è ben poca cosa.

- Poca cosa? - esclamò Lord Glenarvan.

- Sì, milord: i particolari a me noti non vi serviranno molto. Siete quindi avvertito: la transazione sarà più vantaggiosa per me che per voi!

Una viva delusione si dipingeva sul volto dei tre gentiluomini, che erano tuttavia scossi dalla franchezza del bandito; sicché Lord Glenarvan non esitò più oltre ed annunciò:

- Non importa. Accetto la vostra proposta, Ayrton. Avete la mia parola che sarete sbarcato in una delle isole del Pacifico. Diteci ora tutto ciò che sapete e prima di tutto diteci chi veramente siete.

- Signori, sono realmente Tom Ayrton, quartiermastro del *Britannia.* Ho lasciato Glasgow il 12 marzo 1861 con la nave di Harry Grant e per quattordici mesi abbiamo corso insieme i mari del Pacifico in cerca di un luogo dove fondare una colonia scozzese. Harry Grant era uomo capace di grande imprese, ma è un uomo di ferro, inflessibile con se stesso e con gli altri ed io mi ribellai, cercando di trascinare l'equipaggio dalla mia parte. Poco importa se abbia fatto bene o male, ma Harry Grant non esitò e l'8 aprile 1862 mi sbarcò sulla costa occidentale dell'Australia.

- Dell'Australia?! - interruppe il maggiore. - Ma allora voi avete lasciato il *Britannia* prima della sua sosta a Callao!

- Continuate dunque, Ayrton.

- Mi trovavo dunque abbandonato su di una costa pressoché deserta, a una ventina di miglia solamente dagli stabilimenti penitenziari di Perth, capitale dell'Australia Occidentalc, ed incontrai una banda di deportati fuggiaschi alla quale mi unii. È superfluo che vi racconti la vita che abbiamo condotto insieme per due anni e mezzo; vi basti sapere che fui il capo della banda sotto il nome di Ben Joyce e che nell'ottobre del 1864 mi presentai alla fattoria irlandese e vi fui accettato come domestico sotto il mio vero nome di Ayrton; ma la mia segreta aspirazione era sempre quella di approfittare della prima buona occasione per impadronirmi di una nave. Due mesi più tardi, quando arrivaste col *Duncan* io appresi da voi sul conto del capitano Grant tutto ciò che non sapevo e non esitai più. Il *Duncan* era un magnifico, capace di distanziare qualunque nave della marina britannica, ma era avariato ed io lo lasciai partire per Melbourne, offrendomi di condurvi verso la costa orientale fino al teatro di un fantastico naufragio. Il resto lo sapete, milord, ed io vi assicuro che, se non fosse stato per la distrazione del signor Paganel, io correrei in questo momento i mari al comando del *Duncan.* Ciò che so è tutto qui e non vi basta per ritrovare le tracce del capitano Grant; come vi avevo detto la transazione è stata per voi un cattivo affare.

Il quartiermastro tacque incrociando le braccia ed i tre amici si guardarono in faccia, muti, comprendendo che il bandito aveva detto tutto ciò che sapeva. Il maggiore riprese per primo l'interrogatorio, premendogli di confrontare alcune date:

- Così - domandò al quartiermastro - è stato precisamente l'8 aprile 1862 che siete sbarcato sulla costa occidentale dell'Australia?

- Esattamente.

- E sapete quali erano allora i progetti di Harry Grant?

- Il capitano aveva intenzione di visitare la Nuova Zelanda, ma fin che c'ero io non lo ha fatto; può essere che lo abbia fatto dopo; e questo spiega la data del 27 giugno 1862 indicato nel documento come quella del naufragio.

- Bene, Ayrton; avete mantenuto la vostra parola ed io manterrò la mia. Decideremo in quale isola dell'Oceano Pacifico abbandonarvi.

- Oh, poco importa, milord, - e si ritirò sempre scortato da due marinai.

- Che fare ora? - concluse Lord Glenarvan. - E soprattutto che cosa dire a quei poveri ragazzi?

- Potrò dire qualche cosa io, - rispose Paganel, che durante l'interrogatorio si era limitato ad ascoltare a denti stretti. L'affermazione fece fare un balzo a Lord Glenarvan, che esclamò:

- Voi Paganel!? Voi sapete dunque dove si trova il capitano Grant?

- Sì, per quanto è possibile saperlo! Ce lo dice quel famoso documento.

- Aaah! - fece il maggiore con il tono della più assoluta incredulità.

- Ascoltatemi innanzitutto, Mac Nabbs, ed alzerete le spalle dopo. Non ho parlato prima perché era inutile e perché non sarei stato creduto, ma ora l'opinione di Ayrton viene a suffragare la mia. Ascoltate e giudicate. Quell'errore che è stato la nostra salvezza ha avuto una ragione, perché la parola «Zelanda» lavorava nel mio cervello, Avevo sotto gli occhi il numero della «Australian and New-Zeland Gazette» abbandonato a terra e piegato in tal modo che dal suo titolo apparivano soltanto le due sillabe ...aland. Era una rivelazione: Aland era una delle parole del documento inglese; noi l'avevamo tradotta a terra e poteva essere invece la fine della parola Zealand. Tale interpretazione ci era sfuggita, e sapete perché? Perché le nostre ricerche si erano orientate specialmente sul documento francese, più completo, nel quale tale importante parola manca.

- Via, - disse il maggiore - mi pare che ora meniate sotto i piedi tutte le conclusioni precedenti.

- Ebbene caro maggiore, sono pronto a rispondervi, ritraducendovi il documento secondo la mia nuova interpretazione. Però vi prego di cancellare dalla vostra mente tutte le interpretazioni precedenti e se trovate che qualche passo è un po' sforzato, non dimenticate che chi scrive è un inglese al quale la lingua francese può non essere del tutto familiare.

- E Paganel recitò:

«Il 27 giugno 1862 il trealberi *Britannia* di Glasgow è naufragato dopo una lunga agonia nei mari australi e sulle coste della Nuova Zelanda. Due marinai il capitano Grant hanno potuto prendere terra. Là, continuamente in preda ad una crudele indigenza, essi hanno gettato questo documento a... di longitudine e 37°11' di latitudine. Venite in loro soccorso, altrimenti saranno perduti».

Paganel si fermò. La sua interpretazione era ammissibile come le precedenti, ma appunto per questo poteva essere altrettanto ingannatrice. Del resto, poiché le tracce non erano state trovate né in Patagonia né in Australia, le probabilità restavano in favore di quel punto della Nuova Zelanda che era attraversato dal 37° parallelo.

- Ma, Paganel, perché avete aspettato due mesi a rivelarci la vostra nuova interpretazione?

- Per non darvi vane speranze e perché, d'altronde, noi andavamo proprio ad Auckland, cioè a quel grado di latitudine che il documento indicava.

- Ma quando siamo stati trascinati fuori strada perché non avete parlato? Perché non ci avete messi al corrente di tutto ciò?

- Perché ho riflettuto che ormai per il povero capitano non c'era più speranza. Voi capite che se Harry Grant è naufragato nella Nuova Zelanda e per due anni non ha più dato notizie di sé, è segno che egli è rimasto vittima o del naufragio o degli indigeni e quindi...

- Silenzio, amici miei, - raccomandò Lord Glenarvan - e lasciate che scelga io stesso il momento migliore per dare la dolorosa nuova ai poveri figli del capitano.

Capitolo XVIII

Un grido nella notte

L'equipaggio seppe ben presto che le rilevazioni di Ayrton non avevano recato buone notizie e ne fu profondamente deluso. La rotta del *Duncan* fu quindi mantenuta e non restava più che scegliere l'isola nella quale sbarcare il bandito.

Paganel e John Mangles consultarono perciò le carte di bordo e scoprirono, precisamente sul 37° parallelo, un isolotto conosciuto sotto il nome di Maria Teresa, perduto in pieno oceano a 3500 miglia dalla costa americana ed a 1500 miglia dalla Nuova Zelanda; nessuna nave approdava a quell'isola solitaria, nessuna eco del mondo vi arrivava; molte carte non la segnavano neppure e solo gli uccelli marini vi si riposano durante le lunghe traversate. Tuttavia Ayrton accettò e la prua fu puntata sull'isola.

Due giorni più tardi, alle due del pomeriggio, la vedetta segnalò infatti una terra all'orizzonte. Era l'isola Maria Teresa, bassa, allungata, emergente appena dal mare; era ancora distante trenta miglia, ma il panfilo viaggiava a sedici miglia all'ora, e presto la linea di terra si rivelava illuminata dal sole.

Alle cinque John Mangles credette di distinguere del fumo e domandò a Paganel che teneva il cannocchiale all'occhio: - Un vulcano?

- Non so che cosa pensarne, - rispose il geografo; - Maria Teresa è poco nota e se la sua esistenza fosse dovuta a qualche sollevamento sottomarino sarebbe senza dubbio di origine vulcanica.

- Credete, John, - domandò Lord Glenarvan - che potremmo sbarcare stasera?

- No, Vostro Onore. Non arrischierei il *Duncan* di notte su di una costa che non conosco. Manderemo una scialuppa a terra domattina allo spuntare del giorno.

Alle otto l'isola non era che a cinque miglia, ma la nave continuava ad avvicinarsi.

Alle nove di sera una luce molto viva, un fuoco, brillò nell'oscurità. Esso era immobile e continuo. Paganel sostenne che quel fuoco era quello del cratere di un vulcano. Il capitano fece però osservare che avrebbero dovuto sentire il rombo che accompagna sempre una eruzione, ed il vento da est non portava alcun rumore alle orecchie. Paganel osservò anche lui che quel vulcano brillava ma era silenzioso.

- Si direbbe, quasi, che vi siano delle intermittenze come se fosse un faro segnalatore -. In quel momento fu avvistato un altro fuoco. Sembrava che stesse per spegnersi; poi si ravvivò di colpo.

- Ma allora l'isola è abitata, - disse Lord Glenarvan - e naturalmente da selvaggi. Cercheremo un'altra isola che sia deserta; ho promesso ad Ayrton la vita salva e non posso tradirlo.

- Ad ogni modo diffidiamo, - raccomandò Paganel - perché gli zelandesi hanno il barbaro costume di ingannare in tal modo i naviganti.

Alle undici tutti i viaggiatori rientravano nelle loro cabine e sul ponte non rimasero che il timoniere e il personale di guardia. Ma poco dopo miss Mary e Robert salirono sui cassero e coi gomiti sul parapetto rimasero a guardare il mare fosforescente.

Ad un tratto un grido giunse all'orecchio di entrambi: da quelle onde alternatamente scure e luminose parve giungere ad essi una voce, un richiamo dal suono profondo e lamentevole che li fece trasalire:

- Aiuto! Aiuto! - gridava quella voce.

- Mary, - esclamò Robert - hai udito? - ed entrambi si sporsero dal parapetto ad interrogare le tenebre.

- Robert, - fece Mary pallida di emozione - mi è parso... sì, anch'io ho creduto come te... Abbiamo entrambi le allucinazioni, Robert.

Ma un nuovo grido di aiuto risuonò nell'aria e allora i due ragazzi all'unisono, esultarono:

- Nostro padre! Nostro padre! - e l'emozione fu così violenta che la fanciulla cadde riversa, svenuta, tra le braccia di Robert, il quale chiamò soccorso facendo accorrere prima il timoniere, poi i marinai di guardia ed infine John Mangles, Lady Elena e Lord Glenarvan risvegliati di soprassalto.

- Mia sorella muore e nostro padre è là, - gridò Robert indicando il mare senza che nessuno potesse spiegarsi il motivo della loro emozione. - Abbiamo udito la sua voce! Anche Mary l'ha udita!

E la fanciulla, ritornata in sé, smarrita, gridava:

- Nostro padre! Nostro padre è là! - e se non fosse stata trattenuta si sarebbe forse lanciata in mare. - Lady Elena, milord, - ripeteva giungendo le mani - vi assicuro che mio padre è là. Abbiamo sentito la sua voce venire dal mare come un lamento.

Il mattino dopo, 8 marzo, alle cinque del mattino, tutti erano sul ponte a scrutare l'isola; il panfilo costeggiava le rive alla distanza di forse un miglio e gli sguardi coglievano i minimi particolari della spiaggia allorché Robert gettò un grido: pretendeva di aver scorto due uomini che correvano gesticolando ed un terzo che agitava una bandiera.

- La bandiera d'Inghilterra; - esclamò John Mangles che si era armato di binocolo.

- Milord, - dichiarò Robert tremando di emozione - vi prego, se non volete che raggiunga l'isola a nuoto fate mettere in mare un'imbarcazione. Ve lo domando in ginocchio! Fate che io sia il primo ad abbracciare mio padre!

Tutti erano muti, con la gola stretta. Lord Glenarvan comandò: - Il canotto! - e un minuto dopo i due ragazzi, Lord Glenarvan, John Mangles, Paganel lasciavano lo yacht e si allontanavano verso la costa.

A venti metri dalla riva Mary gettò un grido: - Mio padre!.

Un uomo era fermo sulla spiaggia insieme ad altri due compagni: era di alta statura e la sua fisionomia in pari tempo dolce ed ardita ricordava i lineamenti dei due ragazzi: il cuore non li aveva ingannati. Era il loro padre, il capitano Grant.

Il capitano udì il grido della sua figliuola, aprì le braccia e si accasciò sulla sabbia come privo di sensi.

Di gioia non si muore, sicché padre e figli si ripresero prima ancora di aver raggiunto il panfilo, Come dipingere quella scena?

Harry Grant non si stancava di ammirare sua figlia; poi rivolto a Robert:

- Come ti sei fatto grande! Sei un uomo ormai!

Il ragazzo presentò successivamente tutti i suoi amici, ma quando si trattò di John Mangles, il giovane capitano arrossì come una fanciulla e non seppe che balbettare qualche frase con voce tremante. Dovette allora intervenire Lady Elena, la quale fece gli elogi di John e di Mary in termini che ad Harry Grant non rimase che mettere la mano della figlia in quella del giovane, esclamando:

- Milord, e voi signora, benediciamo i nostri figli.

Poi Lord Glenarvan parlò al capitano Grant la condizione di Ayrton; questi aveva detto il vero e Grant dichiarò:

- È un uomo intelligente ed audace, ma le passioni lo hanno travolto. Possano la meditazione ed il pentimento ricondurlo sulla retta via!

Ma prima che il bandito fosse trasferito nell'isola, Harry Grant ne volle fare gli onori ed invitò i nuovi amici a visitare la sua rustica capanna. Tutti accettarono con gran piacere, senza parlare di Robert e di Mary che ardevano dal desiderio di visitare il luogo dove il loro padre aveva tanto sofferto. Un'imbarcazione fu messa in acqua ed i tre Grant, i coniugi Glenarvan, il maggiore, John Mangles e Paganel posero ben presto piede sulla spiaggia.

Non ci volle molto per percorrere l'isola di Harry Grant, costituita in sostanza dalla vetta di una montagna emersa dal fondo del mare, ricopertasi nel corso dei secoli d'uno strato di humus e sulla quale qualche baleniera di passaggio aveva messo in libertà alcuni animali domestici che si erano poi moltiplicati. In due anni e mezzo, come il famoso Robinson di Defoe, Harry Grant ed i suoi due compagni, con i resti del *Britannia* avevano costruito una capanna e con alcuni utensili e un sacco di semi, avevano dissodato alcuni ettari di terreno e l'isolotto produceva ormai saporiti legumi.

- Non è poi tanto da compiangere quel mariuolo di Ayrton, - osservò nel suo entusiasmo Paganel. - Questo isolotto è un paradiso terrestre.

- Sì, per tre poveri naufraghi, - gli rispose Harry Grant - ma avrei voluto che fosse stata un'isola grande e fertile, ed allora vi avrei fondato la colonia scozzese che vagheggio.

- Ah, capitano Grant, - esclamò Lord Glenarvan - non avete dunque ancora abbandonato quel progetto che vi ha reso così popolare nella nostra vecchia patria?

- No, milord, e penso anzi che Iddio mi abbia tratto in salvo per permetterne l'attuazione. Bisogna che la nostra cara patria abbia in questi mari una colonia veramente sua ed indipendente, ma ci vuole una terra vasta e ricca di risorse naturali.

- Sta bene, capitano, - gridò Lord Glenarvan - l'avvenire è nostro e quella terra la cercheremo insieme! - E le mani di quei due uomini così ricchi di energie si strinsero come per suggellare una sacro patto.

Paganel, in quel momento, stava ripassando per l'ennesima volta le tre successive interpretazioni del documento, tutte sbagliate, e, afferrata la mano di Harry Grant, gridò:

- Capitano, volete finalmente dirci che cosa conteneva quell'indecifrabile documento?

- Ben volentieri, poiché non è passato un giorno senza che rimuginassi quelle parole alle quali erano legate tutte le nostre speranze. Ma sapete che i testi della bottiglia erano tre; quale volete conoscere?

- Ebbene, - rispose Lord Glenarvan - stiamo al testo francese che è il più rispettato dall'acqua e che ha guidato le nostre ricerche.

- Milord, eccolo parola per parola:

«Il 27 giugno 1862 il tre-alberi *Britannia* di Glasgow si è perduto a 1500 leghe dalla Patagonia, nell'emisfero australe. Spinti verso terra due marinai e il capitano Grant hanno raggiunto l'isola Tabor...»

- Eh? Che cosa dite? - interruppe Paganel fulminato. - Ma questa è l'isola Maria Teresa!

- Veramente, signor Paganel, - disse Grant, - Maria Teresa sulle carte inglesi e tedesche, ma Tabor su quelle francesi.

Ecco che gradualmente le sue interpretazioni si erano sempre più avvicinate alla verità, ma anche quella parola rosicchiata *...abor* da lui interpretata come parte della parola *aborder* fosse proprio il nome dell'isola che aveva accolto i naufraghi!

Dopo un po' la comitiva tornò a bordo, perché Lord Glenarvan intendeva ripartire il giorno stesso.

Ayrton fu quindi condotto sul cassero dove si trovò in presenza del suo antico capitano, che gli disse:

- Sono io, Ayrton. Pare dunque che abbia fatto male a sbarcarvi su di una terra abitata...

- Pare, capitano; ad ogni modo non mi rammarico di trovarvi in buona salute.

- Ora mi sostituirete in quest'isola deserta; e possa il cielo ispirarvi un sincero pentimento.

- Così sia! - gli rispose Ayrton freddamente.

- Non avete cambiato parere? - gli domandò Lord Glenarvan. - Accettate come vostra residenza l'isola di Tabor?

- Senza dubbio, milord.

- Ebbene, ascoltatemi allora. Qui sarete lontano da tutte le terre abitate e senza alcuna possibilità di comunicazione coi vostri simili. Sarete solo, sotto l'occhio di Dio che legge nel più profondo dei cuori, ma non sarete né perduto né abbandonato come lo fu il capitano Grant. Benché siate indegno del ricordo degli uomini, essi si ricorderanno di voi. So dove siete e non lo dimenticherò.

- Dio conservi Vostro Onore, - furono le ultime parole del bandito.

Il canotto era pronto ed Ayrton vi prese posto. Alcune casse di cibi conservati, degli strumenti, delle armi e delle munizioni erano già stati deposti nell'isola, dove il quartiermastro avrebbe potuto riscattarsi col lavoro; non mancavano neppure libri e tra essi la Bibbia, così cara ad ogni cuore inglese. Tutti erano sul ponte e qualcuno sembrava commosso.

- È proprio necessario, Edward? - domandò Lady Elena a suo marito. - Dobbiamo proprio abbandonare qui questo disgraziato?

- È necessario, Elena, - le rispose il marito. - È l'espiazione.

Il canotto si allontanava; Ayrton, in piedi, impassibile, si tolse il cappello e salutò gravemente. Lord Glenarvan e tutto l'equipaggio fecero altrettanto come davanti ad un uomo che va a morire,

Erano le quattro del pomeriggio. Alle Otto l'isola di Tabor spariva ingoiata dalle ombre della notte.

Infine, il 9 maggio, il panfilo rilevò i fuochi di Capo Clear, imboccò il canale San Giorgio, attraversò il mare d'Irlanda, entrò nel golfo della Clyde e il 10 maggio alle undici attraccava a Dumberton, Alle due del pomeriggio i suoi passeggeri rientravano nel castello di Malcom, tra gli *hurrah* degli scozzesi.

Il ritorno del capitano Grant fu salutato in Scozia come un avvenimento straordinario: egli fu l'uomo più popolare della vecchia Caledonia e suo figlio Robert, marinaio come lui, riprese, sotto gli auspici di Lord Glenarvan, il progetto di fondare una colonia scozzese nei mari del Pacifico.

INDICE

Finito di stampare nel mese di marzo 2016 da Gra iche Ambert - Verolengo - TO ***Crescere Edizioni***